NF文庫
ノンフィクション

少年飛行兵物語

海軍乙種飛行予科練習生の回想

門奈鷹一郎

潮書房光人社

少年飛行兵物語——目次

イラスト／小貫健太郎

少年飛行兵物語

海軍乙種飛行予科練習生の回想

1　北京出発

五月の北京は燕京《えんきよう》の名にふさわしく美しい。緑濃い槐《えんじゅ》とニレの並木をかすめて飛び交う燕が、古都の風情を一段と深める季節である。しかし、私が小学校五年生のとき（昭和十四年）から慣れ親しんできたこの土地とも、今日限りでお別れだ。

予科練合格の通知を四月初旬に受けてから出発の今日、昭和十九年五月二十六日まで、『俺は予科練になるのだ』という気負った気持ちと、周囲の羨望の目《ま》ざしを意識しながら、ことさら何気なさを装って過ごしてきた十六歳の私だった。

前日の五月二十五日、北京日本中学校の職員室に父同道で出発の挨拶後、日本人で組織している隣組を一軒ずつ回った後、隣家の中国人女医田鳳凰《デンファンラン》家を訪れたときは驚いた。田女史は米国の大学に留学して医学を習得した方で、父とはいつも英語で会話を交わしていた。父が、「息子は飛行機乗りとなって戦争に行くことになった」そして“Perhaps he will be go to heaven”（おそらく彼は死んでしまうだろう）と言ったとたん、田さんはいきなり私を抱きしめ、“Oh! no, you must come back to home!”（ああ、ダメよ、あなたはかならず帰ってこなければ！）と、頬ずりして涙を流したのだ。

米国で身につけた行為としては、ごく自然のことではあったろうが、いくら相手が自分の母親に近い年齢の女性といっても、物心ついて以来、他人の女性から人前（父）はおろか、人影のないところでも異性に抱かれたことなど初めての経験なので、一体どうすればいいのだ？　と軍国少年の私は何とか一刻も早くこの束縛から逃れたいと願うばかりであった。

その夜、女学校繰り上げ卒業で動員され、北支那方面軍司令部測量班に女子軍属として採用され、千種寮《ちぐさ》に寄宿していたすぐ上の姉を、別れを告げるため両親と共に訪ねて行った。（当時、姉たちは規則で外出が禁じられていた）

面会室での面会を終え、寮の門口まで出てきた姉が、目に涙を溢れさせ、必死の想いで言った別れの言葉は、「最後まで頑張ってね、体にはくれぐれも気をつけて……」と、終わりは絶句して、声にならなかった。しかし、これはあくまでもタテマエの言葉で、本音は与謝野晶子の『君死に給ふことなかれ』であったろう。

しかし、いよいよ出発の日が来て、先ほど近隣に住む日本人の見送りを受けて我が家を出発した頃から、私は急に今、自分が置かれている、いや運ばれている前途に言い知れぬ不安を感じはじめていたのである。

この先、〝死〟の待ち構えている戦争に参加する恐怖ではない。これまで経験したことのない、家族から離れて、見ず知らずの人の中に放り込まれて生活する不安なのだろうか？　出来ることなら、見栄も外聞も捨てて、『やっぱり、まだ中学生でおります』と、逃げ出したくなるほどの気持ちになっていた。

しかし、私を乗せた洋車《ヤンチョー》（人力車）は、後につづく両親や兄弟の車とともに、しおれかかっている私の気持ちにお構いなく、ぐんぐんと勢いよく走って北京駅へ来てしまった。そして気がついたときには、私はいつのまにか車中の人となっていた。

『足が地に着かない』という言葉があるが、同行出発者十六名とともに、プラットホームに整列し、ウワーンとした気持ちで、中学の校長先生や生徒代表の壮行の辞もうわの空、ただただ列車出発の時に向かって押し流されていた、というのがこの〝晴れの日〟の私であった。

ふと気がつくと、家で三歳の妹と留守番をしていたはずの二番目の姉が、にこにこ笑って妹を抱いてホームに立っている。

「タカチャン　ドシタノ　ドコイクノ」無心に妹は私に語りかけ、この大勢の群集のただならぬ騒ぎをキョトキョト不思議そうに眺めている。

じつは私の予科練行きには、この二番目の姉は最後まで反対していたのだ。北京日本総領事館に秘書として勤務していた姉は、新聞やラジオ報道以外に入手できるニュースによって、奈落へ陥ちつづけている日本の戦局の実情を知り過ぎていたのだ。にもかかわらず私は、「何だ、女子美術学校で洋画と一緒に自由主義思想を吹き込まれて、俺の予科練行きに反対しているのだろう、非国民！」と事あるごとに喧嘩していたものだ。

しかし、その姉が弟の死線への門出に、最後の思いを笑顔に托《たく》して駆けつけてきてくれたのだ――せめて三歳の末妹にも、一目兄の別れの姿を見せようと。私は大きく目顔で姉にうなずいて、別れの目礼を交わした。

あ、柱のかげに三浦誠也君が立ってこちらに向かって、何度も大きくうなずいている。彼とは模型飛行機仲間で、二人でよく天安門広場でゴム動力機や曳航索でけん引するグライダーを飛ばしに行ったものだ。

出発の二日前、中学の同級生数名と教師が、私の家へ別離の晩さんにやって来た。同席していた三浦君を私は別室に呼び出し、家にあった模型飛行機用材料すべてを彼に手渡し、「俺に代わってどしどし作ってくれ、俺は本物の飛行機で敵艦へ殴り込みをかけてくるから」と格好の良いことを言って、彼と握手を交わした。三浦君の幾度ものうなずきは、「あれは俺にまかしとけ」という二人にだけ通じ合う暗黙の合図でもあったのだろう。

列車の窓際に左肘をついて、私は見送りの者が合唱する軍歌を聞いていた。私の座席の車窓のすぐ傍にいた父が、私の手首に時計のないのに気づいて、「これを持って行きなさい」と、自分がはめていた腕時計をはずして、私の手首に巻いてくれた。当時の中学生のほとんどがそうであったように、私もこのときまで〝自分の時計〟を持っていなかった。この時計は入隊後、外出のときにしか使用が許されなかったが、チ、チ、チと秒を刻む音を耳にするたびに、国民服姿で時計を渡してくれた時のゆがんだ父の笑顔が、かならず思い出されたものである。

列車が出発する数分前、級友の松原福龍君（金漢相君・朝鮮人）が私たちの列車に飛び込んで来た。ハアハアとせわしく息をついているところをみると、よほど急いで駆けつけてきたらしい。「ああ、間に合ってよかった。門奈君ちょっと……」と言って、私をデッキに引っ張っていった。

彼は中学二年二学期に私たちのクラスに編入して来たのだが、背の高い立派な体格の男で中国語（広東訛りがあった）が大変堪能だった。これまで陸軍の特務機関の仕事を手伝っていたとのことであったが、仕事の内容については、あまり語りたがらない節があった。年齢も私たちより三、四歳上であったが、温厚で真面目な青年で、妙に私と気が合った。その松原君が、発車を数分後に控えたデッキで、私の手を握るとともに、いきなり私に抱きつく格好で体をもたせかけると、大声で泣き出した。

「門奈君、とうとう行くのだね、僕みたいな者と仲良くしてくれて本当に有難う。君のことは一生忘れないよ。僕は君と一緒に行くことはできないが、どうかこれを僕だと思って持って行ってくれ」

嗚咽まじりにとぎれとぎれこう言って、彼は木刀にくくりつけた日章旗を差し出した。その日章旗には、『武運長久』『謝す門奈大兄の友情』『米英撃滅』など、達筆で勇ましい文字が墨書されていた。

この日章旗を渡されたとき、松原君には申し訳ないが、私はふと気恥ずかしい思いがした。『俺も持って行くのか……』

当時の出征者のファッションとでもいうのか、大人は国民服、学生は制服にゲートル巻、そしてお定まりの日章旗（激励の寄せ書きがしてある）を肩から斜めに掛けていた。中には二枚を左右から交差させて掛けている者もいた。理由は自分でもはっきりしないが、実物であれ写真であれ、私はこの格好を見るのが気恥ずかしかった。多分、これ見よがしに、私はこれから戦争に行く者です、とそれをことさら誇示し、意気がって見えたからかも知れない。

「ありがとう。元気でやってくるからな、君も頑張ってくれよな」

私は前にも述べたが、家を出発する頃から表には現わすことのできない、前途に対する不安と淋しさを心中に秘めていた。そしてこの気持ちは、出発の時間が迫って来るにつれ、次第に胸の中で増幅し、一つの塊りとなってはち切れんばかりに膨れ上がっていた。しかし、〝俺は予科練だ〟〝だから勇ましく出発しなければならないのだ〟と、なんとか気持ちを突っ張らせてこれまで持ち耐えていたのだが、そして出発までこのままの状態をつづけられるかに思えたのだが、思いがけない松原君の涙に、私のふんばりもここまでだった。芯張り棒がはずされたごとく、彼の肩に手を掛けると、胸の塊りがどっと涙となって溢れてしまった。

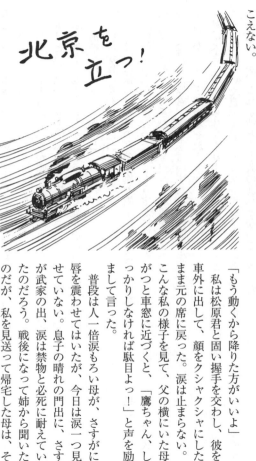

プラットホームからは、いよいよ激しく勇壮な軍歌が聞こえて来る。はじめは皆で斉唱していたが、今はもう興奮のるつぼの中で、各自が勝手に好きな軍歌を怒鳴っているとしか聞こえない。

「もう動くから降りた方がいいよ」

私は松原君と固い握手を交わし、彼を車外に出して、顔をクシャクシャにしたまま元の席に戻った。涙は止まらない。こんな私の様子を見て、父の横にいた母がつと車窓に近づくと、「鷹ちゃん、しっかりしなければ駄目よっ！」と声を励まして言った。

普段は人一倍涙もろい母が、さすがに唇を震わせてはいたが、今日は涙一つ見せていない。息子の晴れの門出に、さすが武家の出、涙は禁物と必死に耐えていたのだろう。戦後になって姉から聞いたのだが、私を見送って帰宅した母は、その日一日、気の抜けた姿で黙って座り込み、食事も摂《と》らず肩を落として大きな溜息ばかりついていたそうである。

やがて、発車を告げるベルが鳴り響いた。軍歌は万歳の叫びに変わった。定刻六時十分、ゴトリと急行列車『興亜』が動き出したとたん……一瞬、あたりを静寂が支配した……と、まるで地から湧き出したかのように低く静かな〝海ゆかば〟の歌声が流れて来た。

　海ゆかば　水づくかばね
　山ゆかば　草むすかばね

いっせいに振られる日の丸の小旗と帽子が、涙に霞んだ私の瞳に写る……。見送りの一人一人の顔が霞んだり重なったり、もう定かにはわからない。あっ、同級生の三、四人が次第にスピードを上げてきた汽車を追って、何か叫びながら手をふり、車窓の下を走ってついて来る。金君、松原君、真名志《しんなし》君いずれも私の同級生だ。

「ありがとう……頑張るぞおう！」

私は大きく車窓から体を乗り出して叫んだ。ホームのはずれには木の柵があった。先頭を切って走っていた真名志君（クラス一のひょうきん者）が、柵にぶつかってつんのめるのが一瞬見えたが、これが彼との永久の別れとなってしまった。

戦後の混乱期、日本に引き揚げて来て間もなく、彼は列車事故で死亡したとのことを風の便りに聞いている。

私はこれまでの緊張に耐えきれず、開けっぱなしの車窓に顔をうつ伏せた。その耳元では、今しがた父から贈られたばかりの時計が、車輪の響きと和していつまでもチ、チ、チと秒を刻んでいた——あたかも父が「鷹、タカ、タカ……」と呼びかけてでもいるかのように。

ポーッという汽笛とともに、城壁に沿って走っていた列車は、大きくカーブを切って郊外へ出て行った。昭和十九年五月二十六日、北京にまだ城壁のあった頃である。

2　祖国日本へ

〝ガガーン、ズズーン〟舷側に叩きつける波の響きが腹に応える。船はいつの間にか荒波の玄界灘に出ているらしい。左右の揺れはさして感じないが、立ち上がると、ときおり体が宙に浮いた感じになる、と思うと右、左と足に予測しない力が加わって、何とも不安定な状態だ。

私たちを乗せた釜山——下関間二百四十キロを結ぶ〝関釜連絡船〟は、敵潜水艦の攻撃を避けて、ジグザグに航路をとりながら下関へ向かっていた。中国、満州を経て朝鮮の釜山へ着いた私たちは、ここで連絡船に乗って、約十時間後には、いよいよ憧れの内地日本に着くのである。

上甲板に出て見ると、一面に霧のかかった海上を、船は大きくピッチングしながら波を掻き分けて進んでいる。ときおり白波が船首にかぶってくる。緊張した表情の雨衣の水兵が一人、顔面をびしょ濡れにしながら、じっと海面を監視している。正面から吹きつける風に乗って舞い上がる波しぶきが、霧雨となって私にも降りかかる。ブオー、ブオーと鳴る汽笛が腹に響く。飛沫に濡れるのを避けて、私はふたたび船室にもどった。

私がこの関釜連絡船に乗るのは二度目である。五歳のとき、京城（ソウル）から里帰りする母に連れられて乗ったのだ。あのときは梅干の入ったお茶をボーイさんが持って来てくれたっけ、船酔いを防ぐためだそうである。私たちの船室は、船倉にある畳敷のうす暗い大部屋の一角である。室内を照らすのは六十ワット程度の安全灯が二つ。私たち予科練入隊者のほか大勢の一般船客が、いぎたなく足を投げ出して荷物に背をもたせかけたり、寝転んだりしている。予科練入隊者の活気に溢れ、当時貴重品だった羊かんや菓子を食ったりしながら談笑するのを、思いなしか盗み見る、といった感じで見ている。

国民服姿だが、目つきの鋭い男が幾度もハッチを降りてきては、船客の間を歩き回っている。

「何だ、貴様は！」

突然、あたりはばからない大声がしたのでそちらへ目を移すと、例の目つきの鋭い男が一人の学生風の青年の前に立ちはだかっている。

「この非常時に、親族の危篤で特別帰省だと？　学生証と渡航許可証を見せろ」

バシっ！　学生風の男の頬に突然、平手打ちが飛んだ。

「さっき学生だと言ったじゃないか！　学生証がなくてどうして身分を証明できるのだ！渡航許可証！」

気がつくと、いつのまに寄って来たのか、同じ雰囲気の男が三、四人でその青年を取り囲んでいる。一人が取り出した手錠をきらりと光らせて青年の手首にかけた。連中はその青年を取り囲むかたちで引き立てて行った。どうやら私服の特高（思想犯取り締まりの特別高等警察）の刑事か憲兵らしい。どういう理由かは分からない、とにかく衆人環視の船室で、一人の日本の民間人が日本の官憲に捕らえられて引き立てられて行った。私は、何か悪夢でも見ている思いでこの様子を眺めていた。もともと薄暗い陰気な船倉の客室が、ますます陰うつな空気に満たされた。

当時は日本内地と外地の往来は極端に制限され、外地から内地（日本）へ渡航する者は、所属長の証明（身分・渡航理由）を添えて領事館警察へ渡航申請書を提出し、手続きが通った者に限り渡航許可証が出された。この許可証でやっと関釜連絡船の切符が買える仕組みであった。（当然のことながら、軍関係者を通じたり、ワイロによる許可証の裏取引きが公然の秘密として横行していた）

私は『決戦の大空へ』と晴れがましい気持ちで予科練を志願し、胸一杯に希望と夢を膨らませて出発してきたのに、家から遠ざかるにつれ、なんともやりきれない現実を目のあたりにして気が滅入ってしまった。……が、今さら手遅れか。それにしてもさっき連れて行かれた青年はどうなるのか？「奴はアカだぜ」と小声で話しているのが聞こえる。

鈍い黄色の光を放った船室の安全灯を見上げながら物思いに耽《ふけ》っていると、船室の拡声器を通じて、『緊急避難訓練の説明を行なうから、全員、上甲板に集合すること』との放送があった。この連絡船には船員のほかに、数名の海軍の兵隊が乗り込んでいた。

甲板に集合した乗客に対して、帽子に黒線一本の下士官の一人が、注意とも説明ともつかぬことを無表情、かつ事務的にしゃべりはじめた。詳細は忘れたが、現在の戦況が容易ならぬ状況にあること、したがってこの釜山――下関の海域においても、いつ、敵の潜水艦による攻撃があるか分からない。だから、皆はすでに戦場にいるつもりでいてほしい……。私たちの命令には絶対に服従してもらう、という前置きがあって避難訓練の説明をはじめた。

「……であって、かならずこれを実行してもらいます。もしこれに従わない人がいたなら、その人には私たちの事務室に来てもらいます。そこでどんな取り扱いを受けるかは、皆さんの御想像にまかせます」

「……という具合で、これを守れない人には私たちの事務室……」

この下士官の説明の後には、かならず自分たちの命令に従わない者は、酷い目に遭わせるぞ、という威嚇をにおわせる言葉がついて回った。

正直いって非常にこの言い回しは不愉快だった。中国にいた私は、陸軍の兵隊や軍属に接する機会はたびたびあった。彼らの中には、軍の権威をかさにきて、中国人や日本の民間人に威張り散らすのがよくいた。とくに憲兵が酷かった。陸軍にはそんなのがいても、自分が志願した海軍にはいないはずだと、私は何の根拠もなく信じこんでいた。にもかかわらず、この有様だ……。入隊前に軍隊（海軍）の陰の部分を垣間見た思いがした。

訓練は合図のブザーと放送による救命具の着脱、甲板への集合等、ごく簡単なものであっ

21　祖国日本へ

た。しかし、これが訓練だけで、本番に遭遇しなかったのは幸いであった。

しかし、釜山——下関間は、平時なら約六時間の航程だが、敵潜水艦の魚雷攻撃を避けてジグザグ航路をとるため、十時間を要したものだ。

船室でふたたび体を横たえ、低い天井を見上げながら、私は北京出発のときの光景を思い出していた。列車が動き出したあの瞬間、一瞬の静寂につづいて地底から湧き出したかに聞こえてきた『海ゆかば……』の斉唱。私がまったく予期しない出来事であった。戸惑いに近い驚きですらあった。それまで熱狂と喧騒の中で歌われてきた軍歌は、ただただ戦争《いくさ》に征く者は勇者であり、かならず勝つ者であることを歌いつづけていた。そして、この軍歌の歌詞は、勇壮なメロディーとともに、送られる者をいやが上にも奮い立たせ、志気を昂揚させる効果があった。

しかし、ついに出発という間際になって、見送りの者はフト我に帰って現実を直視したかのように、『戦争に征く者』は『死地に行く者』であることを、『海ゆかば』の歌詞とメロディーで告げて、私たちを送り出したのであろうか？

戦局が一段と悪化してきた昭和十九年、駅頭での出征者の歓送風景はいつもあの順序になっていたのであろうか？　激励の言葉、勇壮な軍歌、出発の合図、万歳、海ゆかば……。

日支事変（日中戦争）の始まった昭和十二年以来、朝鮮で、中国で私は幾度か『大人《おとな》』の出征を見送ったことがある。あの頃はたしか汽車が動き出したとたん、「万歳、バンザーイ」と歓呼の声が景気よく怒鳴られていたが。

私の中学校でも昭和十八年ごろから、すでに幾人もの先輩が士官学校か予科練へ入校や入隊して行った。しかし、なぜか私は一度も彼らを見送ったことはなかった。それが今度初めて自分が送り出される身となって、この思いもかけない状況に遭遇したのである。

海ゆかば　水づくかばね

山ゆかば　草むすかばね

海に漂う水膨れの死体……それを食い千切る魚の群れ。草むらに横たわる死体に群がる無情の虫。白骨にまとわりつくカーキ色の服と軍靴はいつまで残るか？　船の揺れに体を委ねて夢ともうつつともなく低い天井を見上げていた私の耳に、ハッチから大声が飛び込んできた。

「おい、日本だ、内地が見えるぞ！」

だれかが興奮した口調で叫んでいる。

「本当か？」船室でごろごろしていた者たちがいっせいに甲板に飛び出していった。私も皆につづいて外に出た。陽はだいぶ傾いている。見はるかす彼方の水平線に、それは決して陸とは言えない、一撫での横に伸びた島が、薄墨色の影絵となって浮き上がっているのがかすかに望見できた。

あれが日本なのか？　ここからでは、とても人が住んでいるとも思えない平べったい〝島〟を、私は感慨をもって眺めた。あの小さな〝島〟に住んでいる人間が、広大な〝陸〟に住んでいるヤンキーと戦っているのだ。そして今、私はその島の兵隊になろうとしている。
時間の経過とともに私たちが見まもるその〝島〟が次第に大きくなり、緑の色彩がついてくる。〝島〟が〝陸〟になるころは、夕暮れの中に樹々におおわれた

緑の〝日本〟が現われてきた。

なぜ、こうも時間がかかるのだと、私たちをいらだたせながら、ゆっくりと船は港へ近づいて、やっと岸壁に横付けになるのを、甲板の手すりから見下ろしていた私は驚いた。日本人が労働している！　先着の貨物船から荷役作業をしている人は、いずれも見すぼらしいなりをしている日本人ばかりではないか！　これまでこんな仕事は、すべて朝鮮人か中国の苦力《クーリー》の専業であったのに……植民地と侵略地しか知らなかった私の、幼稚なカルチャーショックであった。

3　肌身に感じる人心の荒廃

中国を出発して満州、朝鮮、日本と進むにつれ、当時の戦局を反映して、列車の中でも一般人の暮らしの厳しさが、大陸育ちのぼーっと暮らしてきた私にもひしひしと感じられた。とくにそれは身近な食べ物の変化にはっきりと現われていた。たとえば、私たちが北京を出発するときは、母が丹精こめて作ってくれた弁当を持参していた。

当時、北京でも内地ほどの厳しさはなかったが、配給制度は実施されていた。にもかかわらず、各自の持参した弁当は銀シャリ（白米）であり、内地では貴重品となっていた肉、卵、ハムなどをふんだんに使用した幕の内弁当か寿司で、各自指示されたとおり一日分を用意してきた。

しかし、列車が中国を走っていた間はだれ一人それには手をつけず、自由な時間に食堂車で、メニューによる好みの食事をしていた。とくにこれには外食券（外食専門の独身者や旅行者などのため、配給米の代わりに券が配られていた）は不要であった。

列車が満州に入ると、一定の時間しか食堂車の利用ができず、食事内容も何種類かの定食に限られていた。しかも、中国・満州までは大きな駅では、弁当も売っていたし、菓子や果物も購入することができたのに、朝鮮に入ると食堂車の主食は色の黒いパンとなり、スープの中に油で揚げた魚が一匹浮いている……といった内容で、時間が限られたうえに一種類の定食のみで、これには当然のごとく外食券を必要とした。

しかし、食べ物の質の低下に反して、中国や満州のハゲ山や黄土を見慣れていた私には、

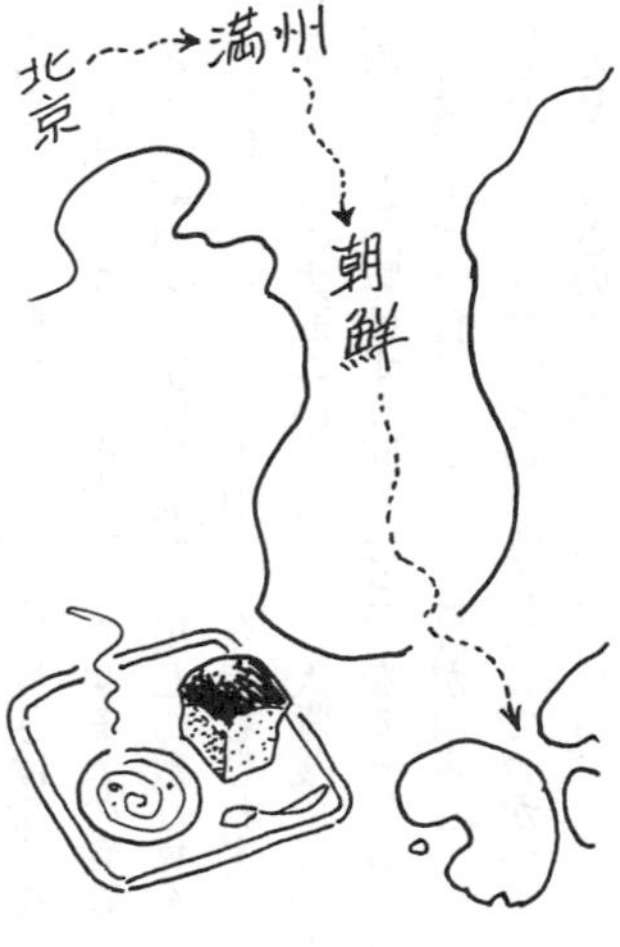

窓外に青々と植えられた五月の早苗の美しさが目をなごませてくれた。一面の青田の間に見かける朝鮮人の農家が、泥壁の上になだらかな茅葺きの屋根をのせ、それがあたかもドテラで着ぶくれた人が厚い綿をかぶってうずくまっているかに目に映ったのが印象的であった。

列車を乗り降りする客（朝鮮人に混じってかなりの日本人も見かけた）の動作も、

中国や満州で見られた大陸的な悠長さはなくなり、せかせかした殺気立ったものさえうかがえる雰囲気になった。車内で食事する人の食物も、色の黒いふかしパンはまれで、大部分の人が芋か乾パン、中には袋から出した煎り豆を一粒ずつかじっている人もいた。

私は朝鮮を走る列車の中で、今でも思わず吹き出してしまうほどの失敗をしてしまった。しかし、この失敗の口惜しさは、入隊後に訓練の激しさが加わり、四六時中、頭の中には食べ物のことが駆けずり回るほどになると、取り返しのつかない腹立たしさに変化していった。

私は、車中で食べるようにと母が用意してくれた茶色の田舎饅頭の箱を取り出して一つ口にした。「ゴクリ」という横合の音で気がつくと、隣りに座っている朝鮮人の男の人が、じっと私のひざの上の箱を見つめている。

そうだ、お裾分けしなければ、「一つどうですか?」と饅頭の箱ごと差し出したのがまずかった!

「カマムスミダ」(多分、ありがとうございます? だろう)とか何か言ったと思うと、急にニコニコ顔で私の手から箱を取り上げたとたん、彼はあっという間に三つ一度に頰張ると、さっさと棚上の自分の荷物の中にその箱を仕舞い込んでしまった。

「あ、違う、残りは返してくれよ」とも言えず、あれよあれよと私の饅頭が消えてしまうのを、呆然と眺めるばかりの不幸な立場に置かれてしまった。彼は悪気のない喜色を顔に浮かべて、ニコニコこちらを見ている。げに恐ろしきものは〝食い物と女の恨み〟と言うが、不幸なことに、私は〝女の恨み〟の経験はないが、半世紀後の、今なお忘れられないこの〝事件〞でもわかるとおり、〝もう一つの恨み〞の恐ろしさのほどが知れようというものだ。

下関から乗りついだ日本の列車には、もう食堂車はなく、たまに駅で代用食の黒い色のパンか蒸し芋を売っていたが、それにはかならず外食券を必要とした。それも売手と買手という立場ではなく、「売ってやる」「買わしていただく」といった売手の横柄さが気になった。「もうないんだよ。いくら外食券を出しても、ないものはないッ！」という口の端の下から、私たちを引率してきた領事館の職員が、チラと手帖を見せ、何がしかの札を握らせると、「へ、ちょっとお待ちください」と言って姿を消す。と、間もなく手品のようにどこからともなく、大袋入りのパンを抱えて戻ってくるといった塩梅だ。

線路の幅は狭軌となり、大陸鉄道のゆったりとした標準軌（一・四三五メートル）鉄道に乗り慣れていた私には、この車内はあまりにも狭苦しかった。周囲の乗客は当然のことながら、すべて日本人であった。しかし、これらの人々の服装は、女性はもんぺ、男性は国民服にゲートル巻き、一様に肩から防空頭巾と布製のカバンをかけ、左胸には小さな白布に住所、氏名、血液型を書いた四角形の布を縫いつけている。

そして、いずれもが、自分たちは目的のためにだけ汽車に乗っているのだ、というむっつりした雰囲気で、旅を楽しみ、窓外の景色を眺めるといったゆとりはさらさら感じられなかった。

中国の列車は停まるとき、動くとき、「チェーコンロージャ」「ショーサイイーデアル」「カイダル」など、意味は正確にはわからぬが、「少しどいてください」「すみません、ちょっと」「早く早く」といったらしい喧騒が交錯したが、それでいて動作そのものはさして急ぐでもなく、のんびりしたもので、席に着くと、さっそく周囲の人と和やかな会話を大声で交わし、相互に南京豆などをやりとりしていた。

それに比べると、日本の列車はどうしたことか、ほとんどことばがない。ときおりぐずっている子供を叱りつける母親のトゲトゲしい声がする程度である。それでいて、列車の乗り降りはせかせかと、中国人には見られない素早い身のこなしでだれもが動いている。あたりに漂わせる雰囲気は殺気立って、まったく余裕というものが感じられない。

先行の列車事故で、大きな駅に下車して出発を待っていたとき、十二時すこし過ぎの真っ昼間だったが、陸軍の兵隊の一群を見かけた。私たちと反対のプラットホームの片隅に腰を下ろしている彼らを見て、私は一瞬ドキッとした。暗い、何と陰うつな集団であろう。

いずれも中年過ぎと思われる、体つきの貧弱な兵隊たちで、無言のままうつ向き加減の顔を、ときおりこちらに向けるのだが、うつろな視線をちらりと私たちへ走らせては、ふたたびボンヤリと線路を見つめている。中国でよく見かけた苦力《クーリー》（肉体労働者）の集団の方がずっと活気があったぞ、と思った。

私たちと反対ホームだとすれば、下り列車を待っているらしい。これから日本を離れて、ほとんど生還を期し難いどこかの戦場へ送られる補充兵たちではなかったろうか。今の戦局で、召集は〝死刑宣告〟と同じ響きをもっていたろう。あとは、〝死刑執行〟の刑場へ向かうにひとしいのだ。その一団から漂うやりきれない陰うつな雰囲気に、こちらまで気持ちが

滅入ってしまった。
この光景は、私が年を重ねるとともに、ますます胸中に暗い想い出となって、今なお忘れられないでいる。彼らには当然、親兄弟妻子がいたであろう。戦局の不利は、日々の生活から肌身で感じとっていたであろう。やってきた線路の彼方で別れてきた肉親の元へ戻るときは、白木の箱であろうか……彼らはぼんやり見つめていた線路を通して、肉親への思いの丈を送りつづけていたのではないだろうか？　果たして、あの集団の中から何人の人が生還できたであろうか……。
のんびりと大陸からやってきた私には、こういった周囲の様子の移り変わりを通じて、〝戦時〟という感じがひしひしと身をつつみこんでいくのを覚えた。
私たちがたしか大阪駅だったと思うが、

乗り換え列車を待っていたときのことであった。ちょうど朝の通勤時間帯だったらしく、大勢の人が行き交っていた。たまたま通りかかった私たちぐらいの年齢の男が、ニヤニヤしながらこちらへやって来た。

「どこから来たんや？」

「北京です」

「さよか、御苦労なこっちゃな。予科練やな」

「そうです」

「ほんまえらいとこ来よったもんやな。知らへんのか、あそこ、ごっつうきついうで……バッター言うてからに、棍棒でけつぺた青黒うなるほどどづかれるの、知らへんのか。みな泣いてるで」

何だ、この野郎、自分が予科練に行けないものだから、ひがみやがって出まかせ言ってやがる、と私はできるだけ無視していた。

「エンタもてへんか？」

「エンタ？」

「モクやモク、煙草。そないな持ってるの見つかったら、営門でどづかれるで、ここで出しといた方がええで、悪いこと言わんさかいに」

「だれも煙草なんか吸う者はいません」

「へん、ええしのぼんばかりなんやな、せいぜ泣かんときばってきいな」

最後はこんな捨てぜりふを残して、この男は人混みの中に姿を消した。おそらくどこかの徴用工なのだろう。それにしても、何という内地の人たちのすさみ方なのだろう。これからお国のために命を捧げて（たとえタテマエでも）予科練に行こうとする者に、「御苦労さん」のねぎらいの言葉どころか、おどし文句を並べてから煙草をタカろうとは。これが国を挙げて大戦争をしている国民の姿なのであろうか？

無菌室で純粋培養されてきたような外地育ちの私にとっては、日本のこれらの現状は想像を絶した驚きの連続であった。しかし、悪いことはさらにつづいた。

「あっ、ない！」名古屋から関西急行（現・近畿鉄道）へ乗ってしばらくしてからのことだ。同行入隊者の一人が突然、大声を出した。

「どうした、何がないんだ？」

「財布、内ポケットに入れといた財布がないんだ。胸のところ切られてる」

「掏摸《すり》にやられたんだな」

「乗車するとき、妙に後ろから押す奴がいたので、後ろをふり向いたすきにやられたらしい。金はいいんだが、家族の写真を一緒に入れといたのが残念だ……」

幸い、私たちは出発時、金銭はできるだけ分散しておくこと、と言われていたので、金額の被害はさしたることはなかったが、大切な家族の写真を盗られたのは気の毒であった。当時、治安が悪いと言われていた外地（中国・朝鮮）では、今回の旅行中、まったくこんな事件はなかった。にもかかわらず、祖国日本に上陸したとたんにこの有様だ。これが日本か、これが憧れの祖国なのか⁉　私の気持ちは滅入る一方であった。

この沈んだ私の気持ちと裏腹に、緑のトンネルの中を走っているのかと思われるほど美しい窓外の景色は、何と心をなごめてくれたことだろう。風光明媚な志摩半島をつっ走る急行は、ときに両側の土手から迫ってくる緑の夏草を進行とともにかき分け、さあーっとなびかせて過ぎてゆく。近くを流れる川の水の清澄なこと。外地、とくに中国の鉛色か黄色に濁った郊外のクリーク（運河）を見慣れた目には、文字通り「山紫水明」の国に来たのだ、と映った。そうだ、この美しい土地を俺たちは護るのだ、とあらためて気を取り直した。

五月二十九日、伊勢の山田の旅館で、旅装をといて長途の旅の疲れをいやすことになった。入隊は五月三十一日だが、三十日には伊勢神宮で武運長久を祈願してから隊門をくぐる予定である。

私たち北京出身の入隊予定者は十六名で、ほかに引率・付き添いとして北京日本総領事館の兵事課職員一名と、たまたま所用で内地へ帰国するN君の母親が同行していた。旅館で領事館員が女中と部屋の隅で打ち合わせしているのがたまたま私の耳に入ってきた。

「金はいくらかかってもいいから、ここで出せる最高の料理を皆に出してください」

「あの、取り締まりが……闇の……」

当時はほとんどの物資が配給制で、一般庶民は、割当物資以外の物を入手しようとすると、法外な金を使って裏取引する以外なかった。これを〝ヤミ〟といって、官憲の目につくと罰せられたのである。

「いいから、いいから。私はこういう者です。あとで帳場の電話を借してください。警察署長に話をつけておくから」

　領事館員は財布からなにがしかの金を女中に握らせながら、黒皮の手帳を見せていた。私たちは身の回りの整理をすませると、三々五々、散歩に出かけた。当時はまだ口のオゴっていた私たちには、さして食い物には興味はなかった、というよりも、トコロテン、夏みかんなどしか口に入るものは目につかなかった。それよりも伊勢らしい貝やガラス細工が珍しかった。早々に旅館にもどり、ひと風呂浴びて部屋にもどると、

「いや、それはいかん、絶対に困る。あの御婦人は一人で別に部屋をとって、私は皆と一緒に床をとってください。かならずお願いしますよ」

　領事館員が、ことさら大声で皆と一緒に床をとってくれ、と女中さんに強調しているのが妙に私の耳に残っている。当時はなぜそんなに眠る場所にこだわるの

だろう？ と奇異に感じた。その夜の夕食は二の膳付きで、鯛のお頭付き、名物の伊勢海老の刺身、天ぷら等々、食欲旺盛な私たちですら半分は残すほどの豪華なものであった。今のグルメ云々の料理も顔負けするほどのものであった。当時『星光る闇』などのザレ言が巷間にあったが、星（軍）でなくとも、お上に直結している領事館員（外務省の出先機関で警察権も持っていた）であれば、下級職員でも結構、顔が利いたらしい。

翌日は早朝、旅館を出て、伊勢神宮へ向かった。足下に聞こえる境内の玉砂利の音、人を恐れぬ五十鈴川の清流を泳ぐ鯉や鮎の群れ。周辺の緑の大木の林が、朝もやの中に美しいたたずまいをみせている。

〝何ごとの　おわしますかは　知らねども……〟とくにかたじけなさに涙がこぼれたわけではないが、この神宮の聖域は、おのずと身が引きしまる感じすらする不思議な場所である。とくに許されて神殿の奥で、神官によって入隊者全員の名前入りで、武運長久の祝詞が奏上された。

ついで、四人の巫女さんによる舞楽の奉納があった。舞楽の良し悪しの分かる年ではないが、巫女さんの緋の袴と白衣のコントラストの美しさには目が眩んだ。このときの印象があまりにも強かったせいか、六十六歳過ぎの今でも、いや、今だからこそかも知れないが、神域で見る巫女さんは本当に美しいと思う。ただし、近くで見た場合には、往々にしてがっかりする場合もあるが。

これで、私たちの入隊までの予定された行動はすべて終了、ふたたび旅館にもどって、最後の一夜をのびのびと過ごしたのであった。

4　三重海軍航空隊へ入隊

三重県一志郡香良洲町にある三重海軍航空隊に入隊したのは、正式には、昭和十九年六月一日となっているが、私たちが隊門をくぐったのは五月三十一日の正午過ぎだった。

一同が引率の領事館員と、見送りに訪れていた内地の親戚の方たちと隊門前で待機しているとき、ちょうど午後の〝課業始め〟の整列で、練兵場は真っ白な事業服の群れで埋まっていた。

ラッパに合わせてそれぞれの課業に向かう練習生の行進は、じつに見事なものだった。左脇にズックの鞄をしっかと抱え、右手を前後に大きく振り、左右の脚を高々と上げ、文字通り一糸乱れぬ隊列の並足行進で出発。やがてリズムの変わったラッパに合わせた駆け足で、ザ、ザ、ザと進んで行く見事さにうっとり見とれていたものである。

それは当然のことながら、中学校（旧制）で受けていた軍事教練とは雲泥の差であり、プロとアマの見事なまでの違いであった。しかし、俺には一体あんな立派な行進ができるのであろうか？　という不安も拭い去れなかった。

練兵場の練習生がすべていなくなってしばらくすると、一種軍装の下士官がやってきて、私たちは航空隊に第一歩を踏み入れた。これで、今まで私たちを少なくとも保護？　してきてくれたシャバの人たちとの縁は、いっさい絶たれたのである。練兵場の一隅には、分隊別か出身県別かよく読み取れなかったが、立札が立てられ、その一つに連れて行かれた。

つぎつぎに集まってきた入隊者の大部分は、例の日の丸の襷をかけていた。見たところ私くらいの年頃の者がほとんどだが、中には立派な大人と言えそうな体つきの者もおり、革長靴に軍刀まで吊った者さえ見かけた。あんな〝おじさん〟と一緒に訓練をやっていくのはえらいことだぞと、ふたたび不安な気持ちのとりこになってしまった。

後で分かったことだが、私たち二十二期乙種飛行予科練習生は、大正十三年から昭和五年生まれ（一九二四～一九三〇）までの者が採用されていたのである。腕章をし、黒表紙名簿片手の下士官の点呼（氏名確認）を受け、私たちが連れて行かれたところは航空隊の奥のはずれ、海岸寄りにある木造平屋バラック建ての第九兵舎二区であった。

内部は兵舎を突っ切ってコンクリートの廊下が通っており、一段高くなった板張りの向かって右半分が食事や温習（自習）その他、日常生活を行なう居住区となっていた。そこには頑丈で大きな卓と、向かい合わせに長い木の腰掛けが置かれていた。居住区の向かい側、つまり兵舎の入口から奥に向かって左半分が私たちの寝室で、鉄製の二段ベッドが整然と並べられている。

私は兵舎へ一歩脚をふみ入れて、二種類の驚きを覚えた。まずこの舎内には、一般家庭に見られる家具調度と言えるものは皆無なのだ。だだっ広い板張りのデッキ（海軍では陸上兵舎でも艦船なみに床のことをデッキと称していた）に、ぶ厚い樫製の食卓と、ただ腰を下ろすだけの木製ベンチ（もちろん背もたれはない）が整然と並べられ、片側の壁際には銃架棚がある。電気時計と拡声器が一個ずつ天井近くの板壁に掛けられている。

そのほかに設置されているものと言えば、兵舎入口右側の壁に、等身大の鏡がかけられていたが、調度品と言えるものはせいぜいこれ一つであろう。しかも、これは単なるお飾りではなく、通りすがりにちょっと立ち止まり、自分の姿を写して身なりをととのえるためのものであった。

この兵舎は、急増した練習生を収容するため、吊床をつるための太い梁や、吊床格納用のネッチングなどはなく、海軍兵学校なみにベッドが使用されていた。ベッドのマットの上には鼠色の毛布が三枚、まるで機械で畳まれたように折り目と四隅がぴしっと極まった形で重ねられていた。

兵舎内の整理整頓には、まもなく私たちも泣かされるのだが、このときは、これを自分たちがやらなければならないなど、毛頭考えもしなかった。ただ「男所帯だからこんな殺風景な部屋でも仕方はないだろう、それにしても、こんなにいつもきちんとしておく人たちは大変だなあ、気の毒だなあ」と他人事として考えていた。——知らないということほど恐ろしいことはない。

銃架棚の上に二段の低い棚がある。下の棚、つまり銃架棚のすぐ上の棚には、前もって名前が記された手箱（縦三十センチ、横・高さ二十センチの木製の箱で、中に個人用の日用品を入れることになっている）が置かれている。その上の棚にはブリキ製の帽子缶があって、下士官なみに鍔のついた正帽が納められていた。

この日をもって私たちは仮入隊となっていたが、前もってつくられていた編成割により、一班から八班までそれぞれ約三十名ずつ分けられ、兵舎の入口に近い方から各班二卓ずつあてがわれ、班の編成ができていた。

私たち北京組の十六名は、班こそまちまちだったが、全員が四十八分隊員であった。ほかにも外地組は、上海、済南、台湾と、ほとんど四十八分隊だったので、後に〝外人部隊〟と一部では呼んでいた。また、長野、岐阜、山形出身者のほとんども四十八分隊員であった。これはのちほど（戦後）分かったことだが、清水慶吾分隊長の特別な取り計らいで、年少の予科練生に少しでも淋しい思いをさせないようにと、出身県をなるべく同一分隊へ配属したとのことである。このため、四十一～四十八までの各分隊はそれぞれ出身地別の個性（特色）ある分隊が編成されたように思う。我田引水、自画自賛のそしりを充分承知の上で私の感じていた我が分隊の特色を書くとしよう。

私たちの分隊は前述のとおり、山間農地出身者と〝外人部隊〟が多かった。農村出身者は高卒（当時は小学校六年卒業後、中学校へ進まない者のため、高等科をさらに二年間勉学する制度があった）の者が多かったが、北国地方特有の忍耐力と重厚さがあった。また、〝外人部隊〟のほとんどが中学または商工業学校中退者であった。したがって、体格体力に勝った者と、首から上の方がよく働く者の混成で、まことに釣合いのよくとれた分隊となっていた。不適切な表現かも知れないが、人体に置きかえると、才色兼備ならぬ知体兼備の人間集団（分隊）であったと思う。

私の班の班長は、善行章（事故のない限り三年で一本付与される黄色の山形マーク）二線の佐々木福松上等兵曹（青森県八戸市出身）で、砲術学校高等科終了の八重桜マークも一種軍装左腕に付いていた。年齢は二十三、四歳。濃い眉と大きな目、浅黒く引き締まった顔つきだが、ときおり見せる笑顔からこぼれる歯の白さが印象的だった。

班長の指示にしたがって、私たちがこれまで身につけていた衣類は、下着にいたるまで、すべて支給された官品と着替えた。白の事業服を身につけ、正面に黄色の錨のマークのついた黒の略帽をかぶると、何となく軍人らしい気持ちになった。

「各自の私物は、いま脱いだ服をふくめて、いっさい家に送り返すから、その荷造りをすること。なお時計と金品は、まとめて教員室に保管しておく。貴重品袋に姓名の書いた名札をつけて班長のところに持って来る。わかったか？」

「はい」「はっ」

班長の「わかったか？」に対して練習生はてんでんばらばらに力のない返事をした。班長

はすかさず、

「皆、元気のない返事だな。いいか、海軍では〝ハイッ〟と腹の底に力を込めた返事をすることになっている。また、これまでは陸さん（陸軍）のように〝ハッ〟と返事をしていた者もいたかも知れないが、〝ハッ〟ではなく〝ハイ〟と返事をする、わかったか?」

「ハイッ」

「よーし、その調子、いまの返事はなかなかよろしい」

私たちは海軍の事業服に着替え、一応練習生の外観はしているが、まだ正式に入隊したわけではなく、航空隊にとっては今のところお客さん的な存在だったので、班長の私たちへの接し方もだいぶ手加減している様子がうかがえた。

「班長殿、整理のすんだ自分の荷物はどこに置くのでありますか?」

皆よりいくらか年を食っているらしい、背の高い練習生が陸軍調で質問した。

「それは指示する。ところで今、質問した者は班長殿と言ったが、海軍ではいっさい〝殿〟はつけない。〝班長〟〝分隊士〟〝分隊長〟と呼び捨てでよろしい。なお、〝自分〟という言葉も使用しない。〝わたくし〟と呼称する」

上級者に対して、いくら職名がついているからとて、呼び捨てにするのは、これまでの習慣からいささか抵抗を覚えたが、時が経つにつれていつしか慣れてしまった。

一六一五《ひとろくひとご》（午後四時十五分）、夕食準備の号令がかかった。

「各卓二名整列」の当直教員の号令で、各班ごと数名が班長に引率されて烹炊所（調理所）

へ食事を取りに行った。私も早く隊内生活に慣れるため仲間に加わった。

コンクリート敷の、広い食品加工場を思わせる烹炊所だ。入ってすぐのところに木製三段の配食棚があり、各分隊、班名の書かれた木札がかかっている。一番下の棚には麦飯の入った四角の食缶があり、その上にやや小さめの汁食缶、蓋が裏返しになっていてたくあんがのっている。

その上の上下の間隔の狭い棚には、飯の食缶の蓋の中に副食の魚の煮付けが、人数分だけ入っている。いずれも食缶や蓋には、分隊班の数字がエナメル（黒）で書かれている。ちなみに私のところは3―48、つまり四十八分隊三班を示しているのだ。

この棚は、それぞれ両側から容器が取り出せる形に作られており、素通しになっているので、烹炊所の内部の様子が見渡せる。

コンクリートで固められている床の上には、大きな回転炉を思わせる半球型の蒸気炊飯釜がずらりとならんでいる。中央のあたりには大きな長方形の机が数脚ならんでいるが、これはじつはマナ板で、包丁の刃の当たると思われる四辺の部分が大きくえぐれている。ガチャンと床に物を置く音、絶えず響く号笛、古年兵の大きな号令などで喧騒をきわめている。大きな胸当ての前掛けにゴム長靴を履いた主計兵（いずれも栄養のよく行きわたった立派な体格の者ばかりだった）が忙し気に働いている。相撲の十両を思わせるひときわ恰幅のよい体格で、小粋に略帽を斜めにかぶり、胸のあたりに号笛をつるして悠然としているのは古参の主計兵であろう。私たちは両手に食缶を下げて整列し、兵舎にもどってきた。

粗く大き目に編んだ網の中に、食器が入っている。外側が青、内側が白の瀬戸引きの食器で、大（汁）、中（主食）、小（湯茶）、それに二人に一個あての皿が入っている。各テーブル十五人分の食事を盛り分けるのが大仕事だった。班長は、私たちのもたついた配食のようすを、傍らで何か言いた気な顔つきで見ていたが、何も言わなかった。

それでもなんとか食事の盛り付けを終わり、テーブルの上に左側に麦飯の入った食器、右側に汁、その上辺に茶の入った湯呑み、テーブルの中央、つまり向かい側の者との中間に、二人分の副食の入った皿を並べ、黄塗りで頭のところにポツンと朱の入った竹の箸をならべ終えるまで、つまり、「食事用意よろし」までに三十分以上の時間を費やしたのではなかったか？　準備が終わったところで、班長はみなに席に着くように指示した。

「皆、席に着いたな。食事をはじめる前にひとこと言っておく。今日、ただ今から皆は班長と一緒に同じ釜の飯を食う仲間となったのだ。地方（軍隊外の一般社会）の家庭でも、同じく一つ釜の飯を食って暮らしているが、ここでは今までまったく他人だった者が、同じ釜の飯を食って生活していくことになるんだからして、おたがいに兄弟と同じだ。いや、軍隊における戦友は兄弟以上の結束が必要なのだ。

班長も御両親から皆を預かった以上、皆が立派な飛行兵に成長して、お国のためにご奉公できるようにと一生懸命努力するつもりだ。どんなことでもかまわない、困ったこと、分からないことがあったら、班長に相談すること。ただし、数日後に入隊式をひかえ、正式の海軍軍人になるんだからして、皆も努力して、できるだけ一日も早く、この航空隊の生活に慣れなければいけない」

　班長はここで一区切りして、わかったかな？　という顔つきでひとわたり見渡した。他の班でも同様に班長の訓示が行なわれている。ある班では、入隊者が一人ひとり立って自己紹介している。

「そこで、まず今日は一つだけ注意しておく」

班長は言葉をつづけた。

「海軍では何をするにしても、つねにスピードとスマートさが要求されているのだ。初めてだから仕方がないが、先ほどの食事準備には三十分以上、時間がかかっていた。これでは敵襲を受け、皆が戦闘機に飛び乗って迎撃に出発するまでに、敵さんは攻撃を終わってしまうぞ！　これからは何でもそうだ、こんなにだらだらしていて良いのだろうか？　こんな行動で戦闘機発進に間に合うのだろうか、と自分の胸に問いかけながら行動してみろ、きっと皆の動作はきびきびと早くなるから」

「いいな、わかったか？」

「ハイッ！」

「よーし、それではかかれ。腹が減ったろう」

班長が「敵襲を受け、皆が戦闘機に飛び乗って」と言ったとき、そうだった、俺は戦闘機に乗るためにここへ来たのだ！　と思わず体をのり出すかたちで、班長の顔を見つめたものだった。

気がついてみると、昼の入門以来、水一杯飲んでいないのだが、緊張のしっぱなしだったせいか、腹が減ったという感じがほとんどなかった。それに口元にもって来ると、ムッと鼻をつく麦飯の臭いのため、思ったほど食事が喉を通らない。副食は、何かの魚の煮付けだっ

た気がする。

初めて口にする海軍の食事だ。これからは好き嫌いなど言えないのだから、と無理に自分に言い聞かせて、無理やりに詰め込んではみたものの、半分はあましてしまった。他の者も大体同様だった。

ここで私は、班長の食器の持ち方が、ちょっと私たちと違っているのに気がついた。私たちは普通、家庭で茶碗を持つ要領で、左手拇指を食器の縁にかけ、糸底のない大きな食器なので残りの指を底に添えて食器を持ち上げていた。ところが、班長は左人差し指を食器の内側にひっかけ、拇指と中指だけを外側に添えて食器を持ち上げている。

後になって気づいたのだが、ほとんどの班長も同様であった。陸軍では知らないが、海軍の古い下士官兵に特有の食事作法なのかも知れない。シャバに出て今日にいたるまで、この形式の食事の姿を私は見たことがない。

班長は苦笑しながら、私たちの食事の様子を見ていたが、みんなが食事を終わったところで、

「どうだ、初めての海軍の飯は？　だいぶもてあましているが、これから訓練がはじまると、とてもこの分量では足りなくなるぞ。あまった飯は食缶へもどし、烹炊所の残飯箱に捨てることになっているが、主計兵が手帖を持って上で見張っている。残飯の多い食缶の番号、つまり分隊と班だな、これをひかえて次回から飯の量が減らされる。今はそれでもいいが、訓練がはじまったら相当に腹が減るぞ。そのときになって増量してくれと言っても、なかなかそうはいかないのだ。これは決してよいことではないが、残飯の大部分……全部ではないぞ、便所の大便器の中に捨ててこい。あまり大ぴらにやるな、そして適当に残った飯を、残飯箱に捨ててくるのだ。分かるな、まったく残飯がないと、主計兵から便所かどこかへ捨ててきたと思われて、とんでもないことになるからな」

ニコリともせず、こう言い切った班長の言葉に、私は呆れ返って、思わず班長の顔を見直してしまった。この戦時中、物資の乏しい、とくに主食が不足しているとき、「あまった飯は、便所に捨てろ」とは⁉

だが、細部にわたっての班長の注意には感心もした。入隊前、軍隊は〝運隊〟であり、〝要領を本分とすべし〟などたびたび耳にしたが、これも〝要領〟の一つなのであろうか？　いや、何か違う気がする。ずるく立ち回って自分だけ楽をしながら他の者より早く上の者に

認められようとする、これを称して〝要領〟というのだろう。「今はそれでもいいが、後で増量してくれと言っても、なかなかそうはいかない」のだから、後で困らない手だてを班長は前もって教えてくれたのだ。

要領と言えば要領かも知れないが、軍隊における〝必要悪〟の要領なのであろう、と何となく半ば納得した気持ちになった。

言われたとおり、適当に残飯を便所にすてて、私は食缶を返納にいった。当時、私たち四十八分隊の使用していた便所は水洗でなく、木造汲取式のものであった。すでに〝先客〟があったと見えて、便槽の中には人体の消化器を通過しない白色の〝排泄物〟が見受けられた。

案の定、コンクリート製の残飯箱の上には、怖い顔をした主計科下士官が長い棍棒と手帖を持って練習生を睨んでいた。私はさり気なく残飯を空けてそこを離れようとしたとたん、

「オイ、そこの練習生！　コラ貴様だ」

と大声が飛んできた。すねにキズ持つ私ゆえ、てっきりやられた！　とドキッとしてふり返った。

「オイ、貴様だって言ってんだ、この野郎」

と同時に、私の後からきた練習生の頭に棍棒が飛んできた。黒帽だから新入隊員であろう。私はとっさに足を速めてその場を離れた。

今やられたのは、班長の注意した残飯量が多いためにやられたに違いない。佐々木班長が例の〝注意〟をしてくれなかったら、私も同じ立場に立たされるところであったろう。なる

ほど、班長の〝注意〟は〝要領〟ではあるが、なにかと不条理の罷《まか》り通る、軍隊社会における必要な要領なのだな、とあらためて納得したのであった。

それにしても、この主計科の下士官の態度言動は、あの関釜連絡船に同乗していた水兵のおどし文句をまじえた説明とともに、私には大変不愉快な印象を植えつけたが、一方これも軍隊なのだ、と自分に言い聞かせたのであった。

余談になるが、この残飯は朝昼晩と時間をきめて、軍隊御用の養豚業者が引き取りにきて、飼料としていたそうである。しかし、明治二十五年に『国民新聞』に松原岩五郎が連載した『最暗黒の東京』によれば、つぎのとおり記されている。

「……さるほどにこの残飯は貧人の間にあってすこぶる関係深く、彼らはこれを兵隊飯と唱えて旧くより鎮台営所（鎮台とは明治初年に設置された陸軍の軍団で、ここは軍団の兵営のこと。鎮台は、のち師団と改称された）の残り飯を意味するものなるが、当家にて売捌くは即ちその士官学校より出ずる物にて一ト笊（飯量およそ十五貫目〈約六十キロ〉）五十銭にて引き取り、これを一貫目（四キロ）およそ五、六銭位にひさぐ。（後略）」（一九八八年、岩波文庫より）

とあるとおり、東京の下層階級の大切な糧食となっていたのである。読者諸兄姉《みなさん》は「へえーっ」と驚かれるであろうが、敗戦後の昭和二十〜二十一年代には、私自身、これに似た体験をしている。

当時、連合国進駐軍という名目の米国の占領軍からも、多量の残飯（パン？）が出た。これにいち早く目をつけた者がただ同然に払い下げてもらい、パン屑、肉、野菜、フライ、ベーコン、ｅｔｃなんでも食い残しを一緒くたにし、ドラム缶に入れて火にかけ、シチューともおじやとも何とも形容できないどろどろの代物を、たしか『アメリカシチュー』と称して、ブリキ皿一杯十円ぐらいで露店で売っていた。

見た目は悪酔いした人間が時に道端などに拡げる醜悪な代物そっくりだが、油脂の浮いたうす茶色のどろどろから出る芳香は、飢渇に貧していた私には、たまらない魅力となって、磁石に吸い寄せられる砂鉄のごとく、そのドラム缶を囲む仲間の一人となったものだ。熱を通してあるので、一応、殺菌にはなっていたようだ。

そして、ブリキ皿を受けたときの運不運により、中味が異なるのも魅力であった。運が良ければ、ほとんど原形のままのベーコンやビフテキが入っていることもままある。また悪くすると、チューインガムの噛みかすやラッキーストライク（米国製煙草）の包み紙の丸めたのがセロファンと一緒に口に飛び込んできたりした。

「貧すれば鈍する」を地で行っていて、このときは予科練も特攻帰りの誇りも、胃袋の中に消え去っていたようだ。が、当時としてはかなり栄養価の高い食べ物で、外地に親兄弟を残し、薄い雑炊腹で親戚の家の焼け跡整理の重労働をつづけた私の貴重なエネルギー源でもあった。

ブラジルから帰国した人の話によると、現地名で「フェジョアーダ」という豆料理があるそうだ。豆、肉、その他野菜のごった煮で、見た目には〝なに〟とそっくりで、初めはとても口にする勇気は出なかったが、やがて病みつきになってしまった、とのことである。これは、その昔、奴隷が主人の目を盗んで集めたくずで作った料理で、彼らの苛酷な労働のエネルギー源となっていたそうだ。

5　川端義雄分隊士との出会い

夕食後、ふたたび身の回りの整理を行なった。私が北京を出発して数日後、済南へ移転した家族あてに送り返す私物の荷作りに夢中になっていた。先ほどから皆の作業を見まもりながら、兵舎の隅から隅までゆっくりと歩いていた士官（分隊士）が、私たちの班の近くへ来た。

私の傍らをゆっくりと通り過ぎて行った……と思ったらフト後もどりして、私の鼠色のトランクをしげしげと見ている。トランクには細引き（麻をよった鉛筆ぐらいの太さの紐）を掛け、荷札をつけているが、さらに念のため送り先の住所・氏名を蓋にも墨書してある。それを分隊士は、ジィッと読んでいた。

「このトランクはだれのだ」

「はい、自分、いや、私のです」

突然、自分のトランクを指摘され、私は何かまずいことでもあったのか？　と、どぎまぎしながら返事をした。

「そうか、お前が門奈か、北京中学だったな」

「はい、そうです」

「俺は川端分隊士、村井を知っているだろう」

「……？」

私は〃ムライ〃と言われて一体どこのだれのことか、とっさにはわからなかった。

「北京中学にいる村井だ」

「あっ、はい、知っております。同級でした」

「そうか、村井は元気か？」

「はい、元気にやっておりました。北京出発のときも駅へ見送りに来てくれたはずです」

「そうか、それはよかった。門奈も元気でやれ」

若さをいっぱいに漲《みなぎ》らせた青年士官、川端分隊士は眼鏡をかけた顔をニッコリと綻《ほころ》ばせて去って行った……。そうか、そうだったのか、村井よ、ありがとう。

私の三重空入隊が決定した噂は、またたく間に北京中学校の生徒の間に広まった。出発の前々日までは平常どおり通学していたが、そんなある日、軍事教練のためゲートルを巻いている私のところへ、村井がやって来て声をかけた。

「門奈君、三重空だってね」

「ああ、土空（土浦海軍航空隊）にしか予科練はないと思っていたのに、三重空にもあるとは驚いたよ」

「三重空にはね、大阪で隣りに住んでいた大学生が士官になって行っているから、君のこと手紙に書いて出しておいたよ。会えるといいね」

「へえー、君の知り合いの人が……それは、ありがとう」

村井とはこんなやり取りがあったのだが、間もなく授業開始の振鈴が鳴り、あわただしく運動場へ駆けて行った私の頭からは、その場限りで今の会話はすっかり消え去ってしまっていた。

村井は二年生のとき、大阪から転校してきた歯科医の息子で、体も小柄で、どちらかといえばおとなしい方で、暴れ者に属する私とはとくに親しい仲ではなかった。

それにしても、何千人もいる航空隊の中で、一練習生として入隊する私が、そんな大阪からの転校生の知人の士官に会えるなど、夢にも考えられないことなので、「隣りに住んでいた大学生が士官になって……」という村井の話を聞いたときから、すでに上《うわ》の空だった。したがって、その「士官」の名前もあえて聞こうとはしなかったのだ。奇跡が起こったようなものだ。まったく偶然とはいえ、たまたま村井の話していたその士官が、何と私の所属する分隊の分隊士であるとは！

昭和十九年六月の時点で三重空には、十九、二十、二十一期の先輩練習生がおり、そこへ私たち二十二期生二千一名が入隊したのである。

信じられないこの川端分隊士との出会いに、呆然としている私を、他の班の者までが羨ましそうな顔つきで見ていた。

川端義雄分隊士とは、私が偵察分隊に移るときまでずっと一緒だった。分隊士は、それとなく私に気をつかってくれていたようだった。

たとえば、土曜午後の舎内大掃除のときなど、「ちょっと俺の部屋の整理を手伝ってくれ」と私は呼ばれた。ところが、部屋の掃除は、すでに分隊士係の手ですっかり終了していた。何もすることがなく、所在なくつっ立っている私に、

「まあいいから、座って菓子でも食え」と、机の引き出しからビスケットやあめ玉を取り出してきて、私にすすめるのである。

私は二、三、手は出したが、他の練習生たちが一生懸命デッキの掃除をしているのに、自分だけ呑気に菓子など食ってのんびりしているのが申し訳なく落ち着かなかった。分隊士はそんな私を弟でも眺めるようなまなざしでニコニコ笑いながら、

「どうだ予科練生活は？……いろいろ大変だろうが、門奈一人だけが辛いのではない。頑張り抜いた者が最後に笑う者だ」

などと激励してくれた。

分隊士は兵舎の掃除が終了するまで私を引きとめておきたいようすだったが、私はどうしても自分だけ特別扱いされることに耐えられなかった。心中では分隊士の心遣いがよく理解できるのだが、

「まだ、兵舎の方ですることがありますから、失礼させていただきます。ごちそうさまでした」

と言って辞去した。

あれから半世紀余を経ようとするのだが、川端分隊士との交流は、単に四季の挨拶だけでなく、今なおつづいている。

平成六年で七十三歳の分隊士は、都合のつくかぎり、今も私たち予科練の集まりには、当時とほとんど変わらない若々しく元気な姿を見せて、みなと懐旧談に花を咲かせている。

6　終身奉公

荷物の整理が一段落したところで、班長が身上調書をみなにくばり、所要事項を書き込むことを指示した。本籍、入隊前の住所、職業（学校）、家族関係などを書く欄とともに「将来の希望」という欄があった。

「班長、『将来の希望』のところは、どう書けばよろしいのですか？」

「将来の希望か……班長だったら〝終身奉公〟と書くな」

「ハイ、わかりました」

だれだか知らないが、班長とのやりとりを何気なく聞いていた私はハッとした。「御国のためにこの身を捧げる」とか「一生を海軍で過ごすのだ」と一応、格好のよい覚悟をしていたつもりだが、これを正式の文書として提出する段になって、心の中では複雑な動揺が渦巻いていた。〝終身奉公〟〝終身奉公〟……。

私は予科練に入り、七ツ釦《ボタン》の制服を身につけ、やがて飛行服姿で零戦に乗り、華麗な空中戦で敵機を撃墜し、あるいは、敵の戦艦を轟沈して艦上爆撃機から降りて来る姿が新聞にでかでかと載り、美しい娘さんが出迎えてくれる故郷に凱旋して……そして……残念ながらその先がなかった。

北京の我が家を出発したころから、おかしくなりかかっていた私の心境は、三重空の隊門を入るまで幾度かひっくり返ったり起き上がったり、複雑に動揺しつづけていた。関釜連絡船の横柄な水兵、だが、あの上級練習生の課業始めの見事な行進……よし、俺もやるぞ！と一度は思ったものの、食えない麦飯に意地の悪い主計科の下士官、気がついたときは〝零戦〟も〝艦爆〟も、そして〝美しい娘さん〟も遙か彼方へ消え去っていたのだ。

聞くと見るとは大違いの軍隊生活の一端を、（たとえ覚悟はしていたものの）この半日の体験で、〝海軍〟にたいする夢と希望のさめかけていた私にとって、終生、海軍から抜け出さないことを、「将来の希望」とはっきり書いて出すのに、抵抗を感じないわけにはいかなかった。

しかし、今さらどうすることもできない雰囲気の中で、みんなと同様、私も〝終身奉公〟と書き込んだ一人であった。

二〇四五《ふたまるよんご》（午後八時四十五分）、「吊床おろせ」の号令により、決められた寝台に就《つ》いた。私は上段の寝台であった。毛布二枚は二つ折りにして下に敷き、残り一枚は三つ折りにして足先になる方を下に折り曲げ、ちょうど毛布で大きな封筒を作る形にたたんで、その中に足の方から潜り込むのである。

「班長、枕はないのですか？」

だれかが質問したが、私も先ほどから気になって質問しようと思っていた矢先である。

「枕は使用しない、その代わり各自が脱いだ事業服をキチンとたたんで、それを枕にするのだ」

「あの、寝巻はどうなっているのですか？」

ふたたびだれかが質問した。

「皆よく聞け、いま質問した者は、だれにたいして質問したか、分からない聞き方をしている。班長なら班長と、はっきり相手に呼びかけてから質問するのだ。海軍では、下士官以下は寝巻は使用しないことになっている。襦袢《ジュハン》と袴下(注)で寝るのだ。わかったな？」

「ハイッ」と返事はしたものの、これまでの生活とあまりにも異なったことばかりの仕上げが、枕なし寝巻なしで寝ることと知り、心なしか、みなの返事には力がなかった。

「何から何まで初めての経験で皆疲れたろう、早く床に入ってゆっくり休め。明朝は起床ラッパ前に班長が起こしに来るから」

班長は今までとは違った優しい口調でこう言った。私は床に就いた。兵舎通路中央に黒幕で遮蔽された常夜燈を残して、電燈は消された。やがて哀調を帯びた巡検ラッパが聞こえてきた。海軍に入った者なら、生涯忘れられないあのラッパである。

タタタタァーン　タタタタァーン　タタタ　タタタ　タタタ　タタタ　タタタタタタァーン

二一五《ふたひとひとご》、どこかで啜り泣きを耐えているらしい声が、かすかに聞こえて来る。

私は本書を書くに当たって、ほとんど自分の記憶をたどって筆を進めてきた。そのため、昭和十九年（一九四四年）五月三十一日の半日の出来事とし、入隊（門）以後のことを一気に書いた。私にとっては、半世紀前の記憶は、どうしてもこうなるのである。ところが、本書の出版が決定して以後、念のため同期生の大洞照夫氏（彼は四十三分隊員で、私とは分隊は別だが、驚いたことに、入隊以来の日記を克明につけていた）に、重要と思われる月日の問い合わせをして、日記の抜粋の参照をお願いした。これによると、私が半日の出来事と確信していたことは、三日間のことを凝縮して頭の脳味噌のひだに刻み込んでいたことが判明した。

しかし、本書は学術論文でも戦史でもない『私の予科練』である。決定的な間違いは、訂正しなければならないことは当然であるが、本書は『私の予科練』として筆を進めたい。したがって、重要事項の事実誤認のみ、大洞氏の日記その他によって各項の終わりに注記の形として加筆することとする。

（注）五月三十一日　仮入隊
　　六月　一日　身体検査、身上調書記入
　　六月　二日　隊内見学（講堂、兵舎、倉庫等）、班編成、衣服類の給付、私物の返送荷作り

（注）袴下の呼称について。
私は袴下を「コシタ」と海軍では呼称していたと信じていた。ところが最近になって、海軍では「ハカマシタ」と言っていた筈だと言い出す者がいた。念のため同分隊で班の異なる者に聞いてみると二名が「コシタ」、二名が「ハカマシタ」と教えられた、とのことである。さらに念のため、私たちと別分隊の教員に問い合わせると、「コシタ」という返答が即座にあったが、数時間後、同教員が、教員用の教科書で調べてみると「ハカマシタ」と書かれていた、と訂正された。広辞苑によると袴下は「コシタ」で、（旧陸軍で）ズボン下のこと、となっている。「ハカマシタ」の項は無かった。なお、対抗意識とでも言うのか、陸軍と海軍では、同一物の呼称を意識的に差別していたフシもある。たとえば、大尉（タイイ＝陸軍）（ダイイ＝海軍）、短機関銃（陸軍）、機関短銃（海軍）。こういった点から推測しても、海軍では陸軍に対抗して袴下を「ハカマシタ」と言わそうとしたのかも知れない。しかし、これはかならずしも徹底していたわけでなく、分隊の班長（教員）の間でも、それぞれ呼称がまちまちであったようだ。

7　三重空の一日

「総員起こし五分前、総員起こし五分前」

拡声器から流れてくる低い声の号令で、フト眠りから醒《さ》めた。あちこちの床の中で身動きする静かなざわめきが聞こえてくる。床の中でグウッと伸びをし、全身に力を加えて、残っていた眠気をはらいのけ、つぎにかかる「総員起こし」の号令に対して、いつでも行動を起こせるように身がまえた。（慣れるにつれ、この時点でほとんどの者は静かに事業服の上下を身に着けてしまっていた）

リズミカルな起床ラッパが終わるとともに、甲板教員の「ホヒー　ホッ」と独特な抑揚をつけた号笛が聞こえ、ついで、〇五一五《まるごひとご》、「総員起こし！」と号令がかかる。

バサッ、ドタッ、みながいっせいに跳ね起き、毛布を畳み寝台の足元にきちんと積み重ねる。ついで事業服を着て寝台の傍に全班員が整列を終わったところで、「第〇班」「第×班」と、各班の週番練習生が当直教員に報告する。全班そろったところで、当直教員は、「よし、かかれ」の号令をかける。

兵舎の外に出てふたたび班ごとに整列、分隊全員がまとまったところで、当直練習生の号令でいっせいに駆け足で練兵場へ向かう。ザッザッザッと足並みをそろえて初夏六月、早朝の澄み切った空気を胸いっぱいに吸い込み吐き出して進む。全身の細胞が新鮮な酸素を吸収して、プチプチと音をたてて弾けているのではないかと思うほど、心身の充実するひとときだ。

朝靄の中、広大な練兵場（一式陸攻＝大型爆撃機も離陸できる広さがある）には、すでに先着分隊の白い事業服の練習生が整列を終え、号令調整を行なっている。「号令調整」というのは、日常、団体行動で使用される号令を、各自が勝手に腹の底から大声で発するのである。

「気をーつけ！」「回れー右ッ」「頭《かしら》ー右ッ」「分隊ー止まれッ」

それぞれが勝手に状況を想定し、腹の底から思いっ切り声を張り上げる。これは健康のためにも大変よいようで、六十六歳を越えた今日でも、私の声がよく透ると言われるのは、約半世紀前のこの号令調整のお陰だと信じている。やがて当直士官が号令台へ上がるのを合図に、〇《まる》五《ご》三〇《さんまる》、ぴたりと号令調整の声は消え、各分隊ごとの人員点呼、分隊長による分

隊中告、当直士官が全隊員整列を確認したところで「御製奉咏」の号令、

朝みどり　澄みわたりたる　大空の
　広きをおのが　心ともがな

数千人による雅楽「越天楽《えてんらく》」調の朗々としたこの奉詠が、明け初めた初夏の練兵場に響き渡る、何とも雄渾壮麗な雰囲気である。この御製は週ごとだったか、月ごとだったか変わっていく。その後、体育教官の指導による海軍体操を行なって、〇五四〇《まるごよんまる》、全隊員による朝礼は終了。ついで朝の課業（各分隊ごとに兵舎の清掃、あるいは教室、温習講堂、舎外の清掃など）掃除当番以外の者は、各分隊の教員指導でふたたび体操か駆け足訓練を行なう。〇六〇〇《まるろくまるまる》、朝の課業を終え兵舎へもどると、掃除の終わった兵舎には、空き腹にしみ込む味噌汁の香りが漂っている。急いで洗面を終え、通路に整列して朝食を待つのである。

この項は、いきなり朝の「総員起こし」から書きはじめられているが、私たちは六月五日に入隊式を終え、六月一日付をもって、

第二十二期乙種飛行予科練習生ヲ命ズ
海軍二等飛行兵ヲ命ズ

とまぎれもない海軍軍人になっていたのである。ちなみに私の兵籍番号は、横志飛三三一四五番、すなわち、横須賀鎮守府管轄・志願兵・飛行科・三三一四五番なのである。この番号は、分隊長点検、被服点検の申告の際、幾度となく呼称させられたので、今でも忘れることはない。

もし死んで顔がふっ飛び、どこの何兵衛か分からなくなっても、兵籍番号が分かれば、氏名は判明する、地獄までつきまとう仕組みとなっており、今なお厚生省援護局業務第二課へ行ってこの兵籍番号をもとに調べてもらうと、門奈鷹一郎という半世紀昔の戦時中の亡霊の名前が出てくる仕組みとなっている。

五月三十一日、仮入隊。再度行なわれた身体検査もぶじ通過し、六月五日の入隊式の日まで、起床から就寝まで、徐々に海軍軍人へと仕立て上げられていった。そして、不完全ではあるが、一応、曲がりなりにも、日常の隊内生活についていける程度になっていた。

ここで、三重空における正式の日課を列挙してみよう。『三重海軍航空隊・香良洲の青春』によると、つぎのとおりであるが、これは夏期日課であって、冬期では四十五分、繰り下がった。

○五〇〇　当番起こし（当直・甲板練習生・各班吊床係）
○五一五　総員起こし
○五三〇　朝礼
○五四〇　掃除始め
○六〇〇　掃除止め
○六一五　朝食
○六五五　温習始め
○七三〇　温習止め
○七四〇　課業整列
○七五〇　始業
一一四〇　午前止業
一二〇〇　昼食
一三〇〇　課業整列
一三一〇　始業
一六一〇　止業
一六三〇　洗濯物卸せ
一六四五　夕食

一八一五　温習始め
二〇三八　温習止め
二〇四五　吊床卸せ
二一一五　巡　　検

この時間割は、日本の刑務所の徒刑人に課せられているものと酷似しているとのことであるが、残念ながら私には実体験がないので真偽のほどはさだかでない。ただ、今あらためてこの時間割を見て、通勤・通学は致しかたないとしても、せめて起床と就寝ぐらいはこれに準じた生活を行ない、胃袋に家一軒建つほど酒など呑まなかったら、私の人生もかなり変わっていたのではないか？　と取りもどせぬ後悔をしている次第である。

8　田嶋十次郎分隊長の温情

私の前著『海底の少年飛行兵』（光人社NF文庫『海軍伏龍特攻隊』）の中で、「会者定離」として、私と田嶋分隊長の奇しき再会のことを書いたが、一部重複する箇所があるが、今もって忘れ得ぬ田嶋分隊長について述べることにする。

先に述べた川端義雄分隊士とともに、私は三重空においては、上官には大変めぐまれていたと信じている。入隊当初の四十八分隊分隊長は、田嶋十次郎特務機関科中尉であった。同氏は、三重空に来られる前はグアム島（当時「大宮島」と呼ばれていた）におられたそうだが、体を悪くされて内地勤務となられたとのことだ。

川端分隊士は、「田嶋分隊長は、自分が内地勤務になって以後、大宮島が敵によって一万八千人の犠牲を出して玉砕したことを、いつも申し訳ないと言っておられた」と話されていた。

田嶋分隊長は、後に四十八、四十七分隊長を兼任された海兵出身の冷徹な感じの永井一雄中尉と対照的な、暖かい人間味溢れるお人柄であったように思われる。入隊当初お目にかかったとき、私は、「あ、だれかにそっくりだ」と思った。よく考えてみると、幼時、私が三、四歳のころ朝鮮京城で大変お世話になった小児科の開業医稲垣先生にそっくりだったのである。分隊長は眼鏡はたしか黒縁だったと記憶しているが、つねに温顔を絶やさず、私たちを暖かく見まもっていてくれた。胸部疾患でもあったのか、声は低音で、暇さえあれば兵舎に来られ、たえず練習生に声をかけてくださった。

「どうだ、元気にやってるかな」「御両親は元気か」「郷里はたしか北京だったな」と、私の変わった苗字と出身地を覚えておられたらしい。

この分隊長が私たちの家庭に宛てた七月一日付の書信が最近、同分隊員の宮沢正義君からお借りできたので、いささか長くなるがここに転載することとし、同分隊長の行き届いた心遣いの一端を記しておくこととする。（本文はガリ版刷り、署名は実筆）

拝啓　前略

陳者今回正義君にわ《ママ》目出度く乙種飛行豫科練習生に採用せられ、六月一日海軍二等飛行兵を命ぜられ名誉ある帝国航空の後継者にして茲に第一歩を踏出さるゝ事と相成候事は貴家は勿論皇国の為誠に慶賀に不耐所に御座候、扨小官図らずも此の名誉ある航空隊の教官兼分隊長として御子息の教育身上を直接掌る事と相成候に就てわ《ママ》及ばず乍ら渾身の努力を致し精強なる海鷲に育て上ぐる決意に有之候へば何卒御安心被下度候茲に御挨拶を申上ぐると共に当隊の教育並に生活の一端を御通知申上げ御参考に供し併せて御家族に対する将来の希望を申上候

一、教育

当隊は御承知の通り将来海軍航空隊の重要幹部たるべき者の基礎的教育を施す所にて立派なる軍人精神の涵養と旺盛なる体力の練成を主眼とし且、之に必要なる学術技能の教育を加へ真に御役に立ち得る軍人とする事を目標と致し居り候

二、日常生活

起居動作総て規律正しく且厳格に実施居り候間最初暫くわ《ママ》窮屈なるも慣るれば却って愉快となるものに候間初期に於て苦痛を訴える如き場合あるも御家庭に於てわ《ママ》之に同情的なる態度を示さる事なく寧ろ積局的に鼓舞激励相成度其の方が結局練習生をして早く生活に慣れしめ成績も向上する所以と存ぜられ候

三、食事その他

食事は多年の研究に基き栄養質量共に良好且つ充分に配給されあり又酒保より菓子、うど

ん、汁粉等も支給せられて不自由無之候間徒らに飲食物を送付せらるゝが如きは御子息の躾及衛生上の見地より固くお断り申上候

四、物品及金銭

生活に必要なる衣服及物品は官給にて心配無之自費にて購入を要するものわ《ママ》文房具、塵紙、褌、ハンカチーフ、石鹼、手拭、糸、針、刷毛、靴墨等の日用品にて之等も皆酒保より安価に配給され候従って練習生に要する金額は毎月の俸給にて充分余裕ある筈に有之候尚隊内に於てわ《ママ》現金の所持を厳禁し総て分隊長責任を以て班長に保管せしめ必要に応じ支出せしむる事と致し居り候。仮令本人より送金を要求する如き事あるも御家庭より密送せらるゝが如きは本人の為めに相成らず特に必要と認むる際は分隊長検印の上依頼せしむべく候間其の場合に限り必ず分隊長宛書留便にて御送付の事と致され度候

五、面会

練習生に対する面会も隊の内外を問はず一切厳禁せられ居候但し萬已むを得ざる事情有る節は豫め分隊長の許可を得たる者に限り短時間許可せらるべく候も其の他わ《ママ》情況に依り父母又は之に代ふるべき親権者に限り卒業迄の期間に二回を標準として当方より指定する期日に於て許可せらるゝ方針に有之候　面会の日時、諸注意等は後日送付の面会許可證に依り御承知相成度但し面会は御勧め致す意味には無之可成時局柄差控へられ度此の點特に御含み置き被下度候、許可證も概ね入隊後二ヵ月経過後及卒業前の豫定に有之候

六、音信及小包類

御家庭より激励の手紙は教育上効果極めて大にして練習生も何より楽しみと致し居り候又御子息指導上必要と認めらるゝ事項並に身上等御心付の点は遠慮なく分隊長に御通知を得度尚練習生の未検閲信書の発信は海軍刑法に觸るゝ虞有之候に付近親者或は地方民家を利用しての通信連絡等も厳重に慎まれ度御注意申上置き候　小包の送付は右の如き不自由なき生活致し居候間特に要求ある場合の外御遠慮被下度尚不必要と認め候節は返送致す所存に有之候

七、帰省

父母危篤又は死亡の為本人の帰省を願ひ出らるゝ際は短時日休暇を許可さるゝに付此の場合は必ず市町村長に申出て市町村長より三重海軍航空隊司令宛電報（公用）され度左記御参照相成度候

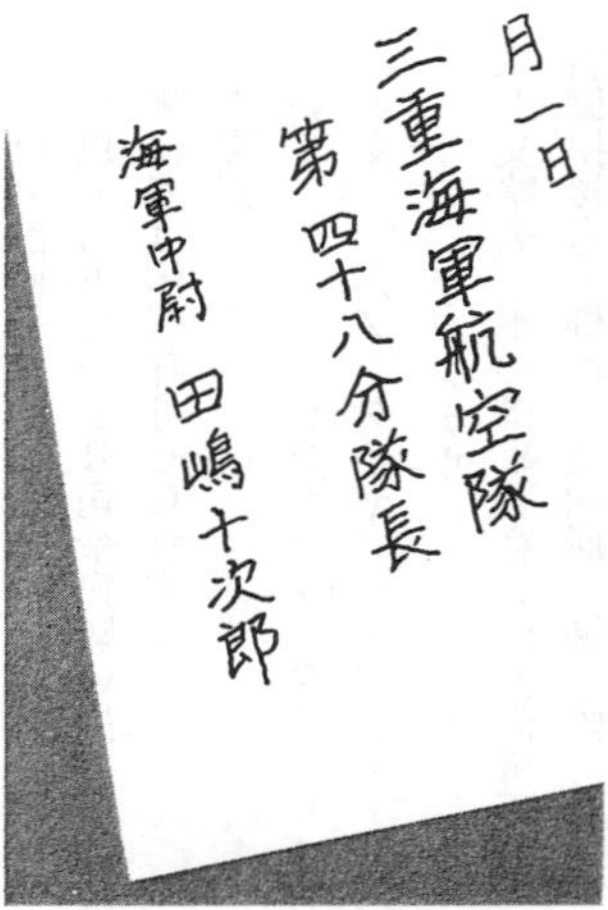

記

一、帰省、休暇の許可せらるゝ範囲及其の手続

(イ)父母（実父母なき場合の継父母を含む）重病危篤若くは死亡の時

(ロ)父母に非ずとも本人に非ざれば処理不可能の関係を有する者（父母兄弟なく本人と祖父母のみの場合等）

(ハ)手続は必ず市町村長の證明ある願書に

医師の診断書を添へ当隊司令宛願い出て許可を得ること但し急を要する場合は先ず電報を以て市町村長より司令宛願い出て書類は本人帰省後速に提出の事家族より本人宛の電報にては休暇許可せられず

(ニ)電文例

宛名　ミエカイグンコウクウタイシレイ

本文　〇〇ブンタイヤマシタハジメ　ハハウメキトクキュウカコウ

〇〇ソンテウ

以上文略御了承の御事と存じ候も尚御不審の點有之候はゞ御遠慮なく御尋ね被下度候

右御挨拶旁々御通知迄如斯に御座候

敬具

昭和十九年七月一日

三重海軍航空隊第四十八分隊長

海軍中尉　田嶋十次郎

田嶋分隊長のことは、まだまだ書き足りないが、残念なことに、同分隊長は、ある日突然という形で「会者定離は海軍の常。しかし、海軍にいる限り、いつの日か再会の機会もあろう」と別離の言葉を残して、私たちの前から姿を消したのである。第二種軍装（白夏服）姿の分隊長が隊門を去るのを止めることのできない涙とともに「帽振れ」で送ったのは入隊後二ヵ月を経た七月下旬であったろう。

約一年後、私が伏龍特攻要員として横須賀市久里浜の対潜学校で訓練を受けていたとき、夢にも思わぬ再会ができようとは、神ならぬ身、このときはまったく知る由もなかった。

前著『海底の少年飛行兵』（光人社NF文庫『海軍伏龍特攻隊』）からこのときのことを再録することとする。

『会者定離』—田嶋分隊長の想い出
寝入りばな、ふと名前を呼ばれたような気がしたが、昼間の猛訓練の疲れで、夢ともうつつともなく聞き過ごしていると、「門奈はこの兵舎にいるか？」のいちだんと大きな声ではっきりと目覚めた。

左右の者二、三人が吊床からかま首をもたげて私の方を見ている。どこかで聞いたような声だな——。

「はい、おります」

急いで身繕いして、私は声のした入口の方へ駆けて行った。

「門奈か？」

灯火管制で薄暗く遮蔽された廊下の常夜灯の下に、一人の士官が立っている。

「はい、門奈です」

暗がりの薄い光をすかして、戦闘帽に三種軍装の士官の顔を見上げて驚いた。

「あ、田嶋分隊長」

「おお、やっぱり門奈だったな」

そこには紛れもない田嶋中尉が、いや、襟の階級章は大尉になっていた——あの懐かしい温顔をほころばせて立っていた。

伏龍特攻隊員として私が転属してきた横須賀の対潜学校で、やがて前期の基礎訓練が終わろうとする昭和二十年七月下旬のことであった。


私が三重海軍航空隊へ、第二十三期乙種飛行予科練習生として入隊したのは、約一年前の昭和十九年六月で、そのときの私たちの四十八分隊長が四十歳を幾つか越したかと思われる田嶋中尉であった。

いきなり放り込まれた軍隊社会、西も東も分からず何かと戸惑いがちの私たち新入り練習生に対し、田嶋分隊長は何くれとなく気を配ってくれていた。私たちが兵舎にいるときは、つとめて練習生に接するよう、温かな笑みを浮かべて兵舎内を巡回し、「どうだ、少しは慣れたかな?」「郷里《くに》はどこだ?」「御両親は元気か?」と言葉をかけてくれていた。

予科練教育の中には、毎月最低一〜二回程度、分隊長の精神訓話があった。これは主として雨天などのため屋外訓練が中止となったとき、兵舎内で行なわれた。机や椅子が両サイドに片付けられたデッキ中央に黒板が持ち出され、練習生は各自の手箱を腰掛け代わりにして、黒板を中心に扇形に参集する。

精神訓話の内容は、練習生に海軍軍人としてそなわっていなければならない精神や心構えを教え込むのが目的であって、「我が国体」「御勅諭謹解」「大東亜共栄圏と日本の役割」といった、練習生にとっては面白くもおかしくもない退屈なものが行なわれがちだった。ところが、田嶋分隊長のは一味違っていた。ときには「海軍の軍人らしさ」「礼儀について」などの話もあったが、どちらかと言えば、人間本来の在り方について説くことが多かった。

「皆も知っているとおり、石川五右衛門は捕らえられて、最期は釜ゆでの刑にあっている。一緒に釜に入れられた我が子を両手で差し上げ、いよいよ力尽きんとするとき、南無阿弥陀仏と唱えたそうだ。極悪非道といわれたこの盗賊にも、人としての温かな善心はあったのだ。つまり、人間本来の在りようは善——性は善なのである」

およそ軍隊で話される精神訓話とは思えない、お寺で聞かされる法話にも似た話であるが、私はこんな分隊長の話が好きだった。

六月から七月と暑さが増すとともに、訓練の激しさも日々強まってきた。日頃の疲れが出てくるのか、練習生の中にはこの精神訓話のとき、こっくりこっくり舟を漕ぐ者がいる。練習生の後ろでカッターの爪竿を持って見張っている教員に、居眠り練習生はコツンとやられる。そして後ほど「爪竿で頭をやられた者整列」とお呼びがかかり、「兵舎の周り駆け足五周、最後の三人はさらに三周」などのおまけがつく。

私は自分の居眠り防止と、どちらかといえば低音の分隊長の話がよく聞き取れるよう、いつも最前列に陣取った。そのためどうしても分隊長の目につき、質問を受ける回数も多くなる。したがって、緊張しているので居眠りも出ない。こんなわけで、変わっている私の名前のゆえもあって、比較的早く、分隊長から私は名前と顔を覚えられた。

たしか昭和十九年七月末の頃のことだったと思う。

「本日の温習取り止め。ただし、全員温習講堂に集合」の通達が夕食後にあった。温習講堂には、私たち練習生のほか、二人の分隊士と全教員が集まっていた。

「四十八分隊員全員そろいました。起立、敬礼、着席」

N先任教員の号令で、教壇上の田嶋分隊長への挨拶が終わると、分隊長はいきなり黒板に向かってチョークを走らせた。

『会者定離』

「だれか、これを読める者はいないか？」

　分隊長はこう言って、みんなを見回した。残念ながら私には初めてお目にかかる字句で、読み方も意味もさっぱりわからない。

「アイモノサダバナレ？」「カイシャテイリ？」

「門奈、どうだ？」分隊長から指名されたが、私は「わかりません」と答えた。元来、軍隊には「わかりません」という返事はなく、「忘れました」でなければならないのだ。（理由は簡単明瞭で、練習生が「わかりません」ということは、教員たる班長がきちんと教えてないということになる。「忘れました」であれば、前もって教員はきちんと教えていたにもかかわらず、練習生の不注意で忘れたことになるからである）

　しかし、覚えるも忘れるもまったく初めての〝会者定離〟なので、あとで班長から、「あれほど教えておいたのに、分隊長に向かってわかりませんはないだろう、わかりませんは……。あれではまるで班長がだらしなくて、お前たちに何も教えていなかったと思われるではないか！　本当は忘れたんだな？　そうだな！」とやられるのを覚悟で、私は答えた。

　かく懇切丁寧に言われれば、いくら私が馬鹿でも「ハイ、本当は忘れていました」と答える以外に返答の仕様がない。

「うん、これは〝えしゃじょうり〟と読む。遺教経に出てくる仏法語で、対句として〝生者必滅〟とある」

おや？　今日は温習の代わりに精神訓話なのかな……。それにしても、分隊士をはじめ、全教員そろっての精神訓話も珍しいが……。

「この世に生を享《う》けた者は、いつの日かかならず死ななければならない。これを生者必滅と言う。そして会者定離――同様にこの世で出会った者は、かならず別れなければならない運命にある、ということを教えている言葉である」

分隊長はみんなに教え諭《さと》す口調で話しはじめた。一言一言、自分にも言い聞かしているかのように、静かな口調でゆっくり話す分隊長のようすは、どうもこれまでの精神訓話のときと違う。ときおり両手をついたテーブルを黙って見つめている。言葉が途切れ、しばらく沈黙がつづいた。やがて、きっと顔を引きしめた分隊長は一同を見渡し、何かをふり切るかのような口調で一気に言った。

「分隊長は本日限りで、皆と別れることになった」

一瞬、声にならないざわめいた空気が温習講堂にみなぎった。

「入隊以来約二ヵ月、これまで皆は事故一つ起こさずよく頑張ってきた。これは分隊士をはじめ、各班長のなみなみならぬ努力と、皆の頑張り精神のおかげだと思う。本日命令が出て、分隊長は明日、三重空を離れることになった。会者定離は海軍軍人の宿命とも言えるものである。しかし、同じ海軍にいる限り、きっといつかどこかでまた会うことができると思う。皆も承知のとおり、戦局は日増しに熾烈の度をくわえ、第一線では一日も早い皆の活躍を期待している。どうかこれまでどおり、新しい分隊長のもと、立派な飛行兵となるため日々の訓練につとめてもらいたい。終わりに一言、健康にはくれぐれも注意して事故を起こさないように。終わり」

諄々と教え諭す口調で話す分隊長の話を聞いているうちに、私は自分の気持ちが次第になえていくのが分かった。今、目の前にいる分隊長、

あの温厚で滋味溢れる田嶋分隊長と今日限りで別れなければならない。あまりの突然の話に、私が自分の動転した気持ちを鎮めかねているとき、N先任教員の号令がかかった。

「起立、敬礼、なおれ」

私たちの敬礼にいつもの温容で応えた分隊長は、温習講堂を出て行かれた。

解散となって兵舎への帰途、私はくり返し考えた。「海軍にいる限り、きっといつかどこかで会えると思う」と分隊長は言われたが、万に一つでもそんなことがあり得るだろうか？　この切迫した戦時下、北へ行くか南へ飛ぶか行方も告げず去って行く分隊長にふたたび会えるこ

となど……。

翌日の午後、四十八分隊員の「帽振れ」に送られて、白の第二種軍装の田嶋分隊長は三重空を去って行った。

「今日、私はこの対潜学校へ来たのだが、三重空からの予科練出身者がここへも来ていると聞いたので、だれか知ってる者はいないかと思って、さっきから各兵舎の靴箱の名前を見て歩いていたのだ。たまたまこの兵舎の靴箱で〝門奈〟の名前が目についたので、もしかしたらと呼んでみたのだが、やっぱりそうだったか……」

にこにこと顔をほころばせて語りかけてくる分隊長は、なぜか言い訳でもするかのように、手ぶり身ぶりをまじえながら照れた口調であった。約一年前、真っ白な第二種軍装で別れた分隊長だったが、今は緑色の三種軍装に二本線の戦闘帽姿である。

「は、はい……」

ひさしぶりにお目にかかる分隊長の顔を見ているうちに、まったく思いもかけない異郷で偶然、父親に出会った気になって、私は喉元でふくれ上がった塊りにさえぎられて、容易に言葉が出てこなかった。

「伏龍特攻要員だそうだな……。うん、戦局がここまできては……。いや、それにしても飛行機に乗れなくて残念だな」

「はい、水に潜ることになりました。でも、もぐらみたいに穴を掘っているよりはまだまし

です」

私はつとめて陽気さを装って言った。

「そうか、私はしばらくここの本部にいることになっている。かならず訪ねて来いよ」

「はい、ありがとうございます。きっとおうかがい致します」

田嶋大尉はつと一歩私へ近寄った。そして両手を私の肩に置くと、顔を近づけて耳元でささやいた。

「死に急ぐことはない。命を粗末にするなよ、体に気をつけてな。せっかく眠っているところを起こしてすまなかったな、また会おう」

「分隊長、わざわざ、ありがとうございます。失礼します」

「わっ」と声をあげて田嶋大尉の胸にとびこみ、思いっきり涙を流したい衝動をやっとこらえて、敬礼したとたん、どっと涙が溢れた。

——万に一つでも……と思っていたことが実際に起きたのだ。「海軍にいる限り、きっといつかどこかで……」

吊床にもどった私は、なかなか寝つけなかった。約一年ぶりにお目にかかった分隊長の温容には変わりはなかったが、何か〝戦闘〟といった気迫めいたものが、肩のあたりに漂っている気配さえ感じられた。きっとどこかの激戦地からもどられたのであろう。「戦局がここまで来ては……」と後の言葉をのみ込まれた分隊長の顔は、一瞬曇ったかに見えた。よし、明日は何としてでも本部へ行って、田嶋分隊長とつもる話をしよう……。

私はいつしか寝入ってしまっていた。

翌日の起床直後、兵舎の拡声器から流れてきた伝達事項はきわめて事務的な響きであった。

「本日〇八三〇本隊は後期訓練のため、野比第二実習場へ移動する。全員の衣嚢は自動車輸送、各自身の回りの手荷物持参の上、朝食後、兵舎前へ整列。野比まで徒歩行軍する。時間がないからただちに準備にかかれ」

9　予科練の教育

予科練の教育に限らず、日本海軍の教育は、と言ってもよいだろう——朝起きてから寝るまで、いっさいの行動が教育と結びつけられていた。とくに精神面に重点を置いた躾教育が重視された。そのため、各班長は班員の性格をいち早く呑み込み、起床、食事、掃除、服装、所持品の保管の手入れ作業（とくに銃器）等に対する積極性等々を通じて、細部にわたっての指導を行なっていた。これらは個人的な指導よりも連帯責任が課せられるので、自然とおたがいの協調ができていった。

つぎに基礎体力を作るための体操と、団体行動の訓練としての陸戦が、徒手訓練から執銃訓練、さらに擲弾筒、軽機、重機関銃の操法までも行なわれた。陸戦で使用した小銃は、当時の日本の名銃三八《さんぱち》式歩兵銃ではなく、南方戦線での鹵獲品であるモ式小銃というのが貸与されていた。この銃は丈は低いのにやたらと重く、剣も短い肉厚で、銃・剣ともやぼったい感じがした。

陸戦のときは事業服に陸軍式のゲートルを巻き、（海軍独特の白色編上げ式キャンバス製は貸与されなかった）弾薬盒に剣を付けた帯革を腰に装着する。白の事業服は、『伏せ』や『匍匐前進』で、またたく間に泥まみれ汗まみれとなり、課業の寸暇をみつけては洗濯をしなければならないので大変だった。

先に基礎体力をつけるための体操と書いたが、両手を前後に振る〝誘動振〟を取り入れたデンマーク体操を応用したという海軍体操は毎朝のこと。体育専門学校出身の日下生徒（分隊士助手）の指導する柔軟体操により、私たちの体は次第に弾力性と柔軟性が備わってきた。

また、体育では駆け足にも相当重点が置かれていた。この駆け足は何も体育のときばかりではなく、隊内の建物から建物への移動、その他、屋外で二人以上で行動するときにも要求された。言ってみれば、〝休め〟以外はすべて駆け足が適用された。

つぎに飛行機乗りに欠かすことができないのが、無線通信である。通信教育の時間は、予科練のカリキュラムの中で、もっとも時間が採られていたはずだ。しかし、それでも不足とみえて、〇六五五、朝の温習のときも、兵舎に特別に設置されたスピーカーを通して、第二班の橋本通信教員の発信するモールス信号の補習を受けたものである。この通信のことについては、後で項を改めて書くこととする。

つぎに座学（一般教養学科）に触れてみよう。記憶では、乙種飛行予科練習生の学科は、海軍省で制定された教科書を使用して、旧制中学二～三年程度の教育をしていたらしい。科目は数学、英語、物理、国語の記憶はあるが、資料によると、軍事学として運用術、航海術、砲術、航空術、整備術等もあることになっている。これらの中で、私の頭の片隅に『偏流角度』云々がわずかに思い出されるところをみると、年限短縮のため航空術以外はほとんど割愛されていたのではなかろうか。

国語の授業のとき、どうしても忘れることのできない〝事件〟があった。教科書に、

『国の為　何か惜しまん　若桜
　拾てて　甲斐ある　命なりせば』

と印刷されてるのを私は偶然、見つけた。そして、なぜかこの〝拾《ひろ》てて〟という文字が目に飛び込んだとき、思わず胸がドキッとした。もちろん、この和歌は知っており、〝捨《す》て

て〟が正しいことも知っていた。教官が、「だれかこれを読むように」と言われたとき、私は意識的にみずから挙手して、印刷文字の通りに大声で読んだ。

『国の為　何か惜しまん　若桜
　拾てて　甲斐ある　命なりせば』

「何、何だ！　今の読み方は？　拾《ひろ》てて？　甲斐あるだと」

この教官は予備学生出身の少尉で、おそらく大学で国文学を専攻していたらしい温和な方だったが、驚きと怒りをあからさまに顔に出して私を睨みつけた。

「ハイッ教官、教科書にそう書いてあります」

私は自信をもって答えた。

「教科書に……若桜……ひろ……ひろ、うん、この字はたしかに〝拾《ひろ》う〟と印刷されているが、これは捨《す》てての誤りだ」

思いなしか顔色の青ざめた教官はこう言うと、黒板に『捨てて』と書き、

「皆の教科書も訂正しておけ」と言って講義をつづけた。

私はこのときの出来事が妙に印象強く胸に刻み込まれた。敗戦後に知ったのだが、ベルリン・オリンピック大会におけるマラソンの優勝者・日本代表の孫基禎選手の新聞の報道写真事件と、この日の出来事が二重写しになって思い出されるのである。

昭和十一年（一九三六年）第十一回ベルリン・オリンピック大会のマラソンに、日本代表として出場した、韓国生まれの孫基禎選手が、二時間二十九分十九秒の世界新記録で優勝した。ところが、孫選手の優勝を報じた新聞の写真には、同選手が胸につけているはずの日の丸のマークが消されていたのである。

当時の日本が植民地としていた韓国には反日感情が根強く蔓延していた。新聞社の韓国人印刷工が、この新聞の印刷前にひそかに写真版から日の丸を削り取っていたのではないかと、大問題になった事件である。

この〝拾てて〟の件は、たぶん単純な誤植と校正ミスが重なったのだろうと思うのだが、卑しくも海軍省が制定し、かならず命を捨てることになるであろう飛行予科練習生の使用する教科書である。まして、一死奉公の精神力を養うために、わざわざ引用された和歌の、最も重要な部分がまったく逆の字で印刷されていたことは、単なる偶然と不注意のミスとだけには受け取り難い点も考えられる。

思い過ごしかも知れないが、この教科書の印刷会社の文選工の中に、反戦思想を抱く者がいて、活字を拾い出すとき、意識的に〝捨〟の字を〝拾〟に、それこそ拾っていたのではないだろうか？　もちろん、真相は不明である。

似たようなことだが、戦時中の戦意高揚のスローガン・ポスターに、次のごとき細工が為されていたそうである。

『ぜいたくは敵だ』の〝敵〟の字の上に小さな鉛筆書きで、〝す〟の字を入れる。つまり『ぜいたくはす敵だ』になる。

『足らぬ足らぬは工夫が足らぬ』の工を消すと『足らぬ足らぬは夫が足らぬ』になる。江戸時代の〝落首〟からつづいている、正面切って物言えぬ庶民の、はかないゲリラ的抵抗であったのだ。

理科の教科は物理に重点が置かれていた。浮力と重力の関係、空気抵抗などとともに、飛行機のエンジンに関係のある内燃機関の初歩的な基礎をうんと叩き込まれた。数学、英語は中学三年中退で入隊してきた私なので、物足りないくらいやさしかったところを見ると、当時の中二の二学期程度のものを教えていたのかも知れない。

10　人物・技倆の評価について

戦後になって予科練の教員（班長）をされていた福田利男氏に聞いたのであるが、練習生の、日常生活態度、技倆の観測評価をするため、班長たちは班員を二、三人ずつ毎週特定し、観察評価していたとのことであった。以下はそのため使用されたと思われる評価項目である。

この細部にわたっての調査と評価は、現代社会でも充分通用するものではないかと考えられるものなので記すこととした。

『人物』

頭脳明晰	細心	大胆	元気旺盛	地味
温順	敏捷	几帳面	覇気アリ	勝気
内気	正直	堅実	自信アリ	一本気
素直	誠実	生真面目	決断力アリ	純真
快活	冷静	責任感強シ	意志強固	
寡黙	剛健	努力家	協調性アリ	
質朴	融通性	粘強シ	積極的	

知能低シ	小心	活気貧シ		
傲慢	頑固	意志薄弱	細心	応用良
憂うつ	ダラシナシ	利己的	沈着	
饒舌	無計画	アハテ者	余裕アリ	鈍重
生意気	慢心	『技倆』	大胆	乱暴
軽率	不真面目	巧妙	信頼性アリ	軽率
鈍重	無責任	円滑	感良シ	荒シ

表裏アリ	消極的	賢　実	偏僻ナシ	ギコチナシ
狡　猾	派　手	慎　重	上達順調	堅　シ
興奮性	飽キッポイ	柔　軟	理解良	感鈍シ
柔　弱	怠　惰	素　直	判断良	ムラアリ
散　漫	地　味			
危ゲナリ	派　手			
注意一方ニ	理解悪シ			
偏　ス	応用悪シ			
上達遅シ				

『人物』『技倆』とも◎（極メテ顕著ナルモノ）。○（顕著ナルモノ）。□（ヤヤ認メラレルモノ）の三段階評価がされていた。

11　食事のこと

朝食は決まって味噌汁とタクアン、麦飯、たまには大豆と昆布を煮たものがつくこともあった。各卓二名あての食卓番の食事用意が終わったところで、所定の席の前に立つ。班の週番練習生が教員室の班長のところへ報告に行く。

「第三班長、第三班食事用意よろし」

室から出てきた佐々木班長はひとわたり食卓の盛り付けを見てから、

「よし、着け」と言って、班員を席に着かせる。週番練習生が班長の真向かいの卓の端に立って〝本日の日課〟を報告する。

「第三班長、本日の日課を報告いたします。第一時限・国語、第二時限・数学、第三時限・通信、第四時限・陸戦、第五時限・体育、第三班総員二十八名、休業一名、以上終わり」

「よし、かかれ」

「いただきます」

〇六一五《まるろくひとご》、ここで初めて箸を手にし、旺盛な食欲を見せて朝食をとる。入隊した日、初めての食事のとき、半分も食べられなかったが、班長が予言したとおり、入隊後、約半月を経たころから、定量の食事では物足らなさを覚えるようになった。中食器一杯の麦飯は、もしできることなら、もう一杯食いたいところである。

よく言われることであるが、大食漢はよく咀嚼せず、早食いだそうだ。ゆっくり食べればそれほどの量でなくとも満腹する。しかし、当時の私たちは、嚙むのももどかしく、食物を口に入れたとたん、そのままストレートに胃袋に吸引されるがごとき食事の仕方であった。したがって、牛ではないが、不消化の食物を反すうして、何かやりながら、人に気づかれないように口をもごもごやっている者が多かった。白状すれば、私も一時期その技術を修得してやってみたが、何か端目にみっともなく見えるようで、中止するように心がけた。

例は悪いが、電車の座席で、前の女性の膝の辺りを、人に気づかれていないつもりで、そ

れとなく盗み見ている野郎の横顔みたいで、人間の反すうはみっともない。

各班二卓ずつあたえられている卓には、一応、各自所定の位置が決められている。食卓番は一日交替で、各卓二名ずつ当たることになっている。中食器に飯を盛りつけるとき、当然のことながら平均平等に盛ることがタテマエになっている。しかし、私たちの食欲がさかんになるにつれ、どうしても自分の食器に余計盛りつけることになってしまうのは、神仏ならぬ私たち人間の自然のならいであろう。

しかし、この盛り付け方にもコツがあって、自分の食器を山盛りにすると、「あの野郎、自分のだけに……」とすぐ目立ってしまう。大急ぎでつぎつぎに飯を盛りながら、〝これ〟と定めた自分の食器に盛る瞬間に、ぐっと力をくわえ、気づかれないように押し付けるのである。念のために言えば、食器は各自の分があらかじめ決められていなかった。こうすると、飯粒と飯粒の隙間が少なくなり、目立たずに余計盛り付けることができる。何のことはない、パンと餅の差ができるのである。この餅的飯を、さり気なく自分の席へ置くのにも、だいぶ気をつかった。

ところが、班長の方も新兵のころに海兵団でこれは経験ずみの先刻御承知。

「各自、三歩右へ！」「よし、着け」と席を移動させることがある。今日こそはうんと食えるぞ！　と期待に胸をときめかせていた食卓番は、残念ながら大盛りの飯は無情にも他の者に、自分は手加減をした、密度の薄い飯を食う羽目になる。そこで予防措置として食卓番は、あらかじめ自分を中心とした向こう三軒両隣りの飯は比較的多目に盛り付けておく。（当然、暗黙のお返しを期待して）

しかし、班長から下される予期せぬ〝座席移動〟が右か左か、それも何歩になるかまったく予測がつかないので、ついに手も足も出なくなる。つまるところ、〝平均・平等〟に盛り付けるのが、〝自分をふくめた万人（班人）の幸福である〟ということを、自然と悟らされることとなる。

私は懺悔を込めて、ここで一つ白状しておこう。

〝平均・平等〟が最善の盛り付けであることが分かった以上、自分の卓全体の食事を少しでも増やすしか他に手だてはない、という当然の結論を得て、一計を案じた。食卓番が私になった日のこと。

一一四〇《ひとひとよんまる》、午前の止業と同時に教科書入りの鞄を班の者にあずけ、もう一人の当番（松沢と記憶している）と一緒に、猛スピードで烹炊所めがけて駆けつけた。
入隊当日のところで、烹炊所の模様は簡単に述べておいたが、主食、汁、副食が主計兵によりそれぞれの容器（食缶とその蓋）に盛り分けられている。各容器類は、素通しになっている配食棚に両側から取り出せる形に納められている。
その日、烹炊所に駆けつけたときは、他分隊の当番は、まだまばらにしか来ていなかった。よし、今日はチャンスだ！が、まさか他分隊の飯一缶持ち出す（ギンバイする）わけにもいかない。そこで、副食を取り出すとき、同じ段の向こう側に盛られている副食にぐっと腕をのばして、魚の煮付け二切れを摑み取って、自分たちの副食の中に入れ、何食わぬ顔で烹炊所を離れた。（これはほんの二回だけ実行いたしました）
ところで、軍隊というところは陸・海

を問わず、不思議な社会である。不足しているものがあれば、それを上手に自分たちの工夫？　でおぎなわなければならない。

　といって、金銭が不足しているからとて、他人様の金を盗むことは、不道徳であり、みずからも気がとがめる。しかし、物品であれば、〝ギンバイ〟（銀蝿）と称して、さして罪の意識なく盗む？（調達）ことができるようになる。後でこの点についてはもう少し触れることとする。

　余分な副食の戦果はこま切れにして、卓の者の腹中に納めて証拠隠滅をはかった。主計兵が数を間違えたらしいということで……。

　食事についてもう少し述べてみよう。今思い出しても、海軍の飯は美味《うま》かった。戦時中の昭和十九年、入隊前は比較的、食べ物に恵まれていた外地（北京）でも、食料不足の波は次第に押し寄せて来ていた。そのため、週のうち何度かはウドンやパンの代用食（米飯以外の食事のこと）を食べていた。

　だが、三重空に入隊してからは、麦が混入していたとはいえ、豊葦原瑞穂の国民《くにたみ》らしく、三度三度、米の飯が食べられたのだ。しかも、家庭では多くても八名程度の飯が、ここでは何百人分もの量を、大きな蒸気釜で一気に炊き上げるので、いっそう美味になるのだ。それに起床から就寝まで、猛訓練の連続である。十六、七歳の体は伸び盛り食べ盛り、何を食べても美味しいのは当然であった。ある教員の言葉を借りれば、「お前たちは、この地球上でもっとも食欲旺盛な人種」なのだそうである。

練習生にもっとも人気があったのは、カレーライスである。たいてい昼食に出るのだが、この日は朝から主計兵が屋外に築いたかまどに大きな鉄鍋をかけ、それに大量の油と小麦粉を入れ、細味の丸太を持った数名で取り囲み、エッサ、エッサと餅でも捏《こ》ねるように掻きまぜてルーを作っている。この現場を目ざとい練習生が見かけてきて、

「おい、今日の昼は〝レイス〟だぞい！」

と班の者に告げる。長野県出身者の多い私の分隊の者は、カレーライスのことを〝レイス〟と言う者が多かった。

「おっ、本当か！」

この噂は燎原の火よりも早く、分隊中に広まるという寸法である。さあ、こうなると気もそぞろ、午前の課業が終わるのが待ち遠しい。

昼近くなると、烹炊所の方からカレー特

有の異国の香りがただよってくる。

いよいよ昼食。大の食器の中に牛肉がふんだんに入った、脂肪のコッテリした濃い目のカレーが盛られる。

「よし、かかれ」

班長の号令ももどかしく、まず一口……主計兵が汗だくになって(その汗の何パーセントかはルーの中に飛び散って特別な調味料となっていたろう)捏ね上げた油っこいルーが、口腔いっぱいにひろがり、カレーの黄色っぽい香りが鼻孔をくすぐりながら抜けていく。無造作にぶった切られた牛肉の塊りが嬉しい。だれの顔もカレーとともに蕩《とろ》けそうに満ち足りている。

戦後、高級レストランで銀ピカの器に飯とカレーが別々に盛られた、高価で豪華なカレーライスを幾度か食べたが、過ぎし遠い日、あの予科練で食べた〝レイス〟の味には遥かに及ばなかった。これは私の海軍贔屓《びいき》ばかりではないと思うのだが。

昭和十九年の何月ごろだったろうか、三重空の近海で大量の鰤《ぶり》が獲れたことがあった?(らしい)。まず昼食に鰤の大きな切り身の煮付け、汁にも鰤のブツ切りが入っていた。だれもが大喜びであった。夕食には鰤のフライ、こいつぁーツイてると、みんなよろこんで食べた。翌朝の味噌汁には鰤のアラが入っていたが、なぜか大量に残った。そして昼食には……野菜と肉の煮付けだった。みなの顔に生気が蘇った。そのとき、私は一生、鰤は口にすまいと思ったのだが……?

12　海軍の掃除と罰直

軍隊内（海・陸とも）へ一歩足を踏み入れたシャバ（隊外）の人は、隊門を入ったとたん、紙切れ一つ落ちていない営庭（練兵場）の美しさにまず驚くであろう。

この美しい三重空隊内には、営庭通路各所に消火栓があった。この消火栓の真鍮部分はいずれもピッカピカに磨き上げられている。それもそのはず、隊内の大掃除（週一度、土曜日午後）のときには、消火栓係という専門職？　の練習生が、自前の粉歯磨粉を持ち出し、大掃除が終了するまで消火栓にしがみついて、歯磨ならぬ消火栓磨きに励むのである。もちろんホースの先端に取りつける筒先（グランジパイプ）も同様である。

余談になるが、私たちが仮入隊した翌々日（六月二日）半日、教員の引率で隊内見学を行なった。浴場、病室、射爆教室、烹炊所、ボイラー機関室、通信・化学・魚雷教室、庁舎など、ひとわたり案内されての帰途、引率の掘口教員は何を思ったか、ふと消火栓のところで足を止めた。赤ペンキ塗りのホース格納箱からこのグランジパイプを取り出して、みんなに見せた。

「これ、何か分かるか？」

「はい、ホースの筒先です」

「何に使用する？」

「はい、ホースの先端につけて、水が一定方向に飛ぶように使用します」

「もっと大切な用途がある。だれか知らんか？」

「………」

だれも返事する者はいない。もちろん私も知らない。

「これはグランジパイプと海軍では言う。もちろん、出火の際にホースの先端につけて使用することもあるが……」

と、一度ここで言葉を切った教員は、ひとわたり見まわして、頬に笑みを浮かべた。

「皆が実施部隊に行けばいやでも分かることだが、今のうちに教えといてやろう。訓練を怠けたり、時間を切った者（定刻に遅れること）がいたら『グランジパイプを取って来い』というとんでもないことになる。これでけつぺたをぶん殴られるのだ。やられた者はズボンのけつを真っ赤にしながら、曲がったパイプを自分で直して格納しなければならないことになる」

聞くだに恐ろしい話である。みんなは息をつめて教員の言葉に聞き入っていた。幸か不幸か、もちろん幸だが、私は三重空でも特攻隊員として実施部隊へ行ったときにも、グランジパイプのお世話になったことはなかった。とすると、あの大阪駅で私たちに煙草をたかりに来た徴用工の話はまんざら嘘ではないな、とこのとき思ったが、〝まったくの本当の話〟であったことを知るには、さして日数を必要としなかった。何国語か知らないが（たぶん英語）、ヨコ文字に弱い私がこの言葉を今なお記憶しているところをみると、当時、私の受け

たショックの強さのほどが知れようというものである。

だいぶ横道にそれてしまったが、とにかく海軍の掃除は徹底していた。まず、毎朝の掃除だが、夏は五時四十分から六時、冬は六時二十五分から六時四十五分の二十分の間に甲板（床）を主体とした掃除を行なう。夏冬にかかわらず、略帽のあごひもをかけ、ズボンをひざまで折り曲げ、素足になる。

まず、卓、椅子を梁（ビーム）の上に上げる。ただし、私たち四十八、七分隊の兵舎は吊床でなかったので、梁がなく、兵舎の片側に寄せる。その間にざっとほうきでごみを掃く。また、オスタップ（木製丸型たらい程度のバケツ代用）に水を用意、道具入れから出したソーフ（太いマニラ麻製の古ロープ約一メートルを二つ折りとし、折り部分を固く縛り、全体をばらばらにほぐしたもの＝雑巾）をオスタップの水に漬ける。号笛を首からつった甲板教員が、「ソーフ用意！」の号令をかける。練習生はいち早くオスタップのソーフに取りつき、軽く水を切って兵舎の片側（卓、椅子のない方）の壁に向かって横一列に並び、ソーフで、自分と壁の間の床をこする。ピッ「回れ押せー」の号笛と号令で、みな、いっせいに向きをかえて、卓、椅子を積んである方向へ向かって、しゃがんだまま濡れソーフを押して全力で走る。

このとき、私たちがどんなに全力疾走しても、かならず「遅い！　遅い」の怒声が甲板教員の口からほとばしる。ついには、「遅い遅い」のオが抜けて「ソイソイ！」の連発と聞こえる。これは、私が伏龍特攻に行ったとき、潜水かぶとをナットで取り付けるさい、教員助手がスパナの使用をいくら早くしても、「ソイソイ！」とうるさく吠えたため、スパナがすべってナットからはずれ、右手拇指の爪をナットとかぶとの間にひっかけてはがしてしまった痛い想い出がある。

海軍では、この「ソイソイ！」は、すべての動作について回るはやし言葉なのだろうか？往が終わり、反対側の壁手前まで来ると、すかさず「回れ押せー」の号令。これを往復二回もやると、さすがに息が切れ、汗だくになる。

そこで「ソーフすすげー、交替」の号令で一応釈放。今度は、卓、椅子を反対側へ移してふたたび、「回れ押せーッ」「ソイソイ！」のくり返し。ピーの号笛「卓、椅子元へ」で十六組の卓、椅子を縦横一直線にならべ、それを内舷マッチ（小雑巾）で拭く。

ざっと以上を二十分ですますのであるが、ぐずぐずしてはとても間に合わない。下手をすると、朝食抜きの〝大惨事〟をまねきかねない。

とにかく、駆け足と、手足を敏速に動かして行動しなければならない。当直練習生が甲板教員に「甲板掃除、終わりました」の報告をすると、教員は舎内の片側の卓の端に目を近づけ、土木測量技士がトランシットを覗く要領で、十六卓に出っ張りひっ込みがないか見きわめてから、「よーし、解散」となる。これは波風もなく、平穏無事にすんだなぎ日和のときのこと。

もし卓がゆがんでいたり、椅子が乱れていたら、その班の者は、椅子を卓の上にのせ、みんなで食事用意がはじまるまで、腕いっぱいに持ち上げていなければならなくなる。その班の班長の虫の居所が悪ければ、

「俺はそんなケチのついた卓で飯は食えない」と大変なことになる。

土曜の午後は、きまって大掃除である。卓と椅子は外に持ち出し、水をぶっかけてから砂で磨く。床も砂を撒《ま》いてわらなわの束でごしごしと磨き上げる。その後、毎朝の「回れ押せー」「ソイ！　ソイ！」をやり、後は乾いたソーフで仕上げをする。窓ガラス、枠ももちろん手分けして内舷マッチで拭き上げる。

私たちは私たちなりに、手落ちのないように終了したつもりで、「甲板掃除終わりました」の報告をする。

「よーし、本当に終わったのだな？」と妙な猫なで声で応答した荻野教員（「オニの教員」

と私たちは陰で言っていた）は、猫背の肩を左右にゆらせながら、金歯を光らせてやって来るなり、いきなり窓辺に行って一枚の窓をはずすと、窓枠の上溝をすーっと一こすり。

「しまった！　あそこまでは気がつかなかった」と思ったときは後の祭り。当直練習生を呼びつける。

「お前、さっき何と言った？」

「ハイッ！　甲板掃除終わりましたと申しました」

「これでも終わっているのか？」

教員は溝をこすったときに指に付着したよごれを、当直練習生の目の前に突きつける。万事休す！

「大掃除やりなおーし！」

これでふたたび同じことを約一時間かけてやらなければならなくなる。——なんというオニの悪知恵！　と当時はこんなことは地獄でもなかろうぜ、とうらんだものだ。が、しかし、私たちはこうしていつしか、「完璧とはどういうことか」「どこかに落度はないか？」ということを、否応なしに身体で覚えさせられていたのだ。

こんなとき、前述の消火栓係は、舎内の修羅場はどこ吹く風。とにかく消火栓にしがみついておればいいのだから、今ふうに言えば、まことに「オイシイ仕事」なのである。

私たちの隊内には、丸石で囲った小さな花壇があり、春から秋にかけて美しい花が植えられていた。夏にはひまわりが咲いていた。この実はまた別の用途（軍事用の採油ではない）

があったことを、伏龍隊の実施部隊で第二岡崎航空隊の者に聞いたので後述することとする。

この花壇係も大掃除のときは、花壇の手入れに専念していればいいので、こたえられなかったであろう。（これらの「オイシイ仕事係」をどうやって決めたのかは、不明である）

私たちがオニの教員と「申し上げた」荻野教員は、戦後、小林と姓が変わり、現在、山梨県で桃園を経営しておられる。小林教員も私たちの会合には可能な限り喜んで出席してくださる。

こんな会合のとき、私は酒の勢いを借りて大変申し訳ないことを言ってしまった。

「荻野教員、いや小林教員、練習生時代は大変お世話になりました。姓が変わったところを見ると、ご養子に行かれたのですね。〝たで食う虫も好き好き〟でよかったですね」

「まあ、そう言うなよ。俺も若かったからな。だがな、門奈。俺の経験から言うと、艦《ふね》が沈んだとき、真っ先にイカれてしまうのは、殴られなかった兵隊だよ。今さらこんなことを言っても、言いわけにしか聞こえないかもしらんが、不思議に俺に殴られた兵隊は、みんな無事だった……俺はみなを死なせたくなかった……」

顔では笑っていたが、教員の目には涙が光っていた。私もつい貰《もら》い泣きのかたちで、「申し訳ないことを言いました。許してください」と涙声で言って、教員と固い握手をした。

オニの教員、いや小林教員、いつまでもお元気で私たちの会へ元気な姿を見せてください。そしてあの世へ行ったときは、ふたたび地獄の鬼に負けない甲板教員となって私たちを鍛えてください。――今の人には理解できない社会であった――予科練とは。辛かった、苦しかったことが、今はたとえようもない懐かしさとなっているのだ。かならずしも全員とは言わないが、私たちをしごいた教員ほど、今はよい意味での〝想い出の人〟である。たぶん、その人の人間性のなせるゆえんであろう。

掃除について書いているのに、ことのついで、と言っては妙なことだが、ここで私の体験した、あるいは、また聞きの罰直を少し書いておこう。

尻を梶棒で殴るバッターは、往昔、英海軍が奴隷を水兵として使役していたころの名残りと聞いたことがある。

普通は、両手を上に挙げ（殴られた者が手で尻をかばうと、バッターで骨折する恐れがあるから）、両脚を開き気味にして尻を突き出し、殴っていただきやすくしたところへ二、三発

殴られる程度のものだ。しかし、つぎのようなものもある。
○ストッパー（ボート昇降用のデリックのロープ末端についている細目のロープ）＝水に浸けるとカチカチになるが、適度のしなやかさもあるので、これで殴ると体にまきつき、先端部が睾丸に当たると焼火箸をつけられたほどの痛さだそうだ。
○五ヵ条バッター＝「軍人ニ賜ハリタル勅諭」の最後に、「一ツ軍人ハ忠節ヲ尽クスヲ本分トスヘシ」以下五ヵ条の文句がある。教員が殴られる者に言う。「軍人勅諭五ヵ条！」練習生が、「一ツ軍人ハ忠節ヲ尽クスヲ本分トスヘシ」と言うと同時に、「そのとおり」と、バシッと一発。これを一から五まで唱える。つまり、計五本のバッターを賜ハルことになる。（奈良空甲飛出身者の話）

○牛肉バッター＝昔（戦前）の肉屋の店頭には、検査済の青印を捺した大きな牛肉の半身が太いかぎにぶら下げられていたものだ。これを真似た通称「牛肉」という罰直がある。これは、「フックにかかれ！」の号令でいっせいに吊床のフックにぶら下がる。二十分ぐらいが限界だが、背の高い練習生が足でも床につこうものなら、全員さらに十分ぐらいのおまけがつく。

この罰直は比較的軽い方で、ときには、この「牛肉」をバッターで殴る。肉は殴られるごとに前後にぶらぶら揺れる。打撃は当然、二倍の効果があり、腕の疲れとともに相当にこたえたそうだ。

大体二本ぐらいで落下するが、落ちれば「この肉腐ってる、もう少し新鮮にしなければ」ともう一本食らって落ちなければ釈放。

海軍の罰直は個人で受ける場合もあるが、どちらかと言えば連帯責任を養成するため、個人で犯した罰直に相当する失策でも、その班全員（約三十名）が受ける場合、または、分隊全員（約二百五十名）の方が多かった。

前述のバッターはだいぶ〝重罪〟に相当するが、大体、〝アゴ（顎）をとる〟つまり握りこぶしで顎を殴られることが多かった。この場合、つぎの順序でコトは進行する。

「股を開いて歯を食いしばれ」

と教員。練習生は言われたとおりの姿勢で、こころもち体重を前へ移しておく。これは一発かまされたとき、下手に姿勢を崩すと、

「なんだ、なんだ、こんなの一発でひょろひょろしやがって！」

と、二発ですむところが三発、四発となる場合があるからである。ところが、ここにも〝ほどほど〟ということがあって、二発目が来たときには、いくらかよろける格好をつけておかなければ、教員の自尊心はいたく傷つけられ、（つまり、俺のアゴはそれほど効かないのか？）むきになってくるので、このあたりの〝阿吽《あうん》〟の呼吸はなかなか難しかった。

殴る者、殴られる者（言い換えれば、加害者と被害者）の関係で考えると、殴られる者はたしかに痛い。だが、殴る方も固い骨のある顎を殴るのだから、こぶしも相当に痛いはずだ。まして班員罰直の場合、班で三十人（この場合は担当班長が一人でやる）、まして総員罰直の場合、各班長は否応なく〝命令〟というかたちで、可愛い自分の班員を、理由のいかんを問わず顎をとるのだから、相当に心は痛んだことだろう。

今でも私たちの間の語り草となっているのだが、滅多に手を下したことのない川端分隊士が、立場上（とくに先任教員との関係か？）どうしても殴らなければならなくなったことがあった。このとき、顔面を紅潮させた分隊士の眼鏡の下から、涙が流れているのを覚えている。

ま、どちらかといえば、顎なり尻なりやられる場合は、一過性の苦痛をしのげばそれですむのだが、つぎに述べるのは、慢性持続的な苦に耐えなければならないので、相当にこたえた。

○厚い座ぶとん＝手箱（正確な寸法は記憶していないが、大体みかん箱程度の大きさ）を甲板に置き、その上に正座したまま教員の説教を長時間、聞かされる。試みに普通の座ぶとんを四ツ折りにしてその上に正座してみると、実際には、下はわたならぬ木なので、苦痛の大よその見当はつこうというもの。

○電気風呂＝同じく手箱の上に直立させられ、「まっすぐ両手を挙げ―　そのままかかとを上げてひざを曲げましょう―」「はい、肩を出してると風邪をひくからもう少しひざを曲げて―、そのままゆっくり温まっていろ」

冗談じゃない。この姿勢を十分もやっていると、まずひざがふるえ、ついで上半身と腕がぶるぶるふるえはじめる――つまり電熱風呂で感電して体が震えてきたというのだ。

○針の山＝「総員、はだしで舎外に整列、駆け足で機関室へ向かって進む。かかれ」今日は駆け足で釈放か、とみんな張り切って目的地へ向かって進んで行った。ところが、機関室の前の道路は、一面コークスの燃えかすが敷きつめられている。ちょうどそのあたりまで来ると、「なみ足進め」「歩調とれっ！」と来る。

体験者には分かるはずだが、この燃えかす（あるいは石炭が燃え残ってコークス化したものか？）は、鋭利な角をもった堅い軽石みたいなもので、普通に静かに歩いても、はだしだと足の裏は痛い。そこを腿が水平になるまで上げて、左右の者と同一歩調で勢いよく足をふみつける「歩調とれ」だから相当に効く。といって、足裏が傷つくほどでもないので、針の山道もそろそろ終わりだな、と油断していると、「元気がない！　回れ右、前へ進め」と逆もどり。「もっと元気よく！」私たちが顔をしかめながらやっているこのユーモラスな行進

を、他分隊の練習生は、横目で眺めながら笑いをこらえて駆け抜けてゆく。

○蜂の巣＝「総員、衣のう棚の前に整列、衣のう出せ」と、教員から号令がかかる。衣のう棚というのは、兵舎の両サイドに作りつけになっている、縦横四十センチ、奥行き八十センチぐらいの木製の棚で、縦十段、横十二列の、銭湯や温泉の脱衣場にある形式の棚である。扉のない一種の物入れといったところか？　各自の場所は名入りできまっている。

「みなは大変立派にタルんでいるので、上達が早く、とくに選ばれて憧れの戦闘機に搭乗することになった。各自の愛機に搭乗！」

つまり、この狭い空間に頭から入れというのである。まるで蜂が自分の巣に、頭からもぐり込む要領だ。うっかり足や尻など

出していると、棒で思いっ切り尻を突かれる。
「今、日本は燃料不足だ。爆音のかわりに蜂の鳴き声を出せ、もとい、羽音だ。ブーンブーンだ」
　衣のう棚の中で、「ブーン」「ブーン」と声を出す。「もっと元気よく！　戦闘機が墜落するぞ！」この罰直は夏によくやられた。

○「兵舎まわり駆け足五回」＝これは空身で走る場合と、衣のうまたは吊床をかついで走る場合がある。さらに「最後尾の班員全員もう二回」とくるので、みな必死である。体力のない者の分を一緒にかついでやる豪の者もいた。

○前支え（腕立て伏せ）＝これは御存知のとおりだが、「ひじを曲げー」「はい、伸ばーす」を五回ぐらいやったところで、「はい、ひじを曲げて右足上げー」「つづいて左手を背中にまわーす」これを交互にやる。うっかり腹を甲板につけたりすると、バッターがひかえている。

○急降下爆撃＝これも前支えだが、両足は椅子の上にのせるので体重のほとんどが両腕にかかり、血は頭の方に集中するので、みな顔を紅潮させて頑張った。床はしたたり落ちる汗

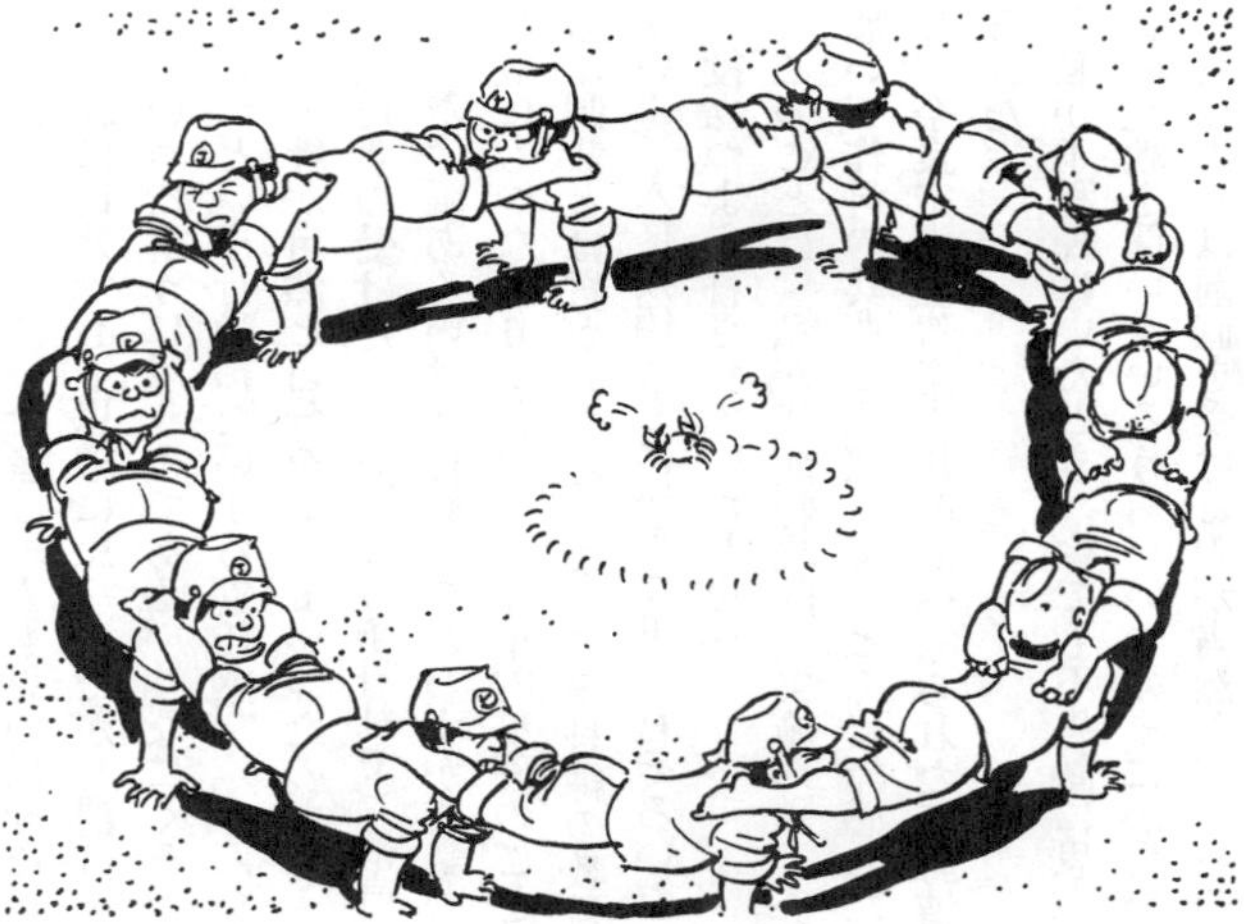

で次第に変色してゆく。
　なお、予科練を卒業して飛練（練習航空隊）へ行った先輩から聞いたのだが、ここの前支えは、足を順次、後ろの者の肩にのせて大きな円を作る。一人が耐えきれず胸を甲板につけると、総員バッターとなる。このときは誇張でなく、床に汗が二センチ近くたまったとのことである。

　私は、この項で「余計なことを書きやがって！」と海軍びいきの者から非難されることを承知で、あえてこれを書いたのだ。このいずれもすべてを、私たちが体験したものばかりではない。しかし、私たち同期生のだれもが、兵舎まわり走り程度の罰直の体験前支え、兵舎まわり走り程度の罰直の体験はあるはずだ。しかし、あの年端もいかない十五、六歳の私たちの仲間で、罰直を受けたからとて、泣いた者は一人も思い出せない。

それに自分でも不思議に思うのだが、罰直を受けるたびに、心身ともに強靭《きょうじん》に鍛え上げられていったように思うのである。「なにくそ」の負けじ魂、「みんなに迷惑のかからないように」という行動にたいする責任感、「みんなも頑張ってるんだ、俺だって」という連帯感と心の絆が自然と自分を鍛えていったのだろう。

私たちの受けた（少なくとも予科練で）罰直は、一応それに相当する失策に対してなされていた。艦あるいは飛行機上でのわずかな気のゆるみから生ずるミスは、戦局を左右する大事故にもつながりかねない。陸軍内務班のごとく、古年兵が気晴らし気まぐれに新兵をいじめる制裁とは質が異なる。まして予科練の教員は、ほとんどの方が（けっして全員とは言わない！）人格技倆ともに優秀な下士官ぞろいだったので、罰直も時と場合に応じて心身鍛練に役立つよう科されていたと思う。

このことは、私が伏龍特攻隊（実施部隊）へ行って、私たちの潜水指導に当たった出来の悪い工作科の兵曹と比較して、とくに痛感したことだ。戦後、予科練出身者の座談会の席上で、奈良空―滋賀空―伏龍隊へ来られた石野博氏（甲十四期）は、つぎのとおり述懐しておられた。

「私が予科練にいたとき、今でも不思議に思えるほど説教の上手な教員がいました。この教員の説教を聞いているうち、いつのまにか自分たちの非が身にしみて分かるのですね。そのうちにこれは罰直を受けるのが当然だ、いや罰直を受けなければ申し訳ない、という気になり、気がついたときはバッターを食らっていた……という有様です。まさか説教中に催眠術をかけたわけでもないでしょうが」

今では企業が大金を払って『地獄の特訓』などに社員を行かせて人間教育をしているようだが、私たちは少ないながらも俸給をもらって〝程度の高い〟『地獄の特訓』の恩典にあずかったというのであろうか。

飛行訓練も受けず、艦艇にも乗らず、まして戦場の体験のない私たちではあるが、一応、海軍軍人の体験者としての誇りを今でも持っている。（と言っても、私たちは海軍の幼稚園程度のところに一年数ヵ月いたに過ぎないが）このわずかな期間の体験の中で、訓練とともに罰直も、私たちの人間形成にかなり大きな役割を果たしていたと信ずるのである。

自分のミスが全員に迷惑をかける、手抜きをしていい加減なことは許されない、苦しいのは自分だけではない、責任をもって事に当たる。

やるからには失敗にめげず最後までやり遂げる、弱音を吐かない、人に率先して事に当たる等々、まだまだ有形無形の習性が身についたと思うものは、教えきれないほどあるはずだ。

ただ実施部隊などで、まったく身に覚えのない、理不尽な罰直などがあったときは、下級者は心得たもので陰湿な仕返しがなされるのである。曰く「ふけ飯」（飯の中にふけをかき落とす）、曰く「ひま飯」（例のひまわりの種を飯の中に上手に混ぜ込む）、曰く「雑巾汁」（汁の中に雑巾をしぼり込む）などなどである。これによって正面切って抵抗できない下級者は、ひそかにほくそ笑んで、うっぷんの一部を晴らすのである。

13　えっ、「兵隊さん」て俺のこと?

私たちが入隊して、一ヵ月を経たころだったと思う。まだ一種軍装（紺色ラシャ上下）だから、六月の末か七月初旬だったろう。余談だが、春から夏へうつる短期間だが、帽子は上部に白の被い、上衣は白（二種軍装）、紺ズボンという時期もあった。この白と紺のコントラストは大変格好よく、私たちの目にうつった。

日曜日に松坂まで引率外出が行なわれることになった。まだ地理不案内で軍隊生活に慣れない私たちを勝手に外出させて事故を起こしたり、時間を切ったり（帰隊時刻に遅れること）させないためである。

当日朝食後、副食はジャガ薯と牛肉の煮付け、主食の麦飯を小さな柳こうり弁当に詰め、特別配給のビスケットとともに白風呂敷に包む。茶を詰めた水筒を肩に、引率とはいえ、初めての外出に私たちは心をはずませて練兵場へ集合した。この日をふくめて、外出時には教員が保管していた時計を使用することが許可された。

ここで分隊長から、外出中のこまごました注意があった。

一、各自、海軍の軍人、それも選び抜かれた予科練であることを充分自覚して行動すること。

一、原則として団体行動をとるが、昼食をはさんで約二時間解散、自由行動を許す。その場合、きめられた場所以外のところへ勝手に出て行かないこと。
一、地方の人に迷惑を絶対かけてはならない。
一、きめられた集合時間の五分前には所定の場所へかならずもどっていること。
大体、以上のとおりの注意があった。

この日の外出目的地は、松坂神社と付属の城址公園だったと記憶している。ただ、そこまで徒歩行軍だったか、電車で行ったのかは定かでない。また、この日、金銭の所持は許されなかった。

神社参拝後、公園に移動した私たちは、そこで解散、自由行動が許されたが、たしかこの〝自由〟は公園内だけであったはずだ。

さっそく昼食の弁当をすませ、公園の池の端をぶらぶら散策して大きく息を吸って、シャバの空気を満喫？　した。いずれも同期生ばかり、敬礼も隊伍を組んで歩調をとったり、駆け足をする必要のない〝自由〟なひとときであった。

池のほとりで数人の子供が短い竹竿で魚釣りをしていた。ひさしぶりで眺める釣りの光景である。釣り好きの父の影響で、私は小学校へ上がる前から朝鮮で、中国でよく釣りに行った。とくに北京にいた当時は、紫禁城を取り囲んでいる堀で鮒釣りをやったものである。ここでの釣りは禁止されているのだが、日本人の私たちには黙認されていたようだ。大きな鮒が面白いほど釣れた。

城跡公園の子供は、あまり上手ではない。幾度やっても餌のパンくずだけ食われてしまう。浮子《うき》に当たりが現われても、そのときはすでに水中で軟らかくなった餌は魚に食われてしまった後だ。

「坊や、もう少し餌を小さくしてやってごらん」「ほら上げて……」「ちょっと遅かったな」

いつしか私は、夢中になって横から声を出していた。

「まだまだ……そら上げて」「残念、だめだったな」

「兵隊さん、釣ってくれない？」突然、一人の子供が言った。

兵隊さんって、だれか近くに〝兵隊〟がいるのだろうか？　きょろきょろ辺りを見回している私に、「ね、兵隊さん、やってくれよう」と、さっきの子供が私の方へ竿を差し出した。あ、そうか、俺のことだったのか、「兵隊さん」とは！　私は海軍飛行予科練習生ではあるが、自分が二等兵の「兵隊」であることは夢にも考えていなかった。そうか、俺は兵隊に

なっていたのだ。私は予科練にはなったが、「ヘータイ」になるつもりはまったくなかったので、予科練＝兵隊の認識・自覚は少しもなかった。中国の外地生活の長かった私は「ヘータイ」とは、国防色（カーキ色）の軍服を着て戦闘帽をかぶり、腰にごぼー剣を吊った大人のこととしか考えていなかった。私自身が、その兵隊に対して「兵隊さん」と呼びかけたことは何度もあったが、自分が「兵隊さん」と呼びかけられたことは、それこそ生まれて初めてで、何か俺も兵隊になり下がったのか……と淋しい気持ちにさえなった。しかし、気を取りなおして、「よし、貸してごらん」と竿を手にした。

昔取った〝杵柄〟ならぬ〝竿尻〟、餌のパンくずを指先でこねて米粒大とし、浮子《うき》を少し深くして池へ入れた。しばらくすると、スイっと斜め下に浮子《うき》が引き込まれ、中くらいの鮒が竿を弓なりにして釣れた。「わあーすごい！　ね、兵隊さんもう一匹釣って」たちまち私は、子供たちの人気者となり、「僕にも、僕にも」とねだられた。「ヘータイ」で気落ちしていた私もつい嬉しくなり、子供たちと持参のビスケットを分けて時間を気にしながら釣りを楽しんだ――初めての引率外出の忘れられない想い出である。

引率外出が二度ぐらいあった後、九月一日に一等飛行兵に進級した。そして中旬に白の二種軍装で自由外出が許可されることになった。このとき、班長は、私たち以上に時間遅れを心配していた。帰隊時間はたしか午後四時だったと思うが、「三時には全員兵舎にもどっているように」と耳にタコができるほどくどく申し渡された。そして、各自には二円の小遣いが持たされたはずだ。

最初の自由外出のときは、三重空で借り上げていたクラブと称する民間人の部屋が班長によって紹介された。映画『決戦の大空へ』に出てくるクラブには、美人の娘さんがいて、訪れた練習生の憧れの的だった。残念ながら私たちのクラブでは、昔は娘であったはずのお婆さんが一人、渋茶を出してくれただけだった。どうも現実はうまく運ばれないようだ、すべてにおいて。

私たちはここでさっそく弁当を使い、畳に寝転んで雑誌「富士」などに目を通し、すぐ航空隊近くの海仁会（下士官・兵の集会所）へ出かけて、長蛇の列の最後尾について、寒天に数粒の小豆入りでサッカリン甘味の「蜜豆」、小豆色をしたくず湯の「汁粉」、食器に山盛りの小魚の塩ゆでを片端から腹へ納めた。聞くところによると、本物の「うどん」もあったそうだが、一時間足らずで売り切れになったそうだ。

第一回目の単独外出の日、私は北京からの友人・広田什《たもつ》と行を共にし、二時少し過ぎには帰隊していた。私たちの帰隊を案じていた佐々木班長が、営門近くで笑顔で迎えてくれた。班長は一人一人、班員を手帳でチェックしていたらしい。三時前にほっとした顔つきで私たちの居住区へもどってきた。外出は何度かあったはずだが、自分の記憶では、あと一回、航空隊所在地の香良洲の街をぶらついたぐらいで、「外出の楽しさ」という記憶はほとんどなかった。

戦後、同期会などで聞くところによると、ほとんどの者が秘密クラブ（アジト）と関係をつけ、そこを中継に郷里との文通、小包や送金依頼をしていたとのことであった。

私は松坂行軍を第一回の引率外出と思い込んでいたが、入隊後幾日も経ないで、一度シャバの空気を吸った記憶がどうしても打ち消せなかった。そのときの記憶をふり返ってみよう。

何かの訓練の一つとして隊外へ連れ出されたと思っていたが、あるかなり大きな農家を訪れ、そこの庭で、「団体行進」途中で歩きながら、「左向き行進」「連隊止まれ」「折敷《おりしき》」と見事にやってのけた。よく短期間に全員がそろって見事な行動がとれたもの、とわれながらに感心した。

じつはこれは、真珠湾攻撃に参加した九軍神の一人の家へ、二十二期生全員が表敬訪問したときのことだった。このとき、引率の教員は、

「ここのお宅から真珠湾攻撃に参加された下士官の軍神が出られたのだ。海軍上層部での評価は、この下士官は、『海軍下士官優秀中の優秀』といわれている」と妙な表現で讃美されたことが今も頭の中に残っている。

さらに、ここの家の方々のことである。たまたま野良仕事にでも出かけようとしていた矢先、われわれの大群が押しかけたらしく、やれやれといったはなはだ迷惑そうな顔つきだったことが今も忘れられない。

この家を訪れた人は、開戦以来、何千人となっていたことであろう。肉親を失ったうえ〝軍神〟といわれたばかりに人手不足の野良仕事もままならず、軍神を出した家らしく、つねに清掃に努めなければならない境遇にさせられていたのだろう。これでは「有難迷惑」「軍神迷惑」ではないか、と今つくづく考えさせられるのである。

(注) 大洞照夫君の日記によると、つぎのとおりになっている。

六月十一日、一種軍装で香良洲神社参拝 (第一回の引率外出)

六月二十五日、松坂方面へ行軍 (第二回の引率外出)

七月十二日、ハワイ九軍神の一人稲垣兵曹長生家引率外出したがって、私の記憶の中では香良洲神社参拝はまったく欠落している。また、稲垣兵曹長宅訪問と松坂行軍の順序は完全に入れ替わっていたのである。

また、外出も一等飛行兵になってから二週ごとの休日に一度ずつ自由外出があることになっていたのだが、自分では、それほど隊外へ出た記憶もない。これには、私なりに理由があったかららしい。

他の同期生が利用して、秘かな楽しみとしていた秘密クラブの存在すら知らなかったので、隊門を出たら海仁会へ直行。弁当は後まわしにして食えるものを片端から腹へおさめて早々に帰隊していたらしい。私には、ほとんどこれといって購買欲をそそるほどの品物もない香良洲町の、殺風景な街並みにはほとんど魅力がなかった。それよりも、帰隊して一人のんびり白砂青松の、隊の香良洲浜で海の景色を眺めている方が楽しかった。

また、外出と同時に帰隊時刻を気にし、敬礼の連続のわずらわしさが嫌だった。

さらにこんなこともあった。

ある外出の日、隊門を出て間もなく、同期生の一人が、外で待っていたらしい肉親か知人と出会い、話に夢中になっている傍を一人の先輩練習生が通りかかり、欠礼した、という理由で、その知人か肉親の見ている目の前で、居丈高に同期生を怒鳴りつけるとともに、顎二発を取り、肩をそびやかして立ち去った光景を目撃した記憶がある。私はその日一日、同期生の顎の痛さよりも、それを黙って見ていなければならなかった、近親者らしい人の胸中の苦痛を思いやって、やり切れない気持ちと、その先輩練習生に対する怒りがさめやらなかったことが、私の外出への魅力をなくしていた理由の一つだろう。

海岸から兵舎へもどっても、まばらにしか練習生はいない。自分用に貸与されている小銃を取り出し、分解掃除したり、ときには帰隊した練習生と散髪をおたがいにしたりした。各班には、二組のバリカンがあった。

もちろん、いま使用されている電気バリカンではない。金属製の柄を右手で握ったりゆるめたりするのと、長い木製の柄を両手で開閉する式のがあった。（バネはない）片手バリカンは私も北京で使用した経験があるが、両手バリカンは入隊して初めて知った。（これは現在、東京都墨田区の『江戸東京博物館』の戦時中の生活の部に陳列されているはずだ）

バリカンも大勢で使用するので、すぐ切れが悪くなる。こんなときは分解して上刃の部分を古ハガキに強く押し付けてこすると、不思議と切れが良くなるのも、ここへ来て初めて会得した知恵である。

14　通信教育

先に予科練のカリキュラムに、通信訓練が大きな比重を占めていると述べた。通信といっても、無線通信、手旗、発光、旗旒信号とあるが、私たち将来の飛行機乗りにとっては、何と言っても無線通信が最重要課目となる。割合からいえば、無線を八とすると、他の信号二ぐらいであったろう。したがってここでは、私たちの受けた無線通信教育について述べてみよう。

〇六五五《まるろくごご》〜〇七三〇《まるななさんまる》、朝食が終わり、朝の温習時間は入隊してから約三ヵ月間、ほとんど毎朝、兵舎で受信教育が行なわれた。兵舎の中央に教員の机と椅子が置かれ、スピーカーに接続された送信器が設置される。自分の卓で鉛筆と受信帖をそろえて待機の姿勢で待つ。通信教員第二班長の橋本一曹の発するモールス信号がスピーカーから流れてくる。それを電報局で使用していた、例のザラ紙に緑色のマス目の引かれている用紙に、カナで書き取るのだ。

初めて通信教育を受けた日、橋本教員からつぎの説明があった。

「本日から通信訓練を行なう。お前たち将来の飛行機搭乗員にとっては、絶対、身につけなければならない、最も重要な教課である。送信も大切だが受信の方がさらに重要で、かつ難しいから、当分の間は朝の温習は受信を行なう」と言ってから、『・－』とキイを打った。

「無線通信に使用されている、モールス符号は、今皆が聞いた短音符と長音符の組み合わせによって成り立っている。この音をト・ツーと組み合わせて『イ』と覚える方法と、ト・ツーを〝伊藤〟（イトー）と覚え、このイトーの頭文字を、『イ』と覚える合調音式の二つの方法がある。

しかし、わが分隊ではそのいずれでもない音感法といって、もっとも新しい方法で行なうことになった。これはドイツで開発された方法で『・－』を一つの音の塊りとして聞き取り『イ』と覚えるのだ。初めは慣れないで、いささか苦労するかも知れないが、この方法を身につけると、だれにも負けないスピードで受信できるようになるから、皆一生懸命やるように」との注意があった。

教員は説明を終わると、鉛筆を卓の上に置き、みんなに目をつぶれと命じた。

「今からスピーカーを通じてイロハニの順に送るからそのまま聞け」と言うと、『ピピー』〝イ〟『ピーピピピ』〝ロ〟『ピーピピーピ』〝ハ〟と、四十八文字を打って聞かせた。当初の一週間は絶対に鉛筆を持つことを許さず、もっぱら耳を慣らすことに専念させた。

ところが、私は入隊前、短期間ではあったが、北京の中学校で合調音によるモールス通信を習っていた。したがって教員の打ってくる『ピピー』は、私の耳には『イトー』と飛びこんで来る。これではいけないのであって、『ピピー』を音塊として〝イ〟と覚えなければならないのだ。しかし、いったん覚えた合調音は忘れられず、『ピピーピピー』は〝ロジョーホコー〟で、ごていねいに〝路上歩行〟の漢字まで浮かんできて〝ロ〟と受け取ってしまう。

私の耳は、今となってはどうにも矯正のしようもなく、合調音に慣らされてしまっているの

だ。

一応は、いや二応も三応も言われたとおりの〝音の塊り〟として聞き取ろうと努力はしてみたものの、『ピーピピ』は〝ハーモニカ〟『ー・ー・』は〝入費増加〟『ー・・』は〝報告〟となってしまう。無駄な努力をすることは止めた。耳の中や頭の中まで、外から分かるはずはない、合調音で通してしまえと決心した。これは一応、私にとって正解であったようだ。

分隊の大部分の者は、無線通信訓練を受けるのは初めてらしく、教員に言われたとおり『音の塊り』としての受信に努力していたが、なかなか成果は上がらないらしい。ただ一人、例外があった。酒井善八君は逓信講習所普通科二部卒業の通信の大ベテランで、彼はときに、教員に代わってキイを叩いていた。昭和二年生まれだが童顔で、どちらかといえば小柄の彼が、教員の座る席で、流暢にモールスを打っている姿が、私の目には大変立派にうつった。

正規の課業としても、通信訓練はほとんど毎日あった。通信教室には各自の机の右側に一台ずつの送信キイが設置されている。その横にはコンセントから挿し込みがはずされ、レシーバーが置かれている。

訓練（受信）は、まずコンセントをつなぎ、レシーバーの耳当てを左耳の上半分に当て、右側の耳当ては、耳が完全に露出するように側頭に当てる。これは、人間の耳は生理学的に、左の方がよく聞こえることになっているからだそうだ。したがって受信は左耳のみ、会話、命令などは右耳で聞くことになっている。

なお、〝遅れ受信〟ということをやかましく言われた。これは、珠算のときにも適用されるのと同じである。たとえば、『・ー』と打たれた符号をすぐ〝イ〟と書くのではなく、それにつづく『・ー・・ー』『ー・・・』と来たとき初めて〝イ〟を書くのである。つまり、二字ないし三字ずつ遅らせて、受信用紙に書き込むのである。その字は、教員が言う「蝿の頭みたいなみみっちい字」ではなく、マス目からはみ出すぐらいの元気のよい、大きな文字で書けとも言われた。

余談ではあるが、戦後、東京駅で電報を打つとき、発信依頼用紙に『はみ出す』元気ある字を書いて係員に差し出したところ、受け付けた係員が「お宅さん、やったことありますね」と言って、ニッコリ笑顔を見せたことがあった。

また、最低一週間に二度は、受信の考査がつぎの要領で行なわれた。受信用紙に分隊、班、姓名を記入し、鉛筆は芯が手前になるよう用紙の右に置いて待機する。教員の「用意」の号令でレシーバーをかけ、右手に鉛筆、左手は用紙の左下端部一枚目をつまむ。やがてレシーバーを通して、教員の打つ『・・・－　・・・－』が聞こえてくる。この符号は〝ク〟であるが、正式の呼称は何と言うのか忘れた。『今から送信するぞ』との予告音である。

ついで『－・・－－・－』の〝始めマーク〟が送られてくる。ついで本文だが、ほとんどが暗号文形式で『ヤコレシモニカラソイハテ一三四〇ジヰ？』といった意味不明の文だ。そして最後に『・・・－・』と終わりマークで終了である。不思議なことに、暗号文はほぼ正確に受信できるが、平文、つまり普通の文章の方が受信しにくかった。

「よし、これより採点する。左右の者は受信用紙を交換しろ、赤鉛筆で間違った文字は✓をつける。正しいのはそのまま

でよろしい」との教員の指示にしたがって、採点準備ができると、

「では、これから正しい読み方を言う。ヤ　コ　レ　シ　モ　ニ　カ　ラ　ソ　イ　ハ　テ
一《ヒト》三《サン》四《ヨン》〇《マル》シ　濁点《ダクテン》　丼《ドンブリイ》　？《ギモンプ》」

一字一字区切って教員が読み終えると、最後列の者は受信用紙を集めて、教員のところへ持参する。この考査用紙は、採点後、通信教員から各班長のところに回送される。良い点を採った者はいいが、悪い点の者はかなわない。学校の成績が親もとに送られ、親からお説教を食らうようなものだが、海軍の〝親〟はお説教だけでは許してくれない。班長によって異なったが、間違い一字につき顎一発という班もあった。

しかし、当時の練習生はよく耐えた。数え年十六、七歳ぐらいの少年ながら、班長から受けるこの種の制裁に対して、泣き出す者は一人もいなかった。殴る方も素手で何人もの堅い顎を殴るのだから、さぞ痛かったであろう。

短日月にひととおりの教育をほどこし、何が何でも何とか使いものになる飛行兵に仕立て上げなければならない予科練の教育では、〝民主主義的教育〟のように、『じっくり話し合って、充分に時間をかけ、本人の努力と自覚を待って』いては、とても急を告げている戦局には間に合わない。そこで『間違ったこと、駄目だったこと、出来ないこと』は、手っ取り早く、とにかく殴ることによって修正をくわえ、不可能を可能にすることが多かった。

私の班の佐々木教員は、この通信の成績に対する罰として、相手のおでこの中心か左右どちらかを、親指に中指を引っかけて力をため、爪の部分で弾《はじ》くのである。なんとなくユーモ

ラスな感じのする、そして『加害者、被害者』的感覚をあまり感じさせない制裁である。

しかし、これとて二、三発はさしたることはないが、同じ場所を五発、六発とくり返されると、次第に赤く腫れ上がり、泣くのではないが、自然と涙がにじみ出てくる程度の効果はあった。

これは、遊びとしても練習生間で面白がってやったものだ。二人向き合ってジャンケンで勝負。勝った者は相手のおでこを弾く。

当初はほんの遊びのつもりが、しだいに本気になり、ジャンケンの声の高まりとともに、指の力も強くなる。相互の目の色に怒気がきざし、顔面を紅潮させてオデコの左右に赤色のコブを作り、これでもか、これでもかと必死で涙をこらえて、つぎの課業がはじまるまでつづけていた。傍で見ていると、腹の皮がよじれるほどユーモラスな勝負なのだが、さぞかし二人は痛かったことであろう……。

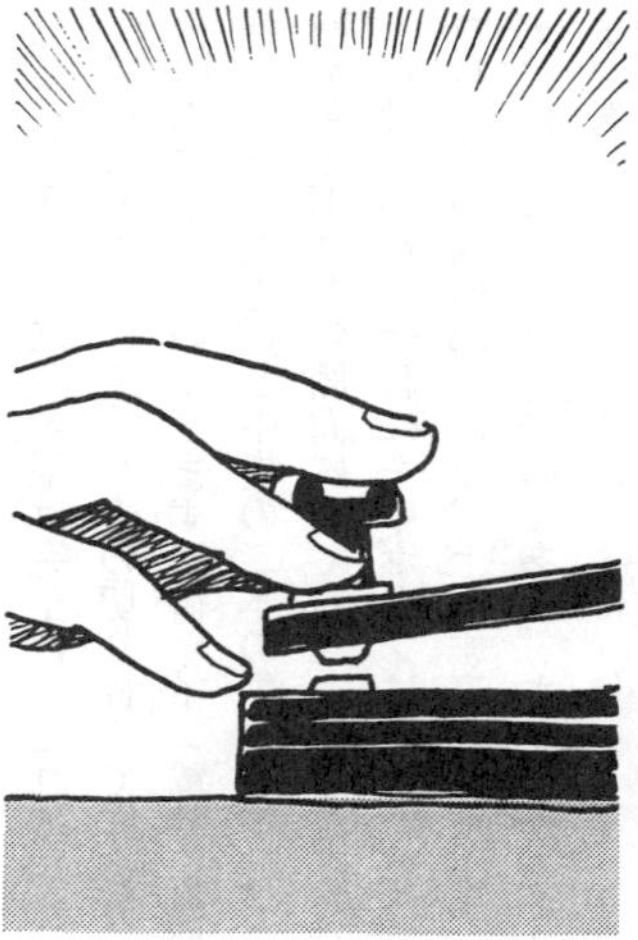

私は前述のとおり合調音で受信していたので、考査では満点以外は採ったことはなかった。この成績の優秀さが災いしたのか、それとも操縦の適性がなかったのか、たぶん、後者だろうが、操偵（操縦・偵察）別の適性検査では偵察分隊に編入となり、残

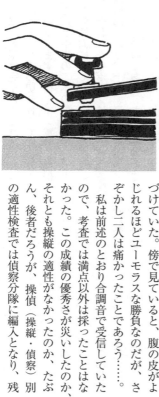

念ながら零戦に乗る希望は完全に絶たれてしまった。

送信のときは、スイッチの切り替えで、自分の打った符号がレシーバーを通して聞こえる仕組みになっている。まず送信キイ（電鍵）の握り方から習った。背筋をピンと伸ばした姿勢をとり、人差指と中指の二本の先端を、軽くキイボタンの上に置き、拇指の腹と薬指の側面をキイボタンの側面に当てる。

右肘と手首、それにキイボタンにかかっている腕の線は、一直線に水平にする。この状態で右手首の関節部だけを、上下することによって、その反動をキイにかかっている指先に伝え、長短の符号を打つのである。キイにかかっている指と肘は、つねに一定に固定されたままである。

この送信方法を教えられるまで、私はキイは指先に直接くわえた力の強弱によって送信するものとばかり思っていたのだが、指先や肘に力がくわわるとたちまち疲れて、長文の送信が打てなくなるのだそうだ。また、長・短音符も不正確になるとのことである。

初めこそ難しかったが、やがて慣れるにしたがって、この打ち方以外では送信できなくなってしまった。受信の場合は〝音の塊り〟の音感で教育されたが、送信の場合は、みなが一斉に口をそろえて『トツートツー〝ロ〟』と発音しながらキイを作動するように教育された。

これでまたまた『音の塊り』音感練習生は混乱した。

せっかく『音の塊り』で覚えかけていたのに、送信教育で『トン』と『ツー』に分解してしまうので、音が塊らなくなる。その点、私は口で『トツー〝イ〟』と発音しながら、頭では『イトー〝イ〟』とやっていたので混乱はなかった。送信の考査はどのようにやったのか、今となっては思い出せない。

15　軍隊の洗礼

入隊して一ヵ月ぐらい経たある日のこと、午後の課業（体育）に備えて体操着になって兵舎で待機していた。そこへ何の前ぶれもなく、N先任教員以下、全教員が突然やって来た。どの教員も何となく不機嫌な、そしていやに緊張した顔つきをしている。

入隊して一ヵ月とはいえ、これまでの経験から、このただならぬ教員たちの気配から、何かコトがあるな、と不吉な予感めいたものを感じた。

「総員、各班ごとに通路に整列！」

「みんな、聞けー！」

兵舎の中央に進み出た先任教員は、全員をひととおり見渡してから言った。

「貴様ら、ここへ来て今日で何日になっていると思う。もう一ヵ月もたっているのだぞ！にもかかわらずだ、どいつもこいつも、いつまでもお客様気分で、少しも娑婆っ気が抜けていない。起床の動作、整列のぐずついた態度、上級者にたいする応答の様子、物品の整理の状態、歩き方……要するに何から何までなっていないということだ」

「大体、班長の言うことを真剣に聞こうとしないから、いつまでたっても、気合いの入った動作ができないのだ。言うまでもなく、日本は米国と食うか食われるかの大戦争をやっているのだ。一刻もボヤボヤできないときなのだぞ！　それなのに……おい、H練習生、貴様、今ニヤッと笑ったな？　班長が一生懸命になって話をしているのに、こんな話は馬鹿馬鹿しくて、おかしくて聞けないのか！」

「おかしくありません、笑っていません。鼻にはえが止まったものですから」

「何をッ、言い訳するな、班長が話をしているとき、だれが顔の筋肉を動かしていいと言った？」

「だれも言いません」

「だれも言わないことをなぜやった、それが娑婆っ気と言うもんだ。自分の笑ったことをはえのせいにしたりして……教員の言うことがそんなにおかしくって聞けないのなら、いくらでも聞けるようにしてやるから前に出ろ！」

「ハイッ！」

顎を取られる（殴られる）ぐらいのつもりで前へ出たX班のH練習生は、分隊でも体格のよさは抜群で、ちょっと不良っぽいところのある男であった。先任教員が傍らにひかえていた、甲板教員の荻野班長の方をチラッと振り向いた。

いつの間に用意してあったのか、分厚い一・五メートルほどの板っ切れを手にした甲板教員が、先任教員に代わって前に出た。ひっくり返った船の舳先さながらに格好をつけた、白の略帽を小粋に斜めにかぶり、猫背の肩を左右にゆすりながら、いつも兵舎の中を目を光ら

せながら見回り、整理整頓、風紀取り締まり、甲板掃除の監督を行なっている分隊一の〝やかまし屋〟であった。

前にも述べたが、私たちの間では、この荻野教員のことを、名前のイニシャルをとって秘かに〝鬼の教員〟と呼んでいた。

その鬼の教員が、金棒ならぬ板っ切れを手にし、凄味をきかせた顔つきで金歯を光らせた髭面で、H練習生の傍にやってきた。

そしてじろっとみんなを見渡してから、

「いいか、ここは地獄の一丁目で二丁目がない、地獄の鬼が『こんなひどいところはない』と二度哭《な》く、凄い海軍であることを教えてやるからして、皆よく見ておれ。おい、H、貴様の態度は一体全体、何だ！　班長たちの目が節穴だと思ったら大間違いだぞ！　いつも要領を使ってずるけやがって、今から貴様の娑婆っ気を叩き出してやるからして、脚を開いて手を上に挙げろ！」

　これまでとはまったく違う班長の態度に、いささか戸惑いながら、ふてぶてしさを失った顔を青くしたHが言われた姿勢をとるやいなや、バシッ、バシッ、バシッとやつぎばやにHの体操パンツの尻に力まかせの教員の板っ切れが叩き込まれた。殴られるごとにHの体は弓なりにそり返る。五発目で板が折れるとともに、Hは前に倒れた。

「何だ、なんだこれくらいで、早く立たんか」

　やっと体を起こし、無理に不動の姿勢をとろうとしたHの顎に鉄拳が飛ぶ。居並ぶ練習生は、身のすくむ思いで目をいっぱいに見開き、唖然としてこの地獄絵を眺めているばかりであった。（もっとも、この〝地獄絵〟は、ほんの名刺代わりの御挨拶といった程度のものであることを知るには、さして時間はかからなかったが）

「今日は初めてだから、このくらいにしておく。いいか、ここは娑婆や地獄とも違う〝海軍〟であることが少しはわかったか！」

「ハイッ！」

　一同の返事は何かに憑《つ》かれたかのように、これまでにない大きなものであった。正式入隊以来、約一ヵ月が経過していた。自分では毎日の日課や課業を精一杯追っかけていたつもりではあったが、班長たちの目には、この〝精一杯〟は、単に入隊前の延長にしか映らなかったのであろう。いや、かりにそうでなかったにせよ、動作や行動の端々に娑婆の滓《かす》がつきまとっていたのだろう。外見ばかりでなく、気持ちの上でも、生まれたてのヒヨッ子の尻に殻がついていたように。

だが、班長たちの狙いはさらにもっと別のところにあったのだ。ここは一般社会の常識や理屈はいっさい通用しない軍隊であり、〝海軍〟であることをそろそろ私たちの心や体に叩き込む時期がきたと判断したのだろう。海軍に入った以上、命令には絶対服従、言われたこと、決められたことは理屈抜きでとにかく守り、実行しなければならないのだ、ということを思い知らす必要があったのだ。そのために、いわゆる〝軍隊の洗礼〟を実行する機会をひそかにうかがっていたらしい。

この〝洗礼〟に捧げる犠牲《いけにえ》は、初めっからH練習生と目星をつけていたのだ。なぜなら、先任教員の話の最中、私をふくめて体や顔を動かした者はほかにいくらでもいたのだ。体格のよい頑丈なH練習生なら、殴り減りもしないおあつらえの一匹、いや一人とあらかじめ、目星をつけられていたらしい。あらためて〝海軍〟を思い知らされた日であった。

この日を境に私たちは気持ちの上でも娑婆と隔絶された、別世界に入ったのだという感じに体がつつまれた気がした。これはあたかも蟬が脱皮して、新しい皮膚が外気に触れた感覚と同じであろう。

一体、この先どうなるのだろう？　など考える余裕すらなく、きりっとした態度で、遅れた体育の課業に走って行った。おそらく、全員の顔つきや目つきは変わっていたことだろう。この時期、二十二期生の各分隊でも、同様なことが行なわれていたらしい。

私は、この日のバッター？　による罰直は、ほんの名刺代わりの御挨拶に過ぎないと先に書いた。板切れを平で尻に叩きつければ、音は派手だが、さして体にあたえる痛さもないはずである。H練習生が五発で倒れたのも、苦痛からではなく、精神的ショックの大きさのためからであったろう。

訓練が本格化すると、バッターによる罰直も本格化してきた。使用されるバッターも、野球のバット程度の太さで、樫の木を六角形に削り上げたり、カッターのオールの折れたのであったりした。なかには、手元に紫または朱房までつけた念の入ったのがあったそうだ。たいていは、「軍人精神注入棒」とか「花は桜に人は武士」と墨書されていた。ときには、「情は人の為ならず」「鬼哭啾々鬼神来々」「鬼手仏心」「打杖仏心」（「多情仏心」をもじったもの）など、下士官たちの、ふざけとも本気ともとれない文字を書き込んだのもあった。（とくにこれは実施部隊に多かった）

私が伏龍特攻隊に行ったとき、出来の悪い二等工作兵曹（潜水指導教員助手）から、私たち兵長たちだけが食らったつるはしの柄を代用したバッターは、今でもその痛さを想い出させるものがあった。これは、御存知のとおり握りの方が丸く細く、先へ行くにしたがって次第に太く、おまけに楕円形に削られている。これを使用した二曹の殴り方がまたふるっている。

彼は、私たち予科練出身の特攻隊員が、特別扱いされ、まもなく自分を追い抜いて進級していく、そのため、兵長たちを目の敵にしていたのだ。（もっとも、このジェラシーにも無理からぬものを今は感ずるのであるが……）

聞くところによると、父親は海軍の高官で、名将の一人と言われていたそうだ。が、この本人はもっとも身に危険のない海軍の主計学校を何度受験しても駄目で、陸軍の徴兵のがれに手を回して、教員養成の短期現役兵となり促成下士官として工作科に配属されたとのことである。インキン（一説には淋病）とかで、絶えず陰部をこすっていた。それに逆三角形で眉間に縦じわのある、陰険で人品いやしい顔つきをしている。

彼は私たち兵長を一人一人呼び出し、昼食時の衆人環視の中で、バッターを食らわせた。両手を挙げ、両脚を開いてかまえた私たちの斜め後方に立った二曹は、バッターを振りかぶると同時に、左脚ひざをやや曲げ気味にして右足にひきつけ（つまり右足一本立ちとなり）、打撃とともに左脚に体重を移動させるという念の入れ方である。右と左の違いはあるが、戦後のプロ野球で鳴らした王貞治選手の一本足打法なのだ。

つるはし柄上部の太身楕円形部が臀部に食い込むあの痛烈な奴は、一瞬、目の前が真っ暗になり、キーンとした痛感が脳髄を突き抜けていく。今でも私は道具屋でつるはしの柄を見るたびに、「あの野郎！」と心の中で叫んでしまう。

バッターは個人で受けるより、『総員バッター』が多かった。私たちの佐々木班長はしみじみ言ったものだ。

「お前たちが実施部隊へ行ったら、罰直もこんな生やさしいものではないぞ。もし、〝総員バッター〟を食うことになったら、なるたけ列の真ん中あたりへ並べ。殴る方は、最初は気合いが入っているが、かならず中だるみになって力が抜ける。後へ行くと、またまたあと少しと、ふたたび気合いが入ってくるものだ……」

まったくそのとおりである。それにしても、あの練習生想いの佐々木福松班長は今いずこ……。

16　書かされた作文

七月末、暑さもかなり厳しくなったころのことである。午後の課業は陸戦なので、昼食後そろそろ準備に取りかかろうとしたときである。

突然、当直練習生から、「全員、そのまま兵舎で待機」の通達があった。

やがて教員室から出てきたN先任教員は通路に立ち、「聞けーっ」をかけてから、つぎのとおり話しはじめた。

「本日、司令からつぎの通達があった。三十二期の新入隊員に、入隊以来の予科練生活に対する感想文を書いて提出するように、とのことである。お前たちには二ヵ月の予科練生活だが、その間のいろいろな感想があることと思う。司令は、とくにどんなことでもよいから、思ったこと感じたことを嘘偽りのないよう書いて提出せよとのことである」

先任教員はここで言葉に一区切りつけた。

「だからして、この作文は司令御自身が、直接読まれることに留意して、よく考え、心得違いや考え違い、それにいいか、間違ったことや、ありもしないことなど書かないように、よくよく考えて書くのだぞ」

とのことで、みなに原稿用紙が配られた。私は先任教員がなぜかそこだけとくに力を込めていう〝よくよく考えて〟のくり返しが妙に気にかかった。この二ヵ月間でいくらか予科練生活にも慣れて来た。入隊当初の無我夢中の日々から、いくらか周囲を見回すゆとりもできてきた。そのうえ、聞くと見るとは大違いの生活に、これが軍隊というものだと、何かにつけての割り切り方と対処の仕方も身についてきたと思う、といったことでも書こうかと考えたが、どうしても、先任教員の言葉に引っかかるものがあった。

「……司令御自身が直接読まれることに留意して……よくよく考えて……心得違いや考え違い……」

なんとなく持ってまわった気になる言葉の連発である。さてどうしたものだろうか、と配られた原稿用紙を眺めていたとき、ふと、頭に閃いたことがあった。

それは入隊前、北京の家で読んだ邦字新聞の記事だ。大学出身者の『海軍予備学生となって』というテーマの座談会記事の一部である。

『私は海軍の特色の一つとして、とくに海兵団における班長制度は大変良い制度だと思います。班長は部下である班員の父、母となり、時には兄となって班員の訓育に起居を共にして、親身になって気を配り指導しておられ……云々』

そうだ、あの記事を下敷きとして書こう、と筆をとった。先任教員が言ったとおり、「よくよく考え」「間違ったこと」「心得違い」などのないように筆を進めた。

その夜の巡検後のことである。私たちの居住区へ先任教員以下、全教員がやって来た。そして声を張り上げて、

「そのまま聞けえっー」と怒鳴った。就寝後、めったに〝巡検後の説教〟などしたことのない先任教員が、いささか怒りを帯びた口調で話しはじめた。

「一体、お前たちは予科練に何しにやって来たのだ。班長たちはこの二ヵ月間、寝食を忘れて皆が一日も早く一人前の軍人になれるように指導してきたつもりである。にもかかわらず……何だあ、今日、皆が書いたあの感想文は……（声の調子を変えて）『私は海軍の生活がこんなに苦しくて、恐ろしいところとは思いませんでした』『毎日毎日、教員から怒鳴られ殴られ……』おい、だれでもいい、殴られたと思っている者は出て来い。断わっておくがな、練習生を殴るなどということは、司令から堅く禁じられていることなのだ。いくら口で注意して聞かせても、どうしても分からない者には、手で指導することはあっても、練習生を殴ったりする班長は、この分隊には一人もいないはずだ、そうだな⁉」

「ハイ……」

「返事が小さいよ、返事が……。今の返事の仕方では、殴られているのに、いやいや殴られていませんと返事しているとしか、班長には聞こえないぞ。もし殴られたなど と、とんでもない思い違いをしている者には、本当に殴るということがどういうことなのか、今ここではっきり教えてやるから遠慮なく出て来い。よっくわかるように教えてやるからして」

本来なら、全員出て行かなければならないのに、のこのこ出て行く馬鹿がいるはずはない。

「『何かやろうとしても、また叱られるのではないかと思うと、思うように体が動きません』これもおかしい。前に注意されたことを思い出して迅速に行動すれば、何もいちいち注意されることなどないじゃないか。『飯をもっと腹一杯食べさせてもらえませんか』……ああ、班長は情けない。いったいお前たちは何を考えて予科練を志願したのだ。これでは娑婆の乞食以下だよ、本当に。戦場では今、食うや食わずで血みどろの死闘が展開されているのだ。立派に三度三度の食事が出来るだけでも、有難いことではないか、自分が恥ずかしいと思わないのか、恥ずかしいと。班長はお前たちによくよく考えて書けと言ったはずだ。思い違いや心得違いをしないようにと。いいか、お前たちは厳重な試験を通って、全国の大勢の志願者の中からとくに選ばれて来た優秀な練習生ばかりなのだ。……その証拠に今から読んで聞かせる、立派な考えでこの二ヵ月間を過ごして来た練習生もいるのだ、皆よく聞けよ」

私は先任教員の説教を身じろぎ一つしないで聞いていた。一体、だれのどんな感想文が読まれるのだろう？　どんなことを、どんなふうに書けば班長たちのお気に召す〝作文〟が書けるのだろう？　今度はそいつのを下敷きにして書いてやろう。

先任教員は、来たときから持っていただれかの感想文を読みはじめた。

『私が三重海軍航空隊に入隊して、約二ヵ月が経過しました。ここでは見るもの聞くもの、これまで私が過ごしてきた社会とは、まったくことなった世界です』

書き出しは、何となく俺のに似ているな？

『入隊前、軍隊生活についてはいろいろと耳にしていました。軍隊は男だけの殺風景な、それも厳重な階級制度で統率された、窮屈きわまりないところと聞かされておりました。私は外地で陸軍に接する機会』

これはいけない！　俺のを読んでいるではないか。ここまで聞いて、顔が急にカーッと熱くなり、胸がドキドキ早鐘を打つのを覚えた。

『が、たびたびありました。だから同じ軍隊ゆえ、当然、海軍も陸軍と同じだろうと思っておりました。三重空に入隊してみますと、たしかに一般社会には見られない、整然とした規律にしたがって、朝の起床から夜の就寝までが進められております。初めのころはいろいろな戸惑いもありました。しかし、慣れるにしたがって、実に気持ちのよい生活であることがわかりました』

もう止めてくれ、お願いです。……みながいっせいに私を睨みつけている気がして、いたたまれない気持ちであった。

この大嘘つき奴《め》！

『しかし、何といってもこの二ヵ月、私の心を捉えて離れないのは、班長の肉親以上に親身になって、私たち練習生を指導してくださる尊い姿であります。ときには父親、ときには兄、そして母ともなって、私たちの日常の細部にわたって、行きとどいたご指導をしてくださっております。入隊して右も左もわからぬ私たちに対して、服の着方から床のとり方まで、懇切丁寧に教えていただいたおかげで、私たちはこの二ヵ月間にどうにか、曲がりなりにも航空隊の生活に慣れ、充実した毎日が過ごせるようになりました。これも班長の寝食を忘れての……』

おいおい、いい加減にしてくれよ〝寝食を共にしての〟だったらわかるが、班長はグッスリ眠っているし、飯も一緒に食べているではないか。みな怒っているだろうなあ、班長にミコ（お世辞）使いやがって、この野郎と。

『献身的な御指導のお陰であると思います。私はかつて、外地陸軍の内務班で古年兵が新兵を面白半分に苛め抜いているのを、幾度も目撃しております。同じ軍隊でありながら、海軍は班長制度のお陰で、上級者からいわれなき制裁を受けたりしないで、朗らかに軍務に精励できることを嬉しく、また誇りに思っております。……』

おい、門奈、ちょっと聞くが、貴様は今日まで、一度も殴られたり、またそだれかが殴られるのを見たことがないと言うのか？　この野郎！

『このような立派な班長のご指導があればこそ、いったん有事の際には班長とともに、一身を投げ出して御国の為に最善を尽くしてご奉公が出来るのであると、心から信ずるものであります。終わり』

私の感想文を読み終えた先任教員は、

「いいか、皆よくわかったことと思う。何も班長のことばかりではない。まだまだいろいろ書くことがあるはずだ。皆はもう分かっていることだが、あえて、二、三の例を挙げれば、清掃の行き届いていること、礼儀正しさ、敏速な行動といろいろあるではないか。

お前たちの軍帽や略帽には錨のマークがついているなあ。錨というものは、鎖につながった、小さな鉄の塊りだ。みずから泥の中に深く潜り込んで、大艦巨船をがっちりと食い止める重要な役目を果たしているのだ。みずからは人の目に触れない地味な存在だが、どの軍艦《ふね》にも絶対欠かすことのできない、もっとも大切な役目を果たしているのである。言ってみれば、海軍伝統の犠牲的精神の象徴が、皆の額の上についているのだ。

少しぐらいの辛いことや苦しいことも、私はいといませんということを、自分から表しているのだ。ほんのわずかな例を挙げただけだが、そして、こんなことは、わざわざ班長が言うまでもなくとっくに皆は承知していることばかりのはずだ。こういうことをよく思い出してみれば、先ほど読んだような、軍人らしい、また予科練らしい立派な文章は書けるはずだ。全国何千何万の中から、とくに選ばれた優秀な練習生ばかりなのだからして、皆、班長の言ったことは充分理解できたことと思う。

今からもう一度、用紙を配るから、前に書いたことはすっかり忘れて、今度こそよくよく考えて、本当のことを書き、書き終わった者から班長に提出しろ。あまり班長に世話をやかせるのではないぞ！」

長かった先任教員の説教はやっと終わった。私は班員たちの目に射すくめられている気がして緊張していたが、教員たちが去ったので、やっと胸の動悸と顔のほてりも元にもどってきた。

入隊して二ヵ月、描いていた〝海軍〟の夢はすでに完全に打ち砕かれていた。同時に、自分自身の考えの甘さも反省させられていた。自分から志願して学校や家庭から離れたのだ。この予科練生活に一日も早く慣れて、同化していく必要を強く感じていた。感想文で他の練習生が書いた『嘘偽りがなく』のように、隊内の日常は厳格なものであり、また腹の減るものであることも。

班長かならずしも慈父・良兄に終始していたわけではなかったことは、百も承知していた。しかし、出身地北京で、陸軍の新兵たちが古年兵に殴られ、蹴られながら血みどろの訓練を受けている実態や、参観に行った陸軍内務班でたまたま見かけた、陰惨な制裁のようすを通じて、軍隊生活の陰の部分もあるていど承知していた。

在学していた北京中学校では、教練をはじめ、私の所属していた課外活動（剣道部）や、上級生と下級生との厳格な差別（軍隊の規律を真似た?）で、上級生の理由なき制裁など、ミニ軍隊を思わせるものがあった。

外地から内地の三重空に入隊した私が、かりに予科練が気に入らないからといって、今さら「帰ります」と申し出ても、当然、絶対に許されないことだ。ならば、他の同期生より早く軍隊生活への狎れと同化を、言い換えれば、のめり込む気持ちが、無意識のうちに心の中に棲みついていたのは事実である。

すでにこの二ヵ月の間、軍隊とは、殴られて「痛いか?」と聞かれ、「ハイ、痛いです」

と答えれば、「正直で大変よろしい」と、もう一発殴られ、「痛くありません」と言えば、「よし、痛いとはどういうことか、わからせてやる」と、あと二、三発やられることが、少しもおかしくない社会であることも、いくらかわかりかけてきたところだ。

まさかホンネをそのまま書いて提出する者がいるとは少しも考えなかった。軍隊とは〝縦割り〟の社会であるとともに〝タテマエ〟の社会であることも悟っていた。

自分の〝作文〟を聞かされて、われながらよくもこうぬけぬけと、読む者、聞く者、そして書いた者自身が小恥《こっぱ》ずかしくなるほどの文章が書けたものだと思う。そして、これが模範答案の感想文になろうとは！

番兵（定員分隊の水兵）と教員の間で話がつけてあったとみえて、消灯後にもかかわらず、いくつかの電灯がつけられ、ふたたび配られた原稿用紙を前にした。耳にタコができるほど聞かされた、先任教員の「よくよく考えて」を思い出しながら、みなは筆を動かしはじめた。書いては消し、フーッと大きな溜息をついて頭を捻っている者もいた。そして書き上げた〝作文〟は班長の厳重な検閲を受けた。

「考え方」が足りなかったり、「間違っ

た」ことを書いた者は、ふたたび書き直しを命ぜられて筆を動かしていた。私はみなに対して恥ずかしく、申しわけない気持ちでいっぱいだった。私は分隊一の嘘つきな卑怯者ではなかろうか？ いや確かにそうだ。と同時になぜか馬鹿々々しさもこみ上げてきて、配られた用紙に班・姓名だけを書いて提出した。

17　酒保係教員Iのこと

「無記名でよろしい、酒保係教員、つまり俺だ。俺のことについて、皆が思っていることを書け、いいな、遠慮はいらん、何を書いてもいいからな」

酒保係をかねているX班のI教員がこう言ったとき、「ヨーシ、この野郎、思いっ切り書いてやるぞ！」と私は心に決めた。一ヵ月ほど前、司令に提出した感想文は、それなりにタテマエを書いてお茶を濁したが、今日の作文はホンネだぞ、覚えてろ！

夕刻、温習のはじまる前のひととき、何を思ったか、I教員の突然の指示があった。この教員は激戦のつづくラバウル帰りの搭整の上曹だった。搭整とは搭乗整備員のことで、大型飛行機（主として一式陸攻などの大型爆撃機）に同乗し、エンジン等の各種整備を担当するのである。したがって飛行機の操縦もできるらしく、上級練習生のグライダー訓練も指導していた。

このI教員は、制空権を失ったラバウルで、連日連夜の猛爆を受けて神経衰弱となり（今でいうノイローゼの一種）、内地に送還されたのである。病気療養しながら休養していたのだが、その経験と技倆が惜しまれて三重空の教員として転勤してきた、という噂であった。しかし、神経衰弱のためか、普段は赤ら顔であるにもかかわらず、何かで腹を立てた途端、顔面蒼白となり、気が狂ったかのごとく練習生を殴りつけ、相手の血（主として鼻血）を見るまで止めなかった。この教員はいったん殴りはじめると、なぜか自制がきかなくなるらしい。

私が教員室係を命ぜられたある日、その〝事件〟は発生した。いつものとおり朝食前に教員室の掃除に行った。

「第三班、門奈練習生入ります」

入口での申告が終わらないうち、耳元をかすめて鉄製の灰皿が飛んできて、後ろの羽目板に大きな音をたててぶつかった。とっさの出来事で何が起きたのか判断しかねていたら、

「何だその目つきは！　こっちに来い」

Ｉ教員が真っ青な顔で、怒りの目をむいて私の方へ向かって来た。何が原因で怒ったのか、今もってさっぱり分からない。（といって、私はこのことを半世紀にわたってずーっと考えつづけていたわけではないが）

「その目つき」と言われても、普段ととくに変わっていたわけではないはずだ。あえて言えば、教員室に入るについて、何か粗相があってはならないという緊張が目に現われていたかも知れないが、だからといって、これをとがめだてするのはおかしいだろう。

I教員は、私の胸ぐらをつかんで部屋へ引きずり込んだ。

「脚を開いて、歯をくいしばれ！」

いよいよ始まるな、それにしても相手が悪い、と思ったとたん、目の前がパッと明るくなった。と同時に、左顎に痛烈な打撃を感じた。つづいて右、左、右と来たとき、思わず体がよろけてしまった。

「何だ、なんだ、これからというのに」

姿勢をととのえてI教員を見ると、顔は一段と蒼さを増し、唇をわなつかせ、普段は灰色がかっている瞳は、物に憑《つ》かれたかのように青色に変わり、私を睨みつけている。そうだ、早いとこ鼻を殴らせて血を出さなければ。何発目か殴られたとき、心持ち顔を引き気味にして、拳を鼻に受けた。

一瞬、眼前が真っ暗になった。口のあたりに生暖かさを感じ、それが顎を伝わって、白い事業服の胸のあたりを、赤くまだらに染め、一部が床にポタリと落ちた。ともすれば気が遠くなりそうな意識の中で、これを確認し、シメタと痛感した。

「いいか、分かったな、教員をなめると承知しないぞ！」

なるほど、噂どおりだ。I教員はいくらか赤味のさしてきた顔で言いながら、肩で大きく息をついていた。不動の姿勢でつっ立っている私を尻目に、I教員は教員室を出て行った。

それにしても、鼻血というのはよく出るものだなあ、いっとき痛さと怒りを忘れてこんなことをフト考えていた。

胸のポケットからチリ紙を出して拭ったが、いくら押さえても鼻血は止まらない。仕方がないのでチリ紙で栓をしているとき、他の班の教員室係がドヤドヤと入って来た。また教員も二、三人来たが、大体のようすを察して何も言わずにもどって行った。

「おい、門奈、どうしたのだ。じつは俺、そこまで来たのだが、貴様が青鬼にやられているだろう、うっかり入るわけにもいかず。とにかく班へもどって服を着替えろよ。掃除の方はいいから……」

二班の教員室係が、そう言って声をかけてくれた。

「なに、大丈夫さ。どうしたのかって、それは俺の方が聞きたいよ。室へ入ろうとしたとたん、この有様だからな」

散らばっている灰皿と中味を片づけながら、この鉄製の灰皿がよくも顔に命中しなかったもの、と一瞬、自分の幸運を喜んだ。しかし、同時にいい知れぬ怒りと口惜しさもこみ上げてきた。他班の者といっしょに室の掃除をつづけながらも、胸中は絶えず理由の分からぬ殴打の口惜しさでいっぱいだ。

一体、俺が何をしたというのだ、なぜ殴られなければならないのだ。理由がはっきりしているならいくらでも、そしてどんなひどい罰直でも受けよう、それが他の者の身替りであってもだ。しかし、「何だその目つきは」「教員をなめると承知せんぞ」と言われたが、私はとくにI教員を軽蔑していたわけではない。それどころか、初めて三重空の隊門をくぐり、兵舎に着いたときのことだ。

「お前たち、どこから来たのだね？　え、北京から、それは大変だったねえ」と最初に声をかけてくれたのが、目のさめるほど真っ白に洗濯された事業服を着ていたI教員だった。いきなり別世界へ放り込まれて不安な気持ちでいっぱいだったが、I教員のいたわりに満ちた言葉にホッとして、どれほど救われたことか。しかし、

「Iの奴には、絶対気をつけろよ、下手すると殴り殺されるぞ」

「Iの奴、食い残しの飯に汁をぶっかけて、おまけに唾まで吐きかけやがる。俺たちが残飯に手をつけられないようにな」

「酒保止めにした菓子を、横流ししているらしい」

など、これまでとかくの噂のあったI教員に対し、連日の猛爆に遭《あ》って神経衰弱となり、帰国後に教員となった気の毒な兵曹だ、と同情はしていたが、軽蔑の思いなど露ほども抱い

たことはなかった。

　だが、現実にこんな日に遭わされて、この日を境に、私の胸中はＩ教員に対して憎悪の念で満ちていた。教員室の掃除を終え、班へもどったときは、班員はすでに朝食の卓に着いていた。佐々木班長も、教員室での出来事をすでに知っていたらしく、顔を曇らせて席へ着いていた。

「門奈練習生、教員室掃除で服が汚れましたので、着替えてまいります」

　と申告した。朱に染まった胸のあたりを、まじまじと見ていた班長は、黙って大きくうなずいた。着替えて卓に着いたものの、胸中いっぱいに詰まっている口惜しさで、食欲はまったくなかった。それに殴られたときに口の内側が切れたらしく、味噌汁がしみてヒリヒリする。ろくに食事をしないまま朝食は終わった。佐々木班長は卓を離れるとき、そっと私の傍に寄って来てささやいた。

「よく頑張ったな、へこたれるんじゃないぞ」

　この言葉で今まで張りつめていた気持ちが緩み、グッと胸から喉元にかけて熱い塊りが突き上げてきた。涙が溢れそうになるのをやっとこらえて、厠《かわや》に駆け込んだ。

　翌日、松坂（？）から三重空御用の写真屋（ライオン写真館員）がやって来た。入隊以来初めての一人一人の記念写真撮映である。第二種軍装（白の夏服）の晴れ姿の写真を、郷里で待つ家族の元へ送れる。私はただそのことのみを考え、浮き浮きした気持ちで撮ってもらった。私は、『一人一人の写真』と書いたが、ここでの写真の撮り方はいささか変わっていた。

扇の要の位置にカメラの三脚を固定し、約三メートル離れた位置に一・五メートル間隔に三つの円が描かれている。そこへ三人ずつカメラに向かって円の中心に不動の姿勢で立つ。正面の者はレンズと正対、左右の者はそれぞれいくらか内側に向く。ちょうど扇を半開きにした形でシャッターが切られる。こうして一度に三名ずつ撮り、ネガを一枚ずつ切断して焼き付けをするらしい。

数日後、手もとに届いた写真を見たとたん、「しまった！」と思った。それまでまったく気づかなかったが、私の顔は前日I教員に殴られたため、みごとに腫れ上がり、おまけにまぶたがややかぶり気味になっている。

いくら「しまった」と思っても、今さらどうすることもできない。ええままよと、この写真を当時、中国の済南市へ住んでいる家族へ送った。

それから幾日かして来た父からの手紙には、つぎのとおり書かれていた。

『……初めてのお前の凛々しい軍服姿の写真、家族一同喜びと感激をもって拝見しました。とくに母は嬉し涙を押さえることができない有様でした。

さすが海軍航空隊の生活は行きとどいていると見えて、二ヵ月余ではあるが、お前の体がいくらか肥っているように思われます。軍隊の生活は何かと辛いこと、苦しいこともあると思いますが、どうか頑張り抜いて、一日も早く一人前の飛行兵となってお国のために役立つよう心から祈っております……』

父は、はたしてあの写真を見て、本当に文面通りに健康に発育して体が肥ったと思ったのだろうか？　外地で軍隊（陸軍）に接する機会の多い父ゆえ、私の外貌から殴られて顔を腫らしたと察したのではなかろうか？　そのためわざわざ『軍隊の生活は何かと辛いこと、苦しいこともあると思いますが』と書いてきたのではなかろうか？とすると、これを書いたときの父の心中はどのような思いであったろう……。

冒頭のＩ教員の「俺のことについて何でも思ったことを書け」の言葉は例の〝事件〟のあった約十五日後のことである。私は先に理由もなく殴られたのだから、ここで一つ、殴られても仕方のない理由をつくって勘定を合わしてやろうと決心した。因と果が逆になるが。無記名とは言っても、何かの拍子でだれが書いたかバレルかも知れない。そうなれば、この間の程度ではなく、それこそ半殺し、悪くすると殺されかねない。しかし、それはそれでいいではないか、どうしても書くのだ、書かずにはいられないのだ。ともすればひるみがちの自分に、叱咤激励して筆を進めた。

『酒保の新分、もっと酒保をひらいておくれ。それに、なんだかだと無理やりに理由をつけて酒保上めするのは上めてくれ。酒保上めした菓子をどうしているか、俺はよく知っているぞ。酒保の新分、あんた努るとまっさおになるね。まるであおにだよ、あれは。それに人を僕ると皿を見るまで上めないね。僕られる物の身にもなってみろ。お前は皆からうらまれてるんだぞ、酒保の新分』

わら半紙四ツ切りの大きさなので、あまり多くは書けなかったが、私は右下がりの出来るだけ下手な字で、わざと誤字だらけの文を書いた。これだけ書けば、殴られる立派な理由はできたというものだ。

しかし、正直なところ、私はこれを出すとき、一瞬のためらいを覚えたことも事実である。が、乗りかかった船だ、やっちまえ！

私は密かにＩ教員の反応を期待した。もちろん、バレたときの恐ろしさもあったが……。

案の定、巡検後、Ｉ教員は私たちの寝台のところへやって来た。薄暗い兵舎の、それに私は二段ベッドの上段に横になっていたので、教員の顔色こそわからなかったが、おそらく悪鬼さながらの顔つきであったろう。

「そのまま聞けえ！」

Ｉ教員の声は、いささか怒りで震えていた。

「今日、俺は皆に何でもいいから、俺のことについて書けと言った！　無記名でな。そしたら本当に書いてくれたねえ、ああ書いてくれたよ、本当に。いいか、書いたやつは大体、わかってんだから……いま、面白いのを読んでやる……えーと、うん、これだ」

手に持っていた何枚かの中から一枚取り出して読みはじめた。

『酒保のシンブン？　字を知らねえのだな、親分のことだろう。酒保の親分もっと酒保をひらいておくれ……なんだかだと無理やりに理由をつけて酒保上《あ》め……酒保止めのことだろう……ま、これはいいか、酒保のシンブンあんたドると、何だあ、あ、そうか怒るか、怒るという字も知らねえのか、まっさおになるね、まるであおおにだよ、あれは、それに人を僕る？　ボクる……あのなあ、ナグるという字は手へんだよ、手でナグるんだから、僕るとサラを見るまで……血だろう、血を見るまでアゲ……止めるという字は縦棒がもう一本必要なのだ、馬鹿な奴だ」

「もういい、こんなことを書いたやつがいる、お前たちの中には。……皆の気持ちはよくわかった。これを書いたやつも俺は大体、わかってるんだからして……いいか、お前たちは航空隊に菓子を食いに来たのではないぞ！　今は戦争中なのだ。班長のいたラバウルではな、菓子はおろか、飯代わりに小っぽけ芋を食うのがやっとだったのだぞ！　お前たちは三度三度の飯を立派に食べてるじゃないか……菓子なんかぜいたくだ。戦地では皆血を流して戦って死んで行ってるのだ。少々殴られたからって、死ぬわけでもあるまいに……もういい、皆眠れ、ええ、子守歌でも唄ってやろうか……ネンネンコロリ、ネンコロリ、この！」

しまいには自分で自分の言葉に興奮したらしく、わけのわからぬことを口走って教員室にもどって行った。私は薄暗がりの中で身じろぎもせず、腋の下にびっしょりと冷汗をかいていた。

その後も、私はI教員から絶えず監視されているような気がしてならなかった。これは身に覚えのあることだから当然と言えば当然なのだが、どうやら気のせいらしかった。I教員は、いつのまにか分隊から姿が消えていた。知らぬ間に配転になったのか、入院したのか？

18　「酒保止め」

三重空には海岸の松林の近くに雄飛館があり、そこに酒保があった。しかし、練習生がそこに出入りすることは禁じられていた。その代わり月に一度か二度、ここで販売されている汁粉やウドンを、食卓番が食缶を持って受け取りに行き、隊に持ち帰り、食器に分けて食べたことがある。

その他の酒保品としては、小袋入りのビスケットや蜜柑が配給になった。三度三度の食事は、I教員も言ったとおり、当時の食糧事情からすれば、量、質ともに決して悪くはなかった。しかし、育ち盛り食べ盛りのわれわれ練習生にとって、つねに頭の片隅には食べ物のことがこびりついている。月に一度か二度、配給される菓子や果物（酒保品）は本当に待ち遠しい楽しみの一つであった。

私たちの当時の食欲は空恐ろしいものがあった。たとえば、蜜柑が配給（一人約五個）になったとき、いちいち皮をむいて袋の中身だけ食べるなどお上品なことをする者はだれもいない。食い終わった卓の上には、へたの緑の小粒だけが残

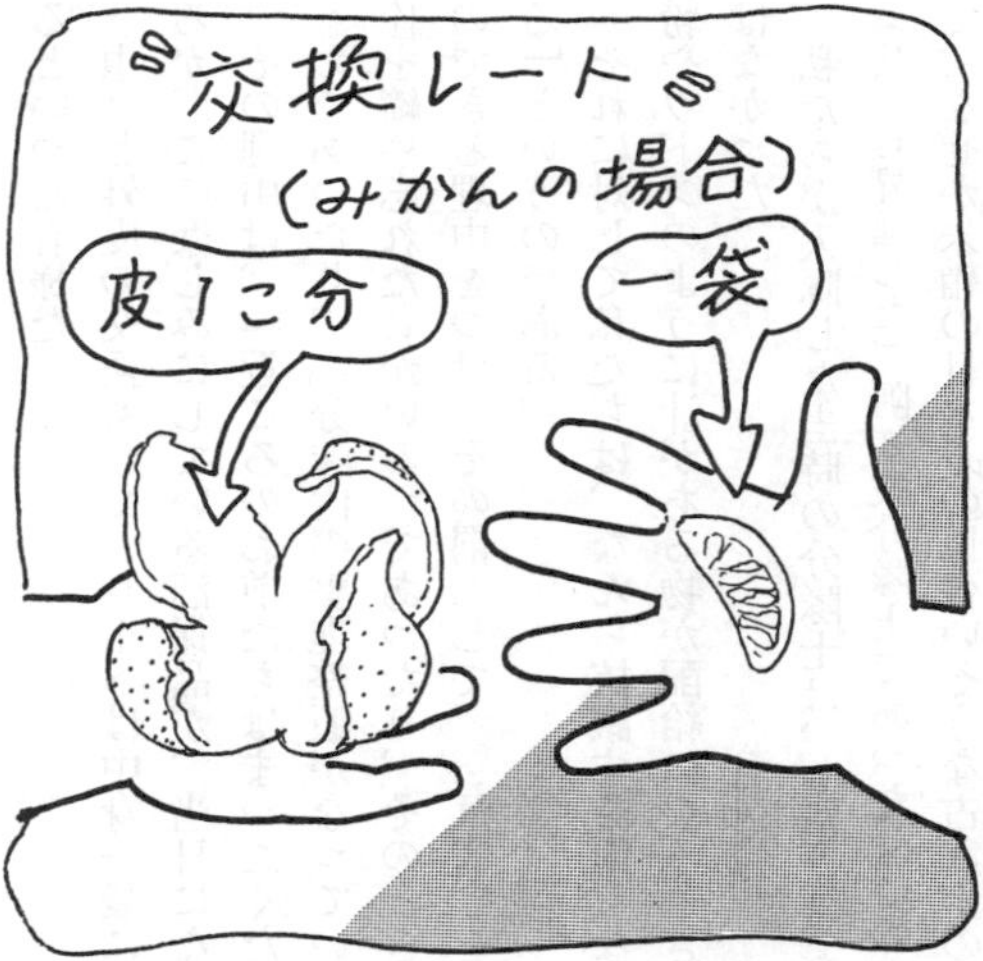

るといった有様だ。

中身と外皮の交換もした。レートは中身一袋に対して、外皮一個分といった具合だ。ところが、この楽しみにしている酒保品が、当日になって突然、配給中止になることがある。その理由は、「近ごろのお前たちはまったくたるんでいる」といったとらえどころのないものであったり、「分隊内の整理整頓がなっていない」「兵舎の出入口にある洗足用の水道栓を締め忘れた者がいる」であったり、そのときどきによってどうにでもでっち上げることのできる理由をつけ、その罰として、〝反省〟をうながす〝愛情〟をもって「酒保を停止する」というのである。

それに対して私たちは、なんら抗議する術もなかった。それにしても不思議なことは、汁粉やウドンのように汁がある物が配給になるときは、一度として「酒保止め」になったことはなかった。

私たちが入隊した当時の分隊士は、先に述べた予備学生出身の川端分隊士と、特務出身(兵から昇進した)阿知波分隊士であった。この方は短軀ではあったが、大変重厚なお人柄で、なぜか朱鞘の日本刀の似合いそうな古武士の風格があった。

私は何かの折、阿知波分隊士の部屋の中を見たことがあった。部屋の壁の正面に、『俺は海軍一の大馬鹿者である』と墨書した額が掲げてあった。噂では、小艦艇の指揮を誤って、岸壁にぶつけて大破したことが理由で、とっくに特務中尉ぐらいに進級しているはずのところ、今もって兵曹長でお茶をひいているとのことであった。そのためこんな文字を額に入れ

て自戒しておられたのであろう。突然、話が横道にそれてしまったが、阿知波分隊士の想い出をもう少しつづけよう。

田嶋分隊長が何かの都合で休み、精神訓話をこの分隊士がされたことがあった。内容のほとんどは忘れたが、分隊士が上海陸戦隊に所属していたときの体験談だったようだ。

「お前たち、戦地に行ったら、つい気を許して住民の物に手をつけることがあるかも知れない。だが、女にだけは絶対に手をつけるなよ。悪い病気をお返しにもらうだけならいいが、憲兵は、他のことには目をつむっても、これだけは見逃さないからな。我慢できなかったら、〝突撃一番〟（コンドーム）を持って女郎屋へ行け。金を出してな、いいか分かったな。本日の話、これで終わり」と締めくくった話は、半世紀後の今もはっきりと覚えている印象深い『性心訓話』であった。

ところが、二ヵ月がたったころ、貝沼という頬ひげの濃い、金歯をきらつかせ、鋭い目つきでみずから率先して練習生を殴る、やはり特務上がりの分隊士と代わってしまった。

私はこの兵曹長を、下士官時代、体中にすべての海軍の悪澱《おり》を浸み込ませた、もっともタチの悪い典型的な人物であると今もって信じている。

たまたま酒保止めのあった翌日夕方、兵舎前でこの分隊士が自転車で帰宅するところに出くわした。荷台にはシーツでも代用したのか、白い大きな包みをつけている。

妙にそわそわしたようすで自転車に乗り移ろうとしたとき、私が敬礼し、分隊士の注意がこちらに移ったのか、荷が傾くと同時に自転車が倒れた、そのはずみで、包みの中味があたりに散乱した。

幾袋かは破れて中味が散らばっている。昨日、私たちに配られるはずの袋入りのビスケットである。

「馬鹿者、妙なときに敬礼なんかするな! これを片づけて、自転車にくくりつけろ。終わったら、俺の部屋に報告に来い、急いでやれ」

こう言いながらも、袋から出て散らばっているビスケットを皮靴でこなごなにふみにじり、砂とまぜているのである。

言い捨てると、さっさと自分の部屋にもどって行った。これはどうしたビスケットであるか、わざわざ説明する必要もあるまい。

19　甲板練習生Ｙのこと

入隊二ヵ月後、私たちの分隊でも二名の甲板練習生が任命された。甲板練習生の任務は甲板下士（これまでもたびたび名前の出て来た荻野教員）の助手的役割をする者で、主として分隊内の整理整頓の注意と、風紀の取り締まりをすることになっていた。

ある意味では、みんなの指導的な立場に立たなくてはならないので、他の練習生にナメられたのでは仕事にならない。したがって、頭脳や成績の良し悪しよりも、体力と腕力が重視されて選ばれたフシがある。

分隊の区別分けは一班から四班までを一組、五班から八班までを二組とし、各班約三十名ずつだから各組それぞれ約百二十名ずつとなる。甲板練習生も各組ごとに一名ずつ選ばれていた。私たち一組の甲板（甲板練習生のこと）は、北京商業出身で一緒に入隊した山越練習生だった。彼は体格は立派だが、性格は温厚で、甲板になった日から、率先して兵舎内の整頓清掃に心がけていた。ところが、二組の甲板Ｙ練習生は、娑婆で何をやっていたか、大正十三年生まれの最年長者で、噂によると、正規の徴兵を逃れて予科練に潜り込んで来たとのことである。

逆三角形の顔に目玉をギョロつかせ、甲板になったその日から、左腕の緑線三本入りの腕章をひけらかしては、肩で風を切って兵舎内をのし歩いていた。物腰、動作、口振りにヤクザっぽいところがあり、体の小さい非力な者をつかまえては、猫がねずみをいたぶるように、ネチネチと絡《から》んだあげく、顎を取るのがつねだった。

この男の行動は次第にエスカレートして、自分の受け持ちの二組ばかりでなく、私たちの一組にまで彼の暴力の被害を受ける者が出はじめた。

このY甲板に対しては、内心、面白くない者が大部分だった。しかし、彼の暴力と甲板という権威を恐れて、面と向かって抵抗する者はいなかった。私も彼の行為を人一倍、不愉快に思っていたのだが、かりにも分隊で任命された役職であるから……、と自分に言い聞かせて、我慢を重ねていた。しかし、いつかはチャンスをつかまえてとっちめてやろうと、心ひそかに考えていた。

ついにその日が来た。巡検後、みながそろそろ眠りに入ろうとするころ、Y甲板が居住区通路の中央に立って、

「皆、聞けえ！」をかけた。

「止めろよ、もう皆、疲れて眠ってるのだから」

一組の甲板山越が制止しようとしている。

「うるせえ！　何、言ってんだ。そんな甘っちょろい考えだから、奴らにナメられるんだ。俺にまかせとけ」

Yは強引にはねつけて〝説教〟をはじめた。

「いいか、皆よく聞けよ。近ごろの貴様らの態度は、一体全体どういうことなんだ！」

〝一体全体〟は、荻野甲板教員が好んで使うせりふである。ドスと凄味をきかせているつもりらしい、気取った、おさえた口調で、Ｙはつづける。

「掃除のときのいいかげんさばかりか、ふだんの様子、卓の並べ方、洗濯の仕方、帽子のかぶり方、一つ一つ数え上げればきりがない。この気の緩みとだらしなさは、一体全体、どうしたというのだ。今に直るだろうと思って我慢に我慢を重ねてきたが、明日からビシビシやるから、皆、覚悟しておけ！一組の奴らも同じだぞ！」

「うるせえなあ、安眠妨害だぞ。おい、皆、あの馬鹿の言ってることなんか聞くなよ」
突然、私の口をついて出た言葉である。私はベッドに横になったまま、気がついたときはすでにこう口走っていたのだ。自分の言葉に酔ったように、いい気持ちで〝説教〟していたＹは、思いもよらない突然の私の言葉に、虚を突かれたのか、とっさに声が出なかった。

居住区全体が一瞬、嵐の前の不気味な静寂に包まれた。しばらく時間を置いてから、つかつかと私の方へやって来たYは言った。

「い、今、文句言った奴はだれだ、出て来い」

怒りのためだろう、声がふるえている。

「俺だ、三班の門奈だ」

「よーし、覚悟はできてるんだろうな、出て来い」

「航空隊司令の命令で、今は寝ることになっているんだがなあ。仕方がない、起きて行ってやるよ。司令に対する命令違反かも知れんがな、待ってろ」

私は、機先を制するつもりでこう言いながらYの方へ行った。このごろでは、殴られることにはだいぶ慣れてきていた。〝司令云々〟もとっさに思いついたせりふだ。

「足を開いて歯を食いしばれ」

上級者が下級者に制裁をくわえるときの決まり文句をYはぬかした。私が薄暗がりのデッキで、その姿勢をとったかとらぬか……いきなり目の前がパッと明るくなった、と同時に左顎に痛烈な奴が一発、つづいて二発、三発、そのたびに電気の明滅のごとく明暗が交錯する。よく漫画などで、拳固を食った者の頭上に、数個の☆が描かれているが、文字通り火花が出るという貴重な体験を私はこのとき初めて味わった。（前にI教員に殴られたときは、朝の明るいときだったが、今度は夜のほとんど暗闇に近いときだったので、その明るさは、前のときとくらべものにならない。それ以後、今日までまったくこんな体験はないので、あれは貴重

な体験だった）

体はふらついたが、倒れなかった。

「いいか、わかったか、甲板をナメるな」

「わからねえな、それに俺は貴様をナメた覚えはないぜ。だいいち、こぎたなくて貴様なんかナメられるか」

コトの成り行きを見まもっていたらしい近くの者が、クスクス笑い出した。

「この野郎、まだ殴られたいのか！」

引っ込みのつかなくなったYは、虚勢を張って脅しにかかった。

「ああ、殴りたかったら、気のすむまで殴っていいぜ。しかし、これは明らかに私闘に属する行為なんだぜ。私闘による暴行で相手の身体に毀損をあたえた場合、加害者はどうなるか、海軍刑法第五十三条第八項（デタラ目）ぐらいは承知してるんだろうな？　悪くすると海軍大学（大津海軍刑務所）行きだぜ」

私は自分の挑発行為を棚に上げて、口から出まかせのハッタリを噛ませた。

「…………」

「どうした、殴らないのか？　何とか言ったらどうなんだ。え、甲板。俺の鼓膜は今、貴様に殴られて破れているかも知れんぜ。明日、医務室へ行って診察を受けたとき、Y甲板練習生に理由なく殴られてこうなりました、と答えちゃまずいだろうな？」

「俺は殴りたくて殴ったんじゃない。お前、いや、門奈練習生が余計なこと言ったりしなけりゃ、こんなことにならなかったんだ」

「そうか、今、『余計なことを言ったり……』と言ったな？　では、今まで余計なことを言ったりしたりしてきたのは、どこのどいつだ。一組にまでしゃしゃり出て来て」

「いや、俺は甲板として、この分隊をよくしようと思ったばっかりに……」

「あのなあ、それが余計なことというんだ。俺たちの一組には、貴様と違って山越という立派な甲板がいるんだ。山越は俺たちが休んでいる間も箒や内舷マッチ（雑巾）を持って、率先して舎内整備をしてくれているんだ。それが甲板というものだ。それに引きかえ、貴様は何だ、甲板面しやがって。ただぶらついて、おとなしい奴の顎を取って喜んでるだけじゃないか。俺たち一組のことは山越にまかせておけばいいんだ。貴様は分隊をよくしたいとか何とか言ってるが、この分隊にはな、わざわざ手前《てめえ》の分隊を悪くしようと努力している馬鹿は、一人だっていないんだ、とくに第三班にはな」

「…………」

「もし今度、今日のような余計なこと言ったりやったりしたら、俺ばかりじゃない。俺たちの班には、殴られたくってうずうずしているのが幾らでもいるんだ。気をつけろよ、海軍大学に行かないためにもな」

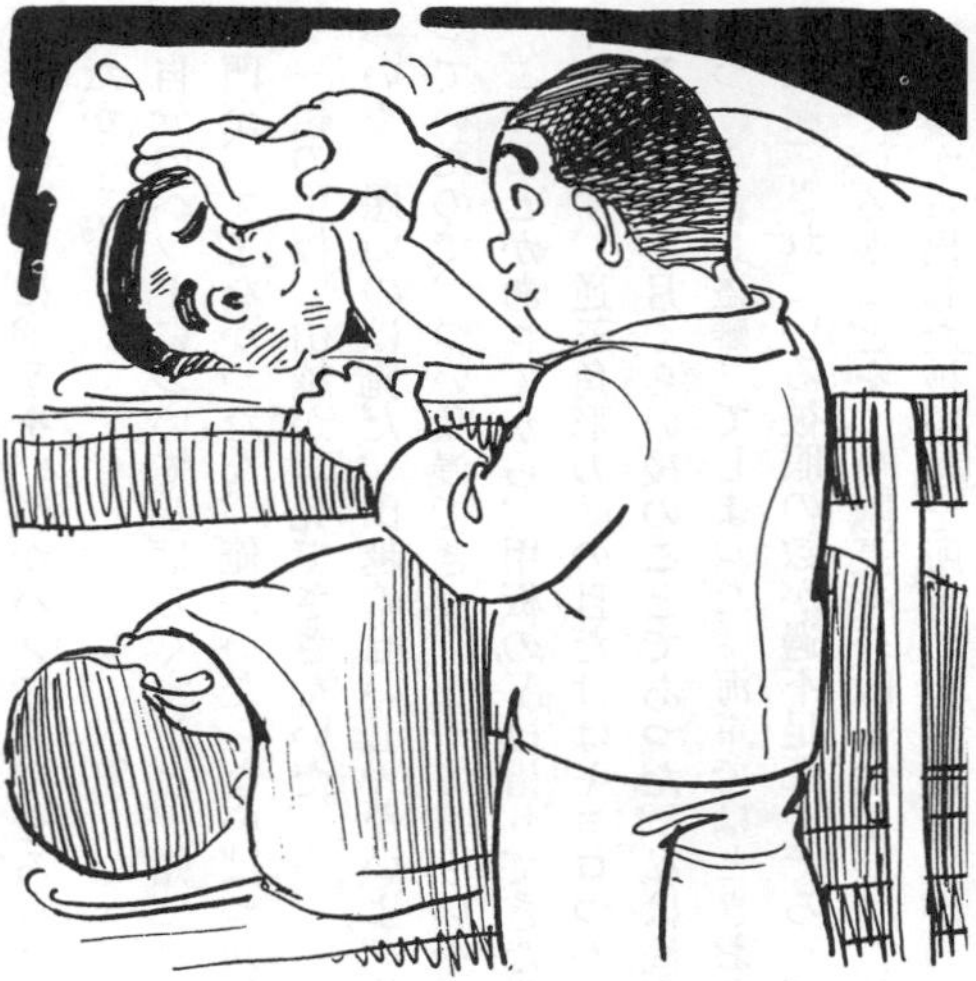

「わかった、もう眠ってくれ。後で手拭を濡らして持って行くから」
「余計なお世話だ。明日、班長に聞かれても、二組の甲板にリンチを受けて顔がこんなに腫れました、なんて口が裂けても言わないから安心しろ」
「たのむ、たのむよ！　俺が悪かった」
　軍隊組織のしきたりから言えば、悪いのは絶対に私の方である。しかし、私の悪い癖、生来の気性とでもいうのか、虎の威を借りて威張る奴を、私はどうしても放っておけなかった。（これは今もって改まらず、この年齢になるまでずいぶん損もしている）

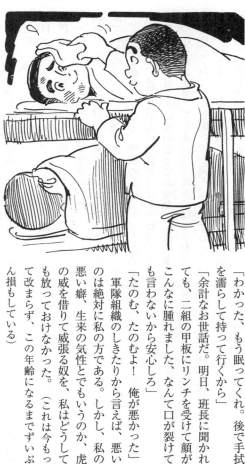

前述のように、Yをいつかハメこんでやろうと考えていたとおりにはなった。だいぶ痛かったが……。

自分のベッドについてしばらくすると、頬にヒンヤリ冷たい手拭がのせられた。

「門奈、すまなかったな、俺がいたらないばっかりに……勘弁してくれよな」

一組の甲板、山越が耳元でささやいた。

「いや、悪いのは俺だ、山越のせいじゃないよ。俺は奴の面を見るたびに何とかしようと思っていたので、つい我慢できなくなって……いや、すまなかった」

このことがあってから、甲板のYは借りてきた猫さながらにおとなしくなった。しかし、相変わらず、逆三角形の顔の目だけはギョロつかせていた。

それから半月ぐらい後のことであった。私は洗濯して干しておいた襦袢《じゅばん》を、だれかに員数をつけられ（盗難）てしまった。海軍ではときおり、被服点検というのがあり、各自に貸与（支給）されている被服の数が過不足なくそろっているか、洗濯や補修が規定どおりに実行されているかなどを、分隊長や分隊士によって点検が行なわれる。

衣嚢から出した被服類を所定の方式にしたがって並べ、待機の姿勢でその後ろへ立っている。先任教員の先導で分隊長、分隊士が一人一人の前に立ち止まって報告を受けるのである。（あるいは各班の適当なところだけだったか定かではない）

「第四十八分隊三班、兵籍番号横志飛三三一四五、門奈練習生、過不足なし」

大声で申告すると、通常の点検の場合、分隊長は深くうなずいて、つぎへ移って行く。ときたま形式的に靴下の定数があるか、下着の洗濯はどうか？　と手にとって検《しら》べる場合もあるが、しかし、大体において申告を受けた分隊長は、すぐつぎへ移るのが常である。

襦袢を盗まれたのは、こうした被服点検がそろそろ近づいてきたときのことだった。私は不足している下着のことがいつも頭から離れず、ゆううつであった。『過不足』というが、〝過〟であれば、それはスペアとして、どこかに隠しておけばよいが、〝不足〟は絶対あってはならなかった。

たとえば、分隊の編成替えのときなど、先任教員や班長たちは、自分の分隊の練習生たちを五肢内臓ともに健全な状態で、それに付随する各自の所持品いっさいが〝過不足〟のない状態で申し送らなければならない。こうしたときの被服点検は、分隊長、分隊士ぬきで、時間をかけて〝本気〟になって実施される。となると、かならず何人かの〝不足〟が発見されるものである。先任教員は責任上、みなを集めてつぎのごとく訓示する。

「本日、被服点検を行なったが、靴下や襦袢の不足している者が何人かいた。班長が毎日のように、あれほど注意しておいたのに、皆いい加減に聞いているからして、今ごろになってこの始末だ！　三日後にもう一度点検を行なう。それまでにかならず全部、そろえておくように。連帯責任とするから、班員は協力して不足のないようにしろ」

と言われても、今と違ってちょっとコンビニエンス・ストアーかデパートに行って買ってくるというわけにはいかない。教員の話はつづく。

「いいか、この三重空は大変広い、注意して要領よく探せ。目的の物はかならずどこかに落ちているはずだ。風呂場の脱衣場なども、間抜けな者が下着や靴下をほったらかして捨てている場合もある。物干場などの近くには、風で飛ばされて散らかってるのもあるはずだ。いいか、要領よく探すのだぞ」

先任教員は、『盗んで来い』など不徳義な言葉はいっさい使用しない。『要領よく』『注意して』『探せ』に妙に力を入れている。

「それから、これから先もあることだから、ついでに言っておく。物がなくなってからあわてても手遅れだ。これでは〝泥棒を見て縄をなう〟のにひとしい。常日頃、不足したり、なくなったときのことを考えて心がけておれば、つまり心にゆとりをもってコトに当たればな……だ、わかるな、昔から〝備えあれば憂いなし〟と言われてる、あの心がけが大切なのだ」

かくして班員一致協力の結果、三日後の被服点検は全員過不足なし。いや場合によっては〝過〟が多くなるときもある。点検の時期には、どの分隊でも同じような〝員数合わせ〟に班員が一致協力、邁進して、不思議なことに数がそろう。

一つタネ明かしをしておこう。この〝盥《たらい》回しゲーム？〟では、小学生でも簡単に解ける、どこかに数の不足が出るのは理の当然である。いよいよ土壇場になって、トランプのババ抜きのババをつかまされたような不運な？　者は班長に泣きつく。

そこはよくしたもの、伝手から伝手をたどって下士官の教員同士、主計科被服庫の先任下士にインギンを通じ、不足物品を調達し、ババを持たされた不運な練習生は、顎の二、三発と引き換えに不足品を補充できる仕組みになっていた。

しかし、この間は入浴時でも班員はそろって浴場に行き、かならず一人は脱衣場の監視についた。ただし、この監視員の中には、脱衣場に〝落ちていた〟靴下など拾って来る殊勲者もいた。また、物干場付近には定員分隊（一般水兵）の番兵が見回りしているのだが、分隊からも休業中の者（体の具合が悪く、兵舎で静養している者）に頼んで監視してもらい、盗難の被害がでないよう気をつけた。

私が盗《や》られた話をだれかに聞いたらしく、Ｙが私のところへやって来た。

「門奈、襦袢を盗《や》られたんだって？」

「うん、まいってるんだ」

「そうか、今日の夕食の飯一握りを、そっと残しておけ。だれにもわからんようにな」

「………？」

下着を盗まれたことと夕食の飯一握りの関係がわからぬまま、私はそのとおりにした。

夕食後の温習（自習）が始まった。数日後に迫っている被服点検のことが気がかりで、教科書を開いても少しも身が入らない。それにしても、Ｙの奴、なぜ飯一握り残しておけ、と言ったのだろう？　と謎解きしながらぼんやりと教科書を眺めていたら、突然、背後から脇腹を突っつかれた。隣りの者の脇へ無理に座り込んだＹは、卓の下でビショ濡れの襦袢を差し出した。

「いいか、だれにも気づかれんように、飯でこの名前のところを練るようにして揉め、飯が黒くなったら、新しいのと取り替えて何度も揉むのだ。適当に名前が消えたら、ベッドの藁布団の下に敷いて乾かし、後は太い字で班・姓名を書いてしまうのだ」

小声で必要最小限の指示とともに襦袢を渡したYの事業服上衣の下の方は濡れていた、が、何食わぬ顔で自席にもどって行った。〝地獄に仏〟とはまさにこのことをいうのであろうか？ Yの指示どおりに実行して、被服点検もぶじ通過した。

後日談だが、あの日の夕食後、洗面所で他分隊（四十七？）の者が襦袢を洗濯していたので、その傍で捨ててもいい私物の手拭を洗濯し、機会を狙っていたとのことである。この練習生が物干し場に襦袢を吊るして兵舎へもどったのを見届け、Yは捨てるつもりの手拭をそれと取り替えて、上衣の下に隠して〝移動〟したという。

温習時間まで藁布団の下に〝案件の物〟を隠し、持って来たのだ、とのことである。このとき以来、私とYは顔を合わすとニヤッと笑う間柄になった。

20　人の物は俺の物

入隊して初めて班長に引率されて浴場《バス》へ行ったときのことだ。

「手拭は絶対に浴槽に入れてはならない。また、石けん箱は、洗い場に置いたまま湯に入ってはダメだぞ。すぐ消えてしまうから。手拭にくるんで頭にしばりつけて入るのだ。脱衣の順番はつぎのとおりにしろ。

一番下に略帽と靴下、つぎに襦袢、袴下、事業服は上衣を丁寧に畳んで、以上すべてをズボンでくるんでしまったら、ズボンのひもで全体をしっかり結べ。その上に褌をキンタマの当たるところを表にして、一番上になるたけくるむようにしてかけておくのだ。これは魔除けだからな」

「？？？」「はい」とは一応、返事はしたものの、私たちはなぜこんな服の脱ぎ方をするのかわからなかった。むしろ逆に、海軍て何とめんどうくさいことをさせるのか？　とさえこのときは思った。

「お前たちが入浴中は、班長がここで待っている。大体、五分で出て来い」と言ってからの班長の行動は、当時の私にはまことに異様なものに見えた。

脱衣場の衣服棚に入っている他分隊員の略帽を、片端から取り出しては、自分の頭に合わせ、ちょっと首をひねってはつぎつぎに取り替え、三個ぐらいをズボンの中に押し込んでしまった。

服を脱ぎながら、「おや？」と見ていた私だが、班長の動作はごく自然で、急ぐでもなくあわてるでもなく、必要があって役目として略帽の点検をしてる、としか端目《はため》には映らない自然な行動であった。

後になって略帽を紛失（員数をつけられた）した班員は、顎の一、二発はもらったかもわからないが、班長から「御下賜」の略帽をいただいてコトなきを得たはずだ。

「それは泥棒では？」と、今の人は当然言うであろう。しかり、まさに「ドロボー」そのもの以外の何ものでもない。が、「軍隊」そのものが、「ドロボー」よりもさらに罪の重い「殺人」を公認の上で教育する社会である。「殺さなければ殺される」「盗らなければ盗られる」——したがって、他人に迷惑（見つからないよう）をかけずに「員数を合わせる（盗る）」ことは、むしろ『美徳』でさえあるような錯覚がごく自然なものとして受け入れられる、不思議で不条理な社会であった——軍隊というところは。

戦後、この『美徳』がなかなか抜け切れず、最近読んだ亡父の日記にも、私のこの『美徳』（ただし家庭内での）がなかなか抜け切れず、ずいぶん悩んだことが記されてあった。

余談のついでに「父の日記」に、つぎの文があるのを見て、私は胸を痛めたので書いておく。

「〇月〇日、鷹（注・筆者の名）の非行は相変わらず直らず、ノブ（注・母の名）は、『鷹ちゃん、いっそ戦争で神様になって帰って来てくれればよかったのに』とまで言っていた。しかし、生死の境をさまよい、戦後は孤独で、信頼しきっていた人から裏切られて、身の置き場もない状態を、鷹は何とか乗り切ってきたのだ。女というものは、すぐ感情が先走って、相手の立場を考えるゆとりがなくて困る。時と場合に応じて緩急自在に対処する必要がある。俺（注・父自身）は、鷹はかならず立ち直ると信じている」

あれほど私を愛してくれた母をして、一時の感情に走ったとはいえ、『戦争で神様になって帰って来てくれればよかった』と言わしめた、当時（昭和二十一、二年）の、私の態度、行動の悪さは、想像に余りあるものを感じる。もっとも、本当は私も〝神様〟になりかかっていたのだが。

余談ではあるが、私の義兄は大学から学徒出陣で陸軍を志願し、将校に任官して復員して来ている。そしてやっぱり教育期間中にこの『美徳』を身につけていたらしい。小学校教員をしながら女手ひとつで息子を育ててきた母親は、私にこんな話をした。

「源一郎が軍隊から復員してきてしばらくすると、夜になると黒っぽい服で袋を持って出かけるの。夜半、泥だらけのさつま芋や大根を袋に入れて持って帰って来るのよ。お金もないのに買って来れるわけでもないのに……。よその家の畑から盗って来るしかないはず……私は泥棒を勉強さすため大学へ入れたり、軍隊へ行かせた覚えはないのに……もう情けなくて、きっと気が狂ったのだと思ったよ……でも、勤めるようになったら、そんなこともなくなったけれどね」

予科練出身者の大部分の者は軍隊時代のこの『美徳』を忘れ、『悪徳?』を思い出して正常な社会人となったはずだが、中にはどうしてもこの『美徳』が忘れられず、モノホン（本物）の泥棒となって今なおシャバと別荘（刑務所）を往復している人も

いるらしい。

京都出身の私の畏友であり、書籍装幀の恩師とも言える、詩人の故・大森忠行氏も、短期間だが甲飛におられたとのことである。彼の遺稿詩集に「志願兵のバラッド」の一篇がある。その一節を引用させてもらおう。

五月一日の歌声がどよめく
青桐の並木通りの
交番に貼り出された
犯人探しのビラで
童顔の兵士たちが
几帳面に被った帽子の下から
死を一直線に見つめていて
掌の筋のように
入り組んだ路地裏では
志願兵ひとりの市中行進が
まだ続いている

（大森忠行詩集「大津絵」より）

生前、彼とはよくいっしょに酒を飲んだ。新宿の路地裏を、軍歌を歌いながらただよい、何軒目かの梯子で縄のれんのコップ酒を前に、ときに彼は遠くを見つめるように、残り少なくなった黄色じみた液体を見つめながら、つぶやいた。

「門奈さん、交番の掲示板に指名手配の容疑者の写真が貼り出されてるでしょう。あの中に予科練の正帽をかぶった者の写真がありますね。あれを見ると胸が締めつけられて……」

彼はにじみ出した涙をかくすかのように、残りの酒をあふってつぎなる店を目指して立ち上がるのだった。昭和三十年代から四十年代に、この手配写真を目にされた方は多いと思う。もちろん、私もこの写真を知っている。

私の勤めていた出版社は東京の大塚にあったので、駅脇の交番で、嫌でもこの写真は目に飛び込んでくる。錨のマークの予科練正帽の顔写真の下には、手配理由が書かれていたはずだが、私には近寄ってそれを読み取る勇気がなかった。まかり間違えば、その顔が私であってても少しもおかしくないほど、戦後の一時期、精神的にすさみ切ったときのあった私でもあったから……。

話がいささか横道にそれてしめっぽくなってしまったが、ここで元へ引き返そう。

員数合わせが横行する軍隊にあっては、個人・班を問わず、所有物のいずれにも、当然、所属をはっきり明記する必要がある。たとえば革靴には、比較的肉厚のかかとの部分に〝3―48モンナ〟とナイフで刻みつけておく。事業服上・下はもちろん、襦袢、袴下（いずれも下着）にも墨で名前を記入する。しかし、普通に（常識的に）書いたのでは、私が行なったように飯粒のマジックで簡単に消去されてしまう。そのため、他分隊では事業服上衣に掌大の分隊・氏名を書く者まで現われた。これには川端分隊士もあきれ顔で、つぎの注意をされた。

「近ごろ自分の衣服の背中にまるで印絆纏《しるしばんてん》のように大きな名前を書くことが流行《はや》っている。もちろん盗難防止のためだろうが、モノには程度というものがある。あんな事業服を着て集団で駆け足しているのを見ると、まるで沖仲仕がどこかへ殴り込みをかけに行くみたいで、みっともないぞ！　わが分隊ではあんな真似は絶対しないように」

班の備品の食缶には、黒エナメルで分隊班の数字が記されている。この数字の周囲を釘と金槌で点線でなぞり、たとえエナメルを削り落とされても、自分たちのものである証拠が残るように細工した。

さらに「備えあれば憂いなし」で、目に入った、人気のないところの「落とし物」はかならず自分で〝保管〟することにも心がけた。が、これも公然と「備えのモノ」としておくことは、軍隊の秩序が許さない。そこでそれぞれスペアの隠匿場所の確保に苦労した。個人的隠匿物は衣嚢棚の奥とか、薄い物であれば、藁布団の下などに入れておく。しかし、突然、私たちが陸戦や体育で舎外に出ているとき、抜き打ち的に所持品を検査されて発覚してしまう場合もある。

こんなとき、『スペアを所持している』ことで叱られるよりも、『人に発見されるようなへまをやった』という点で大いに注意を受けたようだ。なぜなら、「……である。今後こんなことをするな。これは当分、班長があずかっておく」ということで持ち去られることはあ

って も、「これを返して謝って来い」など言われた覚えは一度もない。考えてみると、教員室に「あずかってもらう」ほど安全な隠匿場所はほかにないはずだ。

義兄とは、海・陸の違いはあったが、同じ軍隊生活体験者として、よく自分たちの軍隊の思い出話をしたものである。これはどうしても「スペア」と「食い物」の話に集中することになった。義兄の話には、つぎのようなものがあった。

「スペアを手に入れたのはいいが、隠しておく場所に困ったものだ。だが、なかにはこんなことに不思議と知恵の働くのがいて、ずいぶん助かったよ。兵舎の隅の床板を一部目立たないように引き抜く。ついで釘は裏側をそっくりペンチで切り取っておくので、表面から見たところは立派に釘の頭が見えるので、まったく普通のところと見分けはつかない。その床下がスペア格納庫になるのだ」

「軍足（木綿の靴下）は片方ずつ縦半分に切断して、切断面の端を内側に縫い込んでおく。つまり一足で二足分に見せて重ねて、被服点検を受けたこともあったよ」

「腹が減って仕方がない。営庭には自給自足の畑があってジャガ薯《いも》を栽培していた。そこでそれをいただくのだが、さつま薯と違って、あれはいくら腹が減っていたって、生で食える代物ではない。といって任官前の俺たちが勝手にゆでたり焼いたりするわけにもいかない。そこで一計を案じた。中隊の指導教官へ、『屋根のトタンがだいぶはげています。あのままでは、雨漏りの恐れがあります。休日に自分たちでピッチ塗りをやらせてください』と許可をもらった。率先して作業を買って出た、と大いに賞められ、大っぴらに盛大な焚火をやり、ドラム缶でコールタールを煮立て、その中にジャガ薯をほうり込んだのさ。そばには、火災予防のためと称してバケツに水が汲んである。

コールタールの中の薯が適当にゆで上がったころ、針金で編み上げた網ですくい出し、水の中に入れる。薯の周囲のタールは冷えてすぐ固まるので、皮といっしょにむいて中味を食ったものさ、あれは美味《うま》かったよ。そうそう薯ばかり食ったのでは胸やけがするってんで、拾って来たブリキに釘で穴を開け、即製の大根おろしを作って大根をすり、いっしょに食ったよ。もちろん目立ったところの屋根塗りも少しはやったことはやったがね……」

「あ、それから玉ねぎを徴発して来たことがあった。あれも辛くって、生ではとても食えたもんじゃないよ。そこで輪切りにして、水で濡らした軍足の中に入れ、それを電球に巻きつ

けて点灯するのさ。今の螢光燈と違って、当時はタングステンの発熱電燈だから、電球はかなり熱くなる。間もなく軍足から湯気が出る頃合を見計らって、取り出して食ったが、適当な甘味もあってなかなかいけたものだ」

電気会社の部長（義兄）と出版社の編集長（私）との軍隊の懐旧談、それも員数合わせと食い物の話になると、おたがい尽きるところがない。しかし、大学出と中学中退では、やることのスケールがだいぶ違っていたようだ。

私の亡父も大正六年十二月、徴兵で習志野騎兵第十六連隊へ入隊している。当時は割合のんびりした時代だったらしく、父の口から軍隊での罰直、制裁の話は一度として聞いたことはなかった。ただ員数合わせの話と食い物の話は聞いた覚えがある。

「古年兵には何をやられても、文句は言えない。彼らは自分の下着が古くなったり、紛失したりしたら、新兵のに目をつける。『おい、何だ、なんだ人の衣類を持ってってはいかんよ。ほら、よく見てみろ、ここにしわがあって、このしみは、俺がつけといたのだから、これは、はっきり俺のじゃないか、人の物に自分の姓名を書きやがって、まるで泥棒じゃないか。ダメだぞ、そんなことをしては……よその中隊に行って要領よく探して来い』

『ハイッ、申し訳ありませんでした』ということになる。しかし、当時はよくしたもので、軍連隊の近くには、演習中にたびたび紛失する銃口蓋（小銃の口をふさぐ金具）をはじめ、軍足、下着、ゲートルにいたるまで、軍隊用の小物はほとんどそろっている店があった」とのことである。

父の軍隊での食い物の話にこんなのがあった。

「当時は金さえあれば酒保に行けたよ。そこで、アンパンなんか食えるだけ腹につめ込んで、もう喉のあたりまで詰まったら急いで便所へ行き、指を喉へ突っ込んでほとんど吐き出し、大急ぎで酒保へもどって、ふたたびうどんなんかを食ったものだ」

私の班長、佐々木福松上曹から聞いた話。

「俺が海兵団から初めて艦船勤務になった当時のことだ。古年兵が上陸のとき、『おい、俺の時計が壊れてしまった。すまないが、お前のを貸してくれ』と言って来たので、貸してしまった。ところが、帰艦した古年兵、『やあー助かった有難う』と言って返されたのは質札だった」そうである。

もう止めよう。こんなこと思い出すまま書きつづけていたら、きりがない。これだけで、

『軍隊ドロボーよもやま物語』が出来てしまう。

21 インキン整列

どうも私の書くモノには品がなくて、自分でも情けなくなる。しかし、軍隊社会だからこそ、という点では、これはどうしても書いておく必要があろう。

八月、九月の猛暑中、私たちの訓練は日増しに激しくなった。体じゅう汗まみれとなってもなかなか下着を取り替える時間さえ見つけることができない、取り替えれば洗濯もしなければならない、ええままよと、汗は体温で乾かしてそのままつぎの課業に移る。バス（入浴）も週に二度あったかどうか？

こんなある日のこと、朝食後、先任教員が真剣な顔つきでやって来て、「聞けーッ！」をかけた。

「皆、よーく聞くんだぞ。この暑さの中で体を不潔にしている者が多いので、今、隊内ではインキン・タムシがだいぶ流行《はや》っている。軍医長の話では、この分隊ではないが、自分で治そうとして、兵舎備品のクレゾール液を直接つけて、患部がどろどろになった馬鹿がいるそうだ。

インキンは決して恥ずかしい病気ではないから、自分勝手に治そうなどと考えるなよ。今日から夕食後にインキン治療をするから、それまで我慢しろ。なお、バスでは患部を石けんで洗っては駄目だぞ」

じつは、私も中学二年生のとき、インキンの経験があった。たまたまこのころ、手淫の覚えたてで、インキンとは知らず、アレが原因でどうもこれはまずい病気になったのではないか、と親に話すのも、友人に打ち合けるのもはばかられた。自分で治そうと、ライオン歯磨粉をつけたり、アルコールで拭って火傷したほどの痛さの体験があった。

うわさ話で、なるたけむき出しにして風通しをよくし、かゆくてもなるたけかかず、我慢すれば治る、ということで、一応コトなきを得ている。軽度であり、入浴も毎日、わが家でできたからであろう。三重空では、幸い私はインキンにはかからなかった。

さて、その日の夕方、甲板教員がやって来て、

「インキン整列！　各自、下敷きを用意して廊下に二列にならべ」と兵舎の真ん中で号令をかけた。

「服の上からは治せんぞ、袴下を脱いでフンドシ一丁で来い」

うす桃色のサリチル酸入りビンと新品の毛筆を手にした甲板教員荻野一曹は、教員室の腰掛けを持ってこさせて、通路の真ん中に陣取った。驚いたことには、百名近いフンドシ一丁の練習生が荻野教員の前にならんだ。

「いいか、俺の前に来たらふんどしをはずす、前だけでいいぞ。そしてサオを持ち上げろ。俺がよしというまで我慢するのだぞ。だいぶ熱いから、下敷きであおげ、いいな」

普段に似合わず、優しく丁寧な甲板教員の指示だ。

「お願いします」

「もっとしっかり持ち上げろ」

たっぷりサリチル酸を含ませた筆が患部に触れたとたん、「アッチチチッ！」と身もだえしながら下敷きを激しくあふってセガレに風を送る練習生。

「もう少しだ我慢しろ！　あまり動くな、よし、つぎ！」

「有難うございます」と言うと同時に、サオを握ったままピョンピョン飛び上がって盛んに風を送る。中には居住区の中を褌をひらひらさせながら走り回る者もいる。普段なら、こんなことでは顎の一、二発はまぬかれぬのだが、治療となるとオニの教員も仏である。『鬼手仏心』を地でいっているところだ。

「明日からはずっと楽になる。だんだんうす皮ができてくるが、面白がって引きむしったりするな、サリチルがまたしみるぞ」

約一時間にわたって全員の治療を終えた教員は、こう言うと、いつもどおり肩をゆすって教員室へもどっていった。この人は本当は鬼なのだろうか、仏なのだろうか？

体験者は先刻承知のことと思うが、インキンにかかると、患部からチーズの腐ったような悪臭を発する。それにもかかわらず、百名におよぶインキン練習生の一人一人の患部に顔を近づけ、マスクもかけずに丁寧にサリチル酸を塗布してくれている。

こんな日が数日たつと、しだいにインキン整列の長さも短くなり、さしものインキン騒動も幕を閉じた。予科練男所帯、泣き笑いの一駒である。
（注）いんきん〔陰金〕陰金田虫の略、頑癬の俗称（広辞苑）

22　作られた美談

「門奈、班長が呼んでるぞ」

何かの用で教員室へ行っていた当直練習生の太田が声をかけてきた。『……？』私は両手で握りこぶしを作って、左右の顎を殴るしぐさをして太田を見た。太田は微笑しながら首を左右に振ったので、どうやら怒られるために呼ばれたのではないらしい。

夕食後、温習時間のはじまる前で、私たちの一番くつろげる楽しいときだ。私は孔のあいた軍足（木綿の靴下）の中に石けん函を入れ、端切れを当てて繕いをしていたのを途中で止め、教員室に向かった。

「第三班、門奈練習生入ります！」

例のごとく入口で大声で申告した。佐々木班長はニヤニヤしながら、

「よし、入れ！」と言って、自分の席へ招いた。

「まったくお前の親父さんは、無駄なことをしてくれたよな。これを見ろ」

班長は、明日、班員に渡す来信を検閲していたらしい。一通の手紙――まぎれもない、懐かしい父の特徴のある字の封書を差し出した。なにか知らないが、今までこの手紙の内容が話題になっていたらしい。他の教員たちも、顔に笑いをうかべて私の方を見ている。中身を取り出して見ていいのかどうか、手紙を持ったままモジモジしていると、

「いいから、ここで読んでみろ」

班長にうながされて便箋を引き出して拡げると、数枚の便箋とともに、新聞の切り抜きが出てきた。当時、中国で発行されていた邦字新聞〝東亜日報〟だ。おや？　と思って書信は後回しにして、切り抜きに目をやった。

賞与金・全額献金
南溟の空で戦ふ瞼の愛息を想ふ
軍国の父の美挙
いきなり大きな見出しが目に飛び込んできた。

『華北交通・済南鉄路局管理所長・門奈喜三郎氏はこの度、当社主唱の海軍航空機献納運動

に呼応され、支給された賞与金全額を、本社を通じて寄付された……』

というリード文につづいて、つぎの記事が掲載されていた。

『同氏の長男・鷹一郎君は、学半ばにして勇躍海軍飛行予科練習生を志願、目下南方の最前線で昼夜を分かたず、大空を翔けめぐって活躍中である。

しかし如何んせん、物量をたのむ敵に相対して戦ふ度に、我が方機数の不足を痛感、父上宛の書信にもかねてより、このことが伝へられていた。

たまたま本社が主唱して行なはれている献納機募金を知った門奈氏は、皇国のため、そして愛息のためにも、一機でも多く、一日でも早くと、止み難い愛国の至情のもと、今回支給された賞与金全額を寄付されたものである。

この美はしき父性愛こそ、軍国の父にふさはしい忠誠の顕はれと、関係者一同等しく感激するところである。……』

おおよそ以上のような記事が書かれていた。私はあきれ返って、しばらく呆然としてこの文面を眺めていた。佐々木班長は、私がどういう反応を示すか見ていたらしい。半ばからかい口調で、

「門奈は、いつ南方の最前線に行った?」

「いえ、私は一度も行ったことはありません」

「でも、南方の前線からの門奈の便りに、飛行機が足らなくて困ると新聞には書いてあるぞ」

「…………」

私は馬鹿らしくなって黙っていた。

「いいか、今度、親父さんに手紙を出すときは、こんな勿体ないことをしないで、半分は班長に送るように書くんだぞ。班長が立派にお国のために使ってやるから……。大体、献金とか何とか言って集められた金が、一体どこへ流れ、何に使われるかも知れたもんじゃないぞ」

班長は笑いをこらえた顔で、無理に真面目くさった口調で言った。

「はい、そのとおりかならず書いて出します」

私もわざと真面目くさった口調で言った。

「おいおい冗談だぞ、冗談だ。駄目だぞ、そんなことを書いては、半年もしない訓練で空を夜昼なく飛んで、敵機と渡り合うとは……これが本当なら世話ないのになあ……しかし、まあ新聞とはこんなもんだろう。〝わが方の損害軽微なり〟だもんなあ」

班長は最後の方の言葉を独り言のように濁した。そして改まった口調で、

「それにしても、お前の親父さんは立派な方だな。班長からもお礼の手紙を出しておこう。これは明日皆に渡す来信だが、門奈の分は持って行ってよろしい」

「有難うございます」

班の卓にもどったが、さきほど班長が冗談口調でもらした言葉が、なぜか心の底に引っかかっていた。『献金とか何とかいって集められた金が……何に使われてるか知れたもんじゃない』そう言えば、私にもいささか思い当たるフシがあった。

昭和十三、四年ごろ、まだ小学校二、三年生で、日中戦争の初期に住んでいた、天津の日本租界須磨街にあった青柳公司というアパートでのことであった。ある日、母がひどく憤慨した口調で姉たちに話していた。

「もうあきれたわ、本当に酷いったらありゃしない。さっきね、大家さんのところに部屋代持って行ったら、『奥さん、中味はろくな物入ってませんが、よかったら、二つ三つ持って行きませんか』だって！　慰問袋よ、慰問袋。それも二十個ぐらいあったかしら……そしてね、もう幾つかの袋開けて中の物を選り分けてるの。横ではね、奥さんが一緒に入ってきた慰問の手紙を勝手にあけて、ケラケラ笑いながら読んでるの。あの選り分けた石けんや手拭、お菓子なんか中国人に売るらしいのよ！」

母は話しているうちに昂奮して顔を赤くし、目に涙さえ浮かべていた。

「あんまり癪にさわったから、『一体、それどうしたんですか⁉　戦地の兵隊さんのところへ行く品物でしょッ、頂けませんよそんな物』って言ったら、『いえね、今日、兵站部へ品物納めにいったら、主計科の将校さんが、この前、余計にまわした酒のお礼だと言ってくれたんですよ、話のわかる人でね。あんたたちもわざわざ中国まできて軍に協力し、お国のために働いている御用商人だから、立派にもらう資格があるってね。有難いこってすよ』だって。

あの大家さん、軍の御用商人もやってんのよ……もう口も利けないほど腹が立って、部屋代叩きつけて帰って来たの。もういや！　絶対、慰問袋など送るもんではないわ。お気の毒だわ、内地の人」

まくしたてていた母がこらえきれず、ハラハラと涙をこぼしていた姿を思い出した。

やっぱりそうか、あの慰問袋の一件が事実である以上、献納金の行方についても、ひょっとするとあり得ることかも知れない。こんなことで、いったい戦争に勝て……いや、何としても勝たなければならないのだ……言論の自由の規制は当然のこと、〝思考の自己規制〟もしなければならない戦時中のこと、私は心のわだかまりを無理に振り切るようにして、便箋に細かく書かれた父の手紙を読んだ。

『拝啓　時局益々厳しさを加へる折、三重空での訓練も一段と力が入り、軍務に精励の事と思ひます。当地済南でも防空演習などが真剣に行なはれている昨今です。

父をはじめ、家族一同皆元気、何卒安心してください。東亜日報にこんな記事が載ったので、一応切り抜いて同封します。

今のところ特に必要もないのに、賞与金が出たので、部下の者に新聞社へ持参させたところ、こんな記事となったのです。特に目くじら立てて怒るほどの事とは思へず、いずれ近い将来、お前も飛行機に乗って活躍する身、記事の方が先になったと考へたら良からう。とに角お国のため大切な体であることを考へ、軍務に精励、その日に備へてください』

父の便りには、こんな意味のことが書かれていた。

美談は「作られ」、戦果は過大な「水増し」、損害は全滅同様でも「軽微」、退却は作戦上の「転進」、配給は「横流し」、銃後の戦士なる学徒動員による軍需産業の「産軍」共同の「金儲け」……等々、書き出せばきりのない権力を握った軍部と、その組織と結びついた者どもの戦時中の不正。『聖戦遂行』の美名の下で、物言えぬ民草は厳しい足枷《かせ》、口枷《かせ》をはめられ、ただ営々と戦時下の窮乏を耐え、生活のどん底であえいでいた。この構図は、やがて二十一世紀を迎えようとする現代でも、『自由と平和を守るため』と称してつづいているようである。

23　善行表彰

「今から名前を呼ばれた者は、ここに集まれ」

分隊の全教員とともに居住区中央にやって来たN先任教員は、各班から数名ずつの名前を呼び上げた。

「三班、門奈！」

三班からは、私だけが呼ばれた。ハテ？　俺は一体、どんなヘマをやったのだろうか、と考えた。だいたい、今までの経験から、このように「ここへ集まれ」「一歩前へ出ろ」という段になると、ろくなことのないのが通り相場になっているので、私はまず凶を考えた。軽くて顎、ひょっとするとバッターかな？

それにしても、俺は一体、何をしたのだろう。先任教員はまだ他班の者を呼んでいる。どう考えても、バレて罰直を受けるようなことをした記憶もない。また、名前を呼ばれている者の顔ぶれも、それほどのワルの部類に入る者はいない、私以外には。先任教員は、新品のハガキの束を持っていた。

「皆、聞けえーっ！　このたび分隊長の特別の計らいで、今ここに呼ばれた者には、このハガキを渡すことになった。このハガキは、ただのハガキではないぞ。桜のマークの中に〝善行表彰〟と彫られた印が捺してある。ここに呼ばれた者には十枚ずつ渡すから、一枚はかならず郷里の御両親に、また一枚は出身校の先生あてに出すこと。

これを受け取られた親御さんや先生には、分隊長や班長が千万言を費やして、お前たちの〝善行〟を話すよりも、ハガキに捺してある〝善行表彰〟の文字が、十二分にお前たちのやった行為を語ってくれるはずだ。

これを機会に、ハガキをもらった者はこれまで以上に、残念ながら選にもれた者は、次回かならず手にするよう、今後ともますます軍務、課業に精励するようにしろ」

私たちには十枚ずつのハガキが手渡された。見ると、たしかにハガキの裏には『善行表彰』の文字のある大きな桜花形のうす桃色の印が捺してある。このハガキを手にしたまま、私はいささかとまどった。俺はいつ〝善行〟なることをしたのだろうか？　逆なことなら、いくつか思い当たるフシもなきにしもあらずだが……？　ひょっとすると〝あれかな？〟とフト思い出したことがあった。

「各班三名整列」

約半月ぐらい前の十一月末、寒い日の夕食後に甲板教員の声がかかった。『各班〇名整列』の号令がかかったときは、よほどのことがない限り、私は何はさておき飛び出すように心がけていた。

『各班○名整列』と教員、あるいは甲板練習生が号令をかけるのは、課業に使用する必要物品を受領に行くときとか、各班への配給品を取りに行ったり、屋内外の作業に必要人数の確保等でかけられる号令であった。

課業中はともかく、夕食後の一日中でもっとも寛《くつろ》げる貴重なひと時にこれをかけられると、「チェッ」と舌打ちの一つもしたくなるものである。この時間はいずれの者もハガキを書いたり、衣服の繕《つくろ》いをしたり、散髪をし合ったり〝わたくしごと〟をしているのである。時間から時間に追われ、やっと後は温習を終われば眠るだけ、の〝自由〟の貴重な自分の時間なのである。

私は、とくに意識していたわけではないが、「各班○名……」と言われたときは、かならずだれかが行かなければならない。

でも、だれしも行きたくない、という思いは私とて同じことである。しかし、こんなときぐずぐずして遅れをとると、班全員に〝お返し〟が来ることは間違いない。どうせやらなければならないことであれば、『俺がやればいいんだろう、俺が！』といったツッパリの気持ちが私には相当にあったようだ。

そのため、班のだれよりもまっ先に飛び出す習性が身についていた。現在のように、「この前は俺が行ったのだから、今度はお前の番だ、つぎはあいつのはずだ」といった民主的ルールは帝国海軍には存在していなかった。

所定の位置に指示された人数の整列が終わった班から、「第四班」「第八班」「第二班」「第六班」「第七班」「第一班」「第五班」と右端の者が申告する。

「三班はどうした！」

「ハイッ、あと一名……」

「よし、いま集まった者は三班以外解散！　三班全員整列！」

しまった、と思ったときはすでに手遅れ、三班の者が全員整列した。甲板教員の怒声が飛ぶ。

「三班番号！」「右向け右っ！」

偶数番の者は右を向くと同時に奇数番の者の右側に一歩踏み出すので二列となる。（注・番号をかけられたつぎに「右向け右」と来ると、偶数番の者は自動的に奇数番の者の右側に出て二列になる。「そのまま」の号令があれば別）「右、左向け左っ！」

これでそれぞれ二人ずつ向かい合うこととなる。

「各自半歩後ろ」「両手いっぱい左右に開け」

ここで甲板教員はニヤリと髭面に凄味のある金歯を光らせる。

「今から何がはじまるかわかるな?」と、三班の者一人ひとりを見まわす。言わずと知れた『対抗ビンタ』だ。

「そのまま皆聞けえッ！　いま班長は『各班三名整列』をかけた。だが、三班だけはソラを使い、ドン尻にやっと二名来ただけだ。貴重な休み時間だ、だれしも身の回りのことをしたい、家にハガキを書きたい、可愛いミヨちゃんにラブレターを書きたい。……そこのところの気持ち、班長もよーくわかる。うん、よーくわかるのことであることよ。オイ、だれだ、今牙むき出して笑った奴は。D、俺の言うことがそんなにおかしいか、おかしくて嬉しくて、馬鹿バカしくてとても聞いておられませんか。よし、こっちに出て来い、もっと嬉しがらせてやるからして」

急に教員の言葉がけわしくなる。呼ばれたD練習生は、顔色を変えて甲板教員の前へ行く。
「国定忠次はニッコリ笑って人を斬る。甲

板教員はニッコリ笑って……脚を開いて歯を食いしばれ！」

言いざまDの顎へ、鮮やかなフックが二発。

「甲板教員の言うことがおかしくて聞けないなら、いつでも聞けるようにしてやるからして、わかったな」

「はいっ！」

「D練習生、もどります」

「ところでっと、言うまでもないことだが、一体全体、各自が自分のやりたいことだけをやっていたのでは、軍艦《ふね》は動かず飛行機飛ばず、兵舎の中はねずみの巣だ。ソッセンキュウコウ犠牲的精神で行動するのが海軍の伝統だ。三班員はその〝ソッセン〟も〝ギセイ的〟も欠けているからして、今から補給してやる。皆、見ておれ、俺が止めと言うまで、三班員は交互に前の者の顎をとる。かかれ！」

つまり、対抗ビンタ（実際は顎だが、私たちはタイコウビンタと言っていた）だ。向かい合いの者が、交互に相手の顎を殴るのだが、これは大変辛いことだ。人を殴るという行為は相手に憎しみを感じ、感情を相当激発させなければできない行為だ。今まで仲のよい戦友同士だからなおさらだ。

そこで、相手に目で合図して握ったこぶしを、いかにも力を入れている格好に右肩を退いて相手の顎を殴打する。相手も、さも強く殴られたかのごとくオーバーによろめく。今度は立場が逆転、自分の顎にこぶしが飛んで来る。おや？　この野郎、こっちは相当加減してやったのに、だいぶ効いたぞ。それなら俺にも覚悟があるぞ！　と、はじめは〝ごっこ〟のなれあいだったのに、次第に熱がこもってきて本気になってくる。

「止《や》めえーっ！　何だ何だ、お前たちの様《ざま》は、一体全体、普通なら、そのくらい殴られたらブッ倒れるはずだぞ！　殴り方を知らないらしいから、いま班長が模範を示してやる。門奈、こっちへ来い。お前のが一番力が入ってないからな」

私は一発目で意識的に派手に体をよろめかした。（あなたのパンチはこんなによく効きますでございます。と、御尊敬の念をもって甲板教員の自尊心を満足させるように）

「わかったか、ではかかれ！」

ヤレヤレまだやるのか、前門の虎、後門の狼、食うか食われるかだ。それからしばらく〝本気〟の殴り合いがつづいた。

「止《や》めえーっ！」

そして、私たちはいずれも熱で赤くなった頬を寒風にさらしながら、たっぷり作業をやらされた。さらにオマケがついて、巡検後、私たちの班長佐々木教員に叩き起こされた。

「夕方のざまは何だ、このドテンプラめ！　班長がだらしないから、お前たちまでだらしなくなるのか？　こんな恥ずかしい思いをしたのは、班長は生まれて初めてだ。やっ気（やる気）がないから、こんなことになるのだ」

バッチリ搾り上げられた挙げ句、〝前支え〟三十分を、班長が生まれて初めての恥の代償として支払わされた。ただし、後述するこの日の作業における私の行動が、佐々木班長に伝

えられていたとみえて、

「門奈、班長の寝床をとれ」

と命令された。私は大急ぎで、丁寧に班長のベッドメーキングをすませ、

「門奈練習生、班長の寝床作り終わりました」と報告に行った。班長は、

「本当に丁寧に終わったのか？」といった調子で点検に行ったが、引き返してくると、

「何だあの床は？　あんなんでは班長は寝れないぞ、やり直し」と言って前支えをはじめていた私に再度作り直しを命じた。行ってみると、せっかく作った床は、震度七ぐらいの地震に見舞われたごとく、滅茶苦茶になっている。急いで元どおりなおして報告に行っても、また駄目。こんなことを四度くり返しているうちに、班員の罰直は終わった。

『各班〇名整列』の記述で説明が長過ぎたが、この『〇名整列』の例をもう少し挙げると、整列して『最後尾六名残って、あとは解散』とか、『最後尾の班の者全員作業終了まで、卓に腰掛けをのせて腕一杯上げて支えていろ』あるいは、『兵舎の周囲駆け足五周』等々、〝恐怖の報酬〟は数限りなくある。

かくして、私たちは体が自然に反応して、『各班……』の号令とともに、とにかく、脱兎のごとく飛び出す習性が身につき、軍隊の仕来りや伝統が、次第に否応なく体に叩き込まれていったのである。

あれから半世紀を経た今も、予科練時代を回顧するとき、罰直で鍛えられたことが、楽しい思い出の一つとなっている。もちろん、このスパルタ教育を超えた地獄の教育、かならず

しもベストとは思わないが……。しかし、戦後、社会人となって、陰日向なく、ひとの嫌がることを進んでやって、それが当然と考えていられるのも、海軍で鍛えられた名残りであろう。

この日の作業は、兵舎周囲の下水溝の清掃作業であった。何だこんなことなら、あんな痛い目に合わずさっさとやればよかったのに……とタカをくくって取りかかったが、これが思いもよらない難作業であった。溝がどこかで詰まって流れが悪くなっているのだ。何が詰まっているのか、途中から暗渠になっている溝は、長い竹の棒が届くところまではいいのだが、原因となっている〝代物《しろもの》〟はさらにその先にあるらしく、腕をいっぱいに伸ばしての手探り作業で、いろいろやってみたのだが、さらにその先で猫の死体か何か、得体の知れない物が障害になっているようだ。

三重空の十一月末は、身を突き刺す鈴鹿颪《おろし》が吹き荒ぶ季節である。この日はあいにくの曇天で、作業をしている者の体は次第に冷え切ってくる。そのため、動作も自然と鈍くなる。がしかし、何としても通りをよくしないと、間もなく溝から汚水が溢れてしまう。これまでの経験からして、この種の作業は取りかかった以上、「今日は遅くなったからこのくらいにしておこう、明日またやろうや」ということは絶対にあり得ない。やりはじめた以上、目的が達成されるまではつづけられる、たとえ温習がはじまろうとも。

はじめは「たかが溝掃除」ぐらいとタカをくくって気軽な気持ちでいたが、「されど溝掃除」となってしまった。どうしようとおたがい顔を見合わせては交互に暗渠の奥を覗き込み、交替で腕の付け根まで突っ込んで、竹棒の届くかぎりをくり返すのだが、だれがやっても、何の変化もない。いや、つぎつぎに流れて来る汚水は増える一方である。といって、隊内からこれ以上長い竹棒を探し出して来ることも不可能だろう。

「よし、下半身は水に漬かるが、暗渠の中に潜り込んで思いっ切り竹棒を突っ込むしかない。そうすれば、何とかなるかも知れないぞ」

そう考えた私は、事業服と下着いっさいを脱いで、褌一丁の裸体になると、思い切って溝の中に飛び込んだ。飛沫が顔にかかり、体の感覚が失われるほど寒い。ヌラッとした汚水が太股のあたりまでひた寄せる。不思議なことに、汚泥の中に漬かっている膝のあたりまでは、生暖かさを感じるのだ。私が入ったため、さらに水かさの増えた汚水が褌を濡らす。

気持ち悪さと冷たさで逃げ出したくなったが、行きがかり上、今さら後には退けない。水面すれすれになるが、頭から顔じゅう蜘蛛の巣だらけになって上半身を暗渠に突っ込むほど

にして、両手で一回、二回と引いては突き、突いては引きをくり返しているうち、五回目ぐらいにかなりの手応えがあって、スッと抵抗がなくなった。と同時に今まで停滞していた汚水がぐんぐん流れて行く。どうやら、障害物を押しはずすことができたらしい。

作業を指揮していた甲板教員が、

「よし、門奈もういいぞ。おい、だれか烹炊所へ行って、オスタップにお湯をもらって来い。門奈は兵舎で体を拭ったら、乾いた手拭で赤くなるまで擦るのだ。一人は門奈の服を持って行け。そして体をこするのを手伝え、他の者は泥をすくえ」

文字通り濡れねずみ、褌一丁の裸体で兵舎にもどったら、温習はすでにはじまっていた。この異様な私の姿を呆気にとられてみんなが見まもる中で、私は言われたとおり、いっしょにもどった太田に手伝ってもらって体をこすった。服を着替えたところへ荻野甲板教員がやって来て、手に持っていた包みを私に手渡してくれた。

「よくやった。これは俺の新品だから、淋病の心配はない、褌と手拭だ」

『善行表彰』の対象になることといえば、あのことぐらいしか思い当たるふしはない。予科練生ならだれでもやるだろうことで、ただ私が思いっ切りがよかっただけに過ぎない。したがって、私はとくに『善行』なることをしたとは思ってはいない。あのとき、虎の皮の〝鬼の褌〟ならぬ温かな荻野教員〝御下賜の褌〟と手拭で、私は充分むくいられていたのだが。

何だか面映ゆい気持ちでさきほどの先任教員の言葉どおりに、両親と中学の担任だった教師へ、このハガキで便りを書いた。

『拝啓　戦局日毎に急を告げる候

御両親様にはお変わりなくお過ごしのことと存じます。

当地の寒気も次第に厳しくなって参りましたが、私もお陰様で元気に軍務に精励致しております故、何卒御安心下さい。

御地も益々寒くなって来たことと存じます。どうぞ風邪など召されぬ様、お元気でお過ごしの程を』

学校の教師への書信も〝御両親様〟が〝先生〟となっていたに過ぎない。例によって例のごとく、『健康と天候、軍務に精励』に終始した、無味乾燥きわまりない便りであったが、このハガキを受け取った両親は、『善行表彰』の印が捺してあるのを認めて、涙が出るほど喜び合い、さっそく神棚に供えたそうだ。

だが、母は戦後こんなことを言った。

「貴方の便りが来るのはとても嬉しかったけれども、いつもいつも同じ文面だったわね……」

予科練生活の細部にわたって、いろいろと書きたいこともあったが、発信来信とも班長の検閲が必要、「毎日腹を減らし、殴られながら、なんとか軍務にしたがっております」と、うっかり本当のことを書いて〝軍機〟に触れることがあってはまずいので、『自主規制』をやっていたのだ。それで母の期待する便りは出せず、例によって例のごとき文面にならざるを得なかったのだ。

それにしても、『善行表彰』のハガキは分隊長期待どおりの効果はあったようだ。

24　帰休兵となった松井練習生

食事をするときの副食は、一つの皿に二人分配食し、向かい側の者と共同で食べることは前述したとおり。私の相手は松井。北京商業出身でいっしょに入隊した仲間であった。体は比較的大柄だが、顔つきは女優の十朱幸代に似ていて、性質は至極おとなしい奴だった。

入隊後四ヵ月くらい経ったころ、他の者が餓狼顔負けの食欲を見せるのに反し、松井の食欲は日ごとに細くなっていく。いっしょに食べる副食も三分の一ぐらいしか食べず、

「門奈、後は全部食べてくれ」

と、こちらへ押して寄こすようになった。また主食の麦飯も半分くらいしか食べず、

「これ、よかったら食べないか?」

そう言って、元気のない声でよこすようになってきた。このところ、激しさと厳しさを増す訓練の毎日で、一般兵より予科練は増量されているとはいえ、入隊時に班長が予言したとおり、とても食事の量は足らない。いくら食べても、いつも空腹状態なので、初めのうちは、松井の申し出を渡りに船と喜んで、有難く頂戴していた。ただし、他の者の目もあるので、三度に一度くらいは、さり気なく左右の者へ回す程度の配慮はしていた。

だが、松井のこんな状態がいつまでもつづくので、次第に彼の健康のことが心配になり、ある日、

「オイ、松井、体の具合が悪いのではないか？　班長に話して、一度、医務室で診てもらったら？」

と言うと、

「ウン、ちょっと体がだるくて、寝汗をかく程度だから、医務室へ行くほどのことでもないと思うが……」

と、何となく薄桃色をした顔色で淋しそうな笑みを浮かべ、元気のない声で答えるのだった。

「何でもなければいいが……でも松井、あの飯の食い方では、体がまいってしまうぞ、何か食べたい物はないのか？」

そうは言ったものの、練習航空隊の一練習生である私には、松井の食べたい物を工面できる自信は皆無であった。

「ウン、お粥《かゆ》が食べたいなあ……」

「そうか、お粥かあ……」

この松井の返事を聞いたとき、フト私の頭にひらめいたものがあった。

「ヨシ、明日の朝、何とかしよう」

「でも？……」

「大丈夫、余計な心配しないで、楽しみにしてろよ！」

私は松井を元気づけて、慰める気持ちも手伝って威勢よく返事はしたものの、絶対の自信があって言ったわけではない。だが、何とかしなければと決心した。入隊して四ヵ月もすると、隊内の様子もだいたい呑み込めてきた。烹炊所の食缶がならんでいる一番右隅に小窓がある。そこは〝休業〟などで普通食の摂れない者のために、粥食の受け付け窓口になっている。

何かの折りに見たところでは、とくに厳重なチェックもなく、〝休業〟の練習生が窓口へ大食器と粥券を差し出し、「第〇分隊〇班〇〇練習生、腹痛のため頂きにまいりました」と申告すると、中で「よしっ」と大食器にできたての真っ白な、トロッとした美味しそうな粥が渡されるのを見て知っていた。

翌朝、食卓番用意のとき、食器箱からスペアの大食器を持って、烹炊所の粥食窓口へ出向いた。

「第四十五分隊三班佐々木練習生、班長が腹痛のため、二日ばかり何も食事しておりません。粥券はありませんが、班長のため願います！」

もっともらしく、メリハリ正しく大声で申告して、胸の名札を見られぬように注意して両手で大食器を窓口に差し入れた。声の元気さに反して、胸はドキドキし、恐らく顔は真っ赤になっていたことだろう。

「ヨシ！」という返事とともに、渡された食器には、湯気が立っている美味《うま》そうな白粥に、二個の梅干しが添えてあった。

「有難うございます！」と言うと同時に、大急ぎで兵舎にもどり、ホッとした。だいたい烹

炊所で〝粥番〟をしているような主計兵は、概して兵役年数は多いが、何かでジャクッて（失策を犯し）、進級など気にもしない一等兵である。烹炊所にいても、いっさいの労働を拒否し、気が向いたとき、もっとも楽な〝粥番〟をしているが、下士官連中はおろか、士官でさえ一目も二目も置く、恐ろしい〝鬼神様〟古参兵である。それでいて、下級者に対してはときに〝仏様〟にもなる年輩者が多かった。

このような〝神様〟〝仏様〟に対しては、相手の自尊心をくすぐるべく、最大限の正しい礼儀作法で接すると、効果はテキメンであった。ただし、これは堂々と、またさり気なく、かつ迅速にコトを運ぶ必要がある。（無賃乗車または、定期券での乗り越しのあの要領である）

「オイ、松井！　粥だ、お粥だぞ、全部食

べろよ」

「や、これは美味《うま》そうだな、有難う！　でもどうしてこれを？」

「いいから、いいから。その代わり全部食べて元気を出してくれよ、マラソンも近いことだし」

「ウン、有難う」

嬉しそうな顔で箸を手にした松井だったが、やっぱり半分ぐらいしか食べなかった。毎食嘘をついてもらいに行くわけにもいかず、烹炊所がもっとも混雑している際中のドサクサにまぎれて、何回かお粥を取り（盗み）に行った。しかし、松井の食欲は日ごとに細り、体力も次第に衰えてきているように見えた。

一方、九月三十日、二十二期分隊対抗のマラソン大会に備えて、体育の時間はもとより、朝夕の別科にもきまってマラソンの練習を行なった。予科練でのマラソンは、個人競技でなく、班単位の所要時間の総計が分隊の総合成績として計算され、その結果が分隊の順位となるのである。したがって、班で一名でも落伍者が出ると分隊の成績に影響するので、まず落伍者を出さないこと、が最大の眼目である。後は時間との戦いである。

そのため、各班ごとに比較的足の速い者を最前列に、普通の者は左右、もっとも駿足のグループは最後尾とし、足の遅い者や体力の劣っている者を中へ入れて周囲から包み込む隊形をつくった。こうしてできた四列縦隊の真ん中には、当然、松井が入れられた。

私たちは、本来なら勝敗を度外視して、松井を欠員とすべきであったろう。欠員一名につき何点か減点があった。だが、彼は練習の間は、みんなに迷惑をかけてはならじ、と何とかいっしょにグループから脱落することなく走りつづけていた。

いよいよその日、昭和十九年の九月三十日が来た。練習のときは蒼白な顔で、みなに伍して走っていた松井も、この日はもはや、体力の限界に来ていたのか、コース半ばに差しかかったとき、突然、「アァアァ、ウワァー」と奇声を発して、前のめりに倒れかかった。左右の者が、急いで松井の両腕を肩にかかえこんで助け起こした。最後尾を走っていた私は、松井の下痢便で黄色に汚れた褌が、運動パンツの脇から垂れ下がり、それが足にからまって、いかにも走りにくそうにしているのが見えた。

彼は、半ば左右の者に引きずられる形で我慢して走っていたが、ふたたび、「グワァー、ワワワワ」の叫びとともに黄水を吐き出し、ほとんど失神状態となって力が抜けたらしく、彼をかかえていた左右の者といっしょに転倒しかかった。

「松井！　しっかりしろ。オイ、だれか褌をはずしてやれ！」

私は夢中になって大声で呼びかけた。松井のすぐ後ろの者が褌を引きちぎるように取って、道端に捨てた。だが、このままでは松井は死んでしまう。速度がガクンと落ちた。幾組かの集団が私たちのそばを通過していった。

「馬鹿！　何してるんだ、かついで走れ」

そばを駆け抜けながら怒鳴ったのは、同分隊五班の古谷長寿である。彼も同じ北京出身者だ。（彼は昭和五十七年七月三十一日没）

そのとおりだ、「おい、かつごう」と、後尾の右隣りを走っていた山越に声をかけ、松井のところへ走った。顔が土気色になっている松井はうつろな目をうっすら開いている。他の者を先に走らせ、私と山越が前へ出て、松井の左右の足を肩にかつぎ、あと二人で松井の肩をかつぎ上げた。はからずも、松井、山越、私の三人は北京出身で同班員であった。失禁で足首まで汚れており、首筋がヌラリとした。私たちは先行した自分の集団に追いついた。何人かが、松井の肩と首を後から押す。

「ヨイショ！　ヨイショ！」

「頑張れ、松井！　もうすぐだぞ松井！」

班の全員がいっせいに声をかける。

「ヨイショ！　ヨイショ！　頑張れ！　頑張れ！」

松井を励ますというよりも、自分に気合いをかけるためだれもが声を出している——一秒でも早く松井を助けたい、その思いだけで！

私はいつの間にか泣いていた。汗と涙で顔をクシャクシャにしながら、自分でも訳のわからない声を出して走っていた。気がつくと涙を流しているのは私だけではない。まわりの者いずれも、汗と涙で顔をクチャクチャにしながら遅れを取りもどそう、松井を早く助けようとただ懸命に走りつづけた。松井よ、すまなかった、こんな無理させて、苦しいだろうが頑張れ、もう少しだ。ともすれば目の前が暗くなりかかる自分にも言い聞かせながら、ただ無意識に走りつづけた。

「ワッショ！　ワッショ！」

「頑張ろうぜ！」

気がついたときは、何組かの他班を抜いて、ゴールに倒れ込んでいた。私はかすかに二、三人の者が、いっしょに倒れているのが見えた。

「担架！　その前にカンフル！」

衛生兵の大声が聞こえ、ああ、松井は助かったのだな、と幾度も大きく息をつきながら、しばらく空の雲を眺めていた。俺たちはとうとう一名の落伍者も出さなかったぞ。貴様と俺と同期の絆で！　喉の渇きと呼吸の苦しさはおさまらなかったが、不思議に、何か重大なことを仕遂げたというさわやかさで体は満たされていた。

マラソン大会も無事に終わってから、数週間を経たある日、私は佐々木班長に呼ばれた。

「門奈と松井は北京だったな？」

そう言って、班長は沈黙した。ドキッとした。松井の容態が急変したのか⁉ あの日、カンフルを注射されて担架で医務室に運ばれたまま入室（隊内の医務室に入ったまま治療を受けること）しているので、気がかりだ。

「学校は中学と商業で違いますが、いっしょに北京から来ました。松井に何か？」

「ウン、あれから病院に移されたが、どうやら危機は乗り切ったようだ。いつのまにか胸をやられ、それが腸の方まで移っていたらしい。これ以上、訓練をつづけさせることはできないので、もう少し容態が落ち着いたら、帰休させることになった。

こんなになるまで、気がつかず放っておいた班長の責任だ。かわいそうなことをしてしまった。まだ今のところいつ、帰休させるか決定していないが、班としての見舞金を、班長が外出のときにでも持参したいと思うが、どうだろう？」

班長は目を真っ赤にして、涙を溢れさせていた。

「ハイ、班長におまかせします」

反対する班員は一人もいないはずだ、と独断で返事した。みんな泣きながら、一丸となって松井といっしょに走った仲間じゃないか。俺たちに〝倒れてのち止む〟の予科練魂を、身をもって教えてくれた松井、だれが反対するものか。あれで我々はますます団結、絆、連帯感の尊さを知ったのだ！

「どうか松井に一日も早く、元気になるように伝えてください」

私はそう言うのがやっとで、思わず溢れ出た涙を両手で押さえた。

「有難う、松井に代わって皆に礼を言う」

班長は下を向いたまま、教員室の方へ去っていった。……松井の消息はその後わからない。

25　適性検査

入隊して六ヵ月後、昭和十九年十一月に適性検査の結果、操・偵別に分けられた。これは予科練としてかならず受けなければならない宿命ともいうべき検査（操縦・偵察どちらに適しているか）である。

この検査は、私は十一月の下旬にまとめて一気に実施されたと思っていたが、七月初旬からすでに実施されていた。

大洞氏の日記によると、七月に心理適性と地上操縦、電信、知能の検査。八月に、形態、性格適性検査が行なわれ、十一月三十日に操・偵別の発表と分隊編成替えが行なわれていたのである。ここでも私は明らかに事実誤認と記憶の欠落を生じているが、私の記憶に基づいて記述をつづけることとする。

その前日に、調査用紙が渡され、操縦・偵察どちらを希望するかを書かされた。われわれの九十パーセント以上は操縦を希望していたはずだ。ただ、ただ海軍の飛行機搭乗員となり、それもみずから操縦桿を握りたくて予科練に入隊したのだ。当然のことながら、私も操縦希望の一人であった。

適性検査の当日は、朝から入念に身体検査がおこなわれた。ついで隊内備えつけの室内操縦機による検査が実施された。室内操縦機とは、単座（一人乗り）の操縦席が設置されている小型低翼の、それも翼の両端は切断された、寸詰まりの飛行機のかっこうをした装置である。（通称、ハトポッポ）

座席には操縦桿、方向舵を動かす踏棒（フットバー）、目の前には水平と昇降を示す計器（夜光塗料が塗ってある）がついている。また、夜間訓練用に、座席をすっぽりおおって外光を遮断するおおいもある。しかし、これは今日の検査には使用されない。

この装置は油圧と電動により、外部の試験官および操縦者の操作により、三百六十度の方向転換、四十五度の前後傾斜、さらに、乱気流を想定しての不安定振動（これは外部の試験官が操作して機をゆらす）などを行なうようになっている。

いよいよ私の番がきた。高ぶる気持ちを押さえて、深呼吸をして着席すると同時に、機は外部の操作により、九十度右に方向が変えられる。

「元の位置にもどせー」の指示にしたがってフットバーを操作して、機を元の位置にもどすのだ。席の前にある十字の標示を、前壁に描かれている十字にピタリと合わせる操作をはじめる。左のフットバーを踏むと、機体はズーと左へもどるが、力を抜くタイミングが遅れて、前壁の十字を通り過ぎてしまう。慌てて右足を踏んで元へもどそうとすると、今度はグーと右へそれてしまう。そんなことをくり返しているうち、

「ヨーシ、止めー」の号令で、外部操作でピタリと前壁の十字に合わされる。ヤレヤレと思

ったとたんに、今度は機体がグーと四十五度前傾する。

「元の位置にもどせー」の指示で操縦桿を手前に引いて機体を起こそうとするのだが、今度も操縦桿を元にもどすタイミングがずれて機は四十五度近い姿勢で上昇？　いけない！　と前へ倒すと、前のめりの急降下……何のことはない、まるで、一人でシーソーに乗っている具合だ。

「ヨシ、止めー、今度は機体が揺れるから、方向舵と昇降舵の操作で、前壁の十字に機を合わせるように」

試験官の指示が終わるか終わらないうちに、機体は荒海の小舟のように揺れはじめる。

結果はさんざんだった。私はこの時点で操縦はあきらめた。私の前後に受験した太田や松沢は、これまでずーっと飛行機の操縦をしていたのか？　と思うほどじつに見事な腕前であった（後で聞いたところ、二人ともグライダー訓練すらやったことのない、まったくの素人であった）。かくも適性の有無は歴然としている。

午後は無線受信の検査が行なわれた。これはレシーバーから入ってくる信号を受信して、用紙に書き取るのである。これまでの受信考査の結果に慢心して、私はかなりの自信をもって臨んだ。しかし、いつもと異なって、教員が送信してくるのではなく、あらかじめレコードに吹き込んである符号を受信するのである。

だが、その速いこと……おそらく一分間百字を越すスピードなのだろう。長・短符号の切れ目はほとんど感じられず、トン・ツーではなく、ファーファといった音が耳に飛び込んでくる。かろうじて2／3ぐらい受信できたに過ぎなかったろう。

このとき、つくづく例の〝音の塊り〟で音感法を身につけておけばよかった、と後悔した。だが、しかし、あのスピードで送信できる者が、一体、何人いるだろう？　という負け惜しみも拭い去れなかった。それにしても、そうとう神経を消耗したらしく、終わったときはクタクタだった。

資料によると、操・偵別の適性検査には、山本五十六大将の提唱で、観相・手相術の大家による検査も行なわれたそうである。事実、同期生の相当の者は、墨で手相を写しとられた、と言っているが、私にはまったくその記憶はない。

数日後の結果発表で、案の定、私は偵察にまわされた。操・偵の割合は、はっきり分からないが、どうやら半々ぐらいではなかったろうか?

十一月三十日、私は偵察分隊第三十八分隊員となり、入隊以来、寝食・罰直を共にしてきた仲間と別れた。これで予科練教程の第一学年を修了、偵察専修の課程へ進んだことになる。正直なところ、一時は操・偵いずれの適性もなく、整備か一般水兵にうつされるのではないか、とひそかに心配していた私ではあったが、いざ偵察となったら、今度は欲が出て、操縦へ行けなかったことに大いに不満だった。今流でいう〝落ち込んでいた〟のである。

これで憧れの零戦に乗って、華やかな空中戦を演じて敵機を撃墜することも、爆撃機で敵空母を轟沈することもできず、一介の〝出べソ押し〟(通信員の渾名)の通信屋になりさがったのか、とやり切れない思いであった。これは私だけではなく、偵察分隊の全員が同じ気持ちであったらしい。偵察専修の道を歩みはじめた実感としては、急に通信の課業が増えたことだった。

ある日の通信の時間、新しく私たちを指導することになった教員が、つぎの話をして私たちを励ましてくれたことがあった。

「どうした、皆、元気がないな。ヨシ、座ったまま両手を上に挙げ、背筋をいっぱいに伸ばし、手先に力を入れて、うーんと伸びをしろ、ヨーシ、もう一回。どうだ、何となく頭がスッキリしたろう。いいか、これから教員の言うことをよく聞け。

皆は飛行機乗り、それも操縦を憧れて予科練を志願した、そうだな? なのに、適性検査の結果、偵察にまわされた。自分の希望どおりになれなかった残念な気持ちは、教員にもよくわかる。

だがな、人にはそれぞれ個性や適性があるのだ。操縦にむいているとか、偵察にむいているとか。そのうえ、皆がもっとも望んでいる戦闘機の操縦は、さらに厳密な試験をうけ、それに合格しなければならないのだぞ。

だいたい、複座以上の飛行機では、その搭乗機を指揮するのは偵察員(真偽のほどは知らない)なのだ。操縦員がクタクタになりながら帰路の操縦をしているときでも、偵察員は一定の指示を操縦員にあたえた後は、牛乳など飲みながら、ノンビリ窓外の景色を眺めておればいいのだ。それにな、偵察員は内々頭がよくて、課業の成績のよい者がマークされていた(これも真偽のほどはさだかではない)のだ。だから、これからは誇りをもって、胸を張って軍務にはげむのだぞ。わかったなあー」

物わかりのよさそうな、目元の涼しい、ハンサムな隣りのお兄さん、といった感じの教員の話に元気づけられたのか、時間の経過につれ私たちはいつのまにか、もとの練習生にもどっていた。

戦後のことである。私は五十歳を過ぎて自動車免許を取得すべく、某自動車教習所へ通った。今でこそ教習所の教員の質はかなり向上しているが、当時はこの教員の程度の悪さには定評があった。それは私が感じたばかりではなく、新聞の投書や、週刊誌のルポ記事にもよく掲載されていた。そのため、教員と喧嘩して、免許取得をあきらめた、という人を幾人も知っている。

私のときにも、「お願いします」と低姿勢で受講した。しかし、まずアクセルとクラッチの踏み加減がまずくて、ガクンガクンの発進からはじまり、カーブの切りすぎ等々、いろいろ文句（けっして注意ではない）を言われた。

「あんた、体のどこか悪いの？　ガキでもこのくらいのこと、一度で覚えるよ」「またまた、何度、言ったらわかるのかなあ」「あーあ、こんな亭主もったオカーちゃんの顔が見たいよ」と、なんとも腹にすえかねる暴言の連続である。途中で車をとめ、外へ引きずり出してぶん殴ってやろうか、と何度思ったことか……。だが、『耐え難きを耐え、忍び難きを忍んで』、ま、免許さえ取ったらこっちのもの、と自分をなだめていた。

私はある日、わざと独り言のように、それも教員に聞こえるようにつぶやいた。

「自動車の運転というやつは、飛行機の操縦より難しいな……」

「え？　お宅、飛行機の操縦できるの？」

「ハイ、今はやっていませんが、戦時中、海軍でやってましたよ」

「とすると、あの零戦やなんかも？」

「いや、まだ若かったので、練習航空隊にいたから、実戦用の零戦には乗らなかったが、中練（中級練習機）にはかなり乗ったよ」

「へえー、すると、あの宙返りなんかもやったのですか？」

「あんなの一番簡単。ちょっと下げ舵にしてスピードをつけ、スロットルを次第に押して、ゆっくりと操縦桿を手前に引き、真上に来たなと思ったとき、操縦桿をゆっくりと前方にもどしながらスロットルをゆっくり引くだけだもんな。ただインマルメン宙返りは、真上に来たときひねりを入れなければならんので、少々むずかしかったかな……」

「いやー、それは知りませんでしたよ。大変でしたねえ」

いつのまにか攻守ところを変えて、言葉つきまで変わっている。

「なに、飛行機ってやつは、風上に向かって走っていけば自然と空へ上がってくれる。あとは偏流角さえ気をつけておれば平気。ただ、着陸のときは相当神経をつかったよ」

「私はまだ一度も飛行機ってやつには、乗ったこともありません。まして操縦なんか、とても考えられないですよ」

　ここらで相手を持ち上げる。

「そんなことはありませんよ、先生。この狭い道路で、上にも下にも逃げられない自動車を手足のごとく自在に操るのですから、大したもんですよ」

「いや、自動車は四輪で地面にのっかってるのですから、平気ですよ」

　室内操縦機をシーソーにしてしまった私が飛行機を操縦できるわけがないことは、読者諸兄姉《みなさん》すでに充分に御存知のとおり。この嘘の百曼陀羅の効果はテキメン。この日を境にこの教員の私にたいする態度は一変した。そして、段階はどんどん上がってしまった。嘘も方便というものであろう――お釈迦様が言われたとおり。

これにはオマケがある。私の知人がたまたま同じこの教員についたそうだ。年齢も私とほぼ同じくらいである。そしてこんなことを言われたそうだ。

「お宅と同年輩のモンナさんは、むかし飛行機を操縦していただけあって、とても運転がスムーズでしたよ。やっぱり違うんだなあー」

私はいまもって無事故無違反のペーパー・ドライバーである。

26 東南海大地震

その日（昭和十九〈一九四四〉年十二月七日）、課業始めの整列も終わり、国語の授業だったので講堂へ行き、予備学生出身の教官の授業を受けていたときである。課業始めの整列のときから、〝天気晴朗なれど風強く〟といった日であった。講堂（教室）の窓は絶えずガタガタと間歇的に鳴っていた。……と、窓の音がガタガタガタと今までと違ったリズムで鳴りつづけた。おや？　おや？　何かおかしいな？と思ったとき、

「地震！」「地震だぞ！」と、授業中にもかかわらず、あちこちの席から声がした。しかし、そのときはまだ私は体に揺れを感じていなかった。朝鮮、中国で育ってきた私は、これまで話には聞いたことはあるが、地震そのものの体験はまったくなかった。

つぎの瞬間、眩暈《めまい》がした、と思ったが、突然、体が椅子ごと宙に浮き、そのまま横倒しになりかかって机にしがみついた。ドスドスといった音、立つも座るもならず、腰を浮かした

中途半端な姿勢のまま、波に揺れる木片さながら、机、椅子とともに床の上を右に左に移動していた。天井のシャンデリア風の大きな電燈が、吊られた分銅のように大きく揺れ、今にも天井にぶつかりそうだ。黒板を背に、教卓をおおう形でしがみついていた教官が、

「逃げろ！」一声叫ぶとともに、手にしていた教科書を頭上にかざして、まっ先に教室を飛び出すと同時に、黒板のかかっていた白壁に亀裂の稲妻が音もなく走り、表面の漆喰がバラバラと崩れ落ちた。

この建物は二階建てだったが、幸いなことに、私たちは一階で、正面教壇に向かって左側が直接外庭に面し、右側は廊下になっていた。左側窓際の者数人はいち早く窓から飛び出し、廊下側の者は出口に殺到して廊下を駆けて行く。ちょうど教室の中ご

ろの席にいた私は、とっさにどちらへ行こうか、と迷ったが、とにかく揺れる机を押さえながら、布製鞄に何とか教科書を入れたが、ノートや鉛筆はどこかに散乱してわからない。

教室の中は決して誇張ではなく、荒波に揉まれている小舟といった状態で、机や椅子が一斉に左右に流れて移動している。……これは一体どうなるのだ、と思ったが、何よりもこの建物が潰れる前に、一刻も早く脱出しなければならない。本能的に窓から飛び出そうと思った。

だが、揺れ動く机や椅子に阻まれて気は焦るが、どうにも移動することはできない。そうだ、と思って、私は机の上に這い上がり、四つ這いのまま、机から机と移動して窓際に体を移し、一気に飛び下りた。着地と同時に体は横転したが、すぐ目の前の地面がグワッと二十センチ幅に亀裂が生じたのが目に入り、慌てて体を後ずさりした。

この天動地変、外に出てはみたものの、腹這いになったまま体を動かすこともできない。そのままの姿勢でいたとき、フト目の前を、時期はずれの青灰色の小蝶に似た羽虫が、咲き残りの名も知れぬ一輪の花のあたりを舞っている！　戦後、フランキー堺主演の『私は貝になりたい』という処刑戦犯映画が上演されたが、私はこのときほど心から『私は蝶になりたい』と思ったことはなかった。

グオン、グオンという爆音で見上げると、クッキリ晴れ上がった青空を背に、海軍の中攻（一式陸攻）が一機、地上の修羅場を知ってか知らずか、悠悠と翔けてゆく。鮮やかな緑色の翼と胴体の〝日の丸〟の赤が、ことのほか美しく今でも目に焼きついている。先ほどの羽虫といい、いま飛んでいる中攻といい、地上を離れて空中を浮遊しているものに対して、このときほど羨ましいと思ったことはない。

今でも不思議に思うのだが、「地震だ」「逃げろ」以外、地震発生以来、人の声を耳にしていない。いずれの人も声が出せなかったのか、周辺の動乱に心気が動転して耳に入らなかったのか？……ただ呆然としているとき、初めてどこからともなく、

「練兵場へ行け！」との声が耳に入った。この声に正気にもどって、そうだ、今はそれしかない、と気づいて、まだ揺れる地面を蹴って一目散に練兵場へ向かった。

ところどころ不気味に口を開いている亀裂を避け、傾いた電柱から垂れ下がっている電線をくぐり、とにかく練兵場へ急いだ。そのとき、近くにだれがいたのか、たぶん練兵場へ向かう練習生はいたと思うのだが、今はただひたすら走っている自分だけしか思い出せない。

練兵場にはすでに大勢の練習生と教員、士官たちも集まっていた。いつも朝礼や課業始めのときに私たちの分隊の整列するあたりに到着して、ようやくホッとして腰を下ろした。

「アッ、アーアー」だれか二、三人が奇声を発しながら指さす方を見て、思わずわが目を疑った。黒っぽい灰色のペンキで塗装されている二階建ての大きな庁舎が左右に大きく揺れている。マッチの小箱の外ぶたをはずし、上から押しつけると左右に平行四辺形になる、あの状態だ。

揺れつづける建物の二階の窓から、男性か女性かわからないが、白ハンカチを盛んに振っている――助けを求めているのか、覚悟を決めて別れを告げているのか⁉　あの頑丈な庁舎

が、折り紙か飴細工のように、グニャリグニャリ変形するさまは、とてもこの世の光景とは思えない。白昼夢でも見ている思いで、ただひたすらどうかつぶれないでくれ、圧しつぶされて崩壊する地獄図は目にしたくない、と心に念じながら見つづけていた。

この間、どのくらい時間がたっただろうか、五分か十分か、実際にはそんな長時間ではなかったろう。さしもの強烈な余震も次第に弱まり、庁舎から二人、三人とバラバラに人が出て来た。理事生（海軍の女性事務員）の中には、ハンカチで顔を押さえている者も何人かいた。ああ、みんな無事だったらしい、という安心感とともに自分を取りもどし、周囲を見回すゆとりも出てきた。

「やあ、凄かったな！」

おたがいの無事をたしかめ合うように肩を叩き合って話し合っている者もいたが、大方の者はちょっと手を上げ、無言でうなずき合っている。

「あっ、しまった！」あれほど危険を冒してまでかき集めた教科書入りの鞄がない。教室で揺れる机を這っているときか、窓から飛び下りたときに、どこかへ落としてしまったのだろう。といって、今さら引き返して探しに行く気力などさらさらない。

舎外ではかならず着用が義務づけられているのに、無帽の者もかなりいる。裸足の者や、額から血を流している者、事業服を泥だらけにしている者など、いつもの練兵場での整列のときには絶対に見られない集団ができていた。停電したのか、拡声器を使用せず、当直士官の号令を、数人の伝令が伝えてきた。

「各分隊、人員点呼のうえ、報告せよ」

私の分隊は、病気入室の者を除いて全員そろっていた。

副長が号令台の上に立ったところで、ふたたび伝令により、「分隊長集合」がかけられた。

暫時、間を置いて、分隊へもどって来た分隊長よりつぎの注意があった。

「副長からの伝達指令を申し渡す。本日、一三三〇ころ発生した地震は、かなり規模の大きいものであったことは、各員が体験したとおりである。

幸い、今のところ、当隊においては軽傷者が若干名出たが、死亡者はなかった模様である。また倒壊家屋もなかったが、施設の被害はかなり大なるものがあったと思われる。今から各分隊は一応兵舎にもどり、可能なかぎり復旧整備作業に従事すること。なお、今後も余震発生は充分考えられるが、先ほどのような大規模の地震の心配はないと思う。

各自、冷静に状況判断をして対処するように。また、電源故障により拡声器の使用は不可能なので、必要事項は当分の間、伝令をもって為すこととする。以上」

兵舎にもどって、一歩、舎内に足をふみ入れて驚いた。狂気の巨人集団が暴れ回ったか、と思われるほどの乱れようである。十一月三十日の操・偵別分隊編成替えとなって以来、私たちはベッド使用のバラック兵舎から、吊床使用の本格的兵舎に移っていた。中央には縦にコンクリート通路があり、その両側が卓や椅子のある居住区。頭上には吊床用の太い梁が通っている。居住区窓際には銃架棚がある。

中央通路上両側に、手箱や鞄を収納する棚があるのだが、まず驚いたのは、コンクリート通路の中央を縦に大きく亀裂が走り、それが段差となって、パックリと大きな口を開けている。そのため、通路は斜めになって、とてもまともには歩行できない。その通路にほとんどの手箱は落下して、中の物があたり一面に散乱している。前述の亀裂の中にもかなりのものが入っているが、上の方の一部は取り出せても、奥の方の落下物はあきらめるしかなかった。うっかり腕を奥まで突っ込んで拾っている最中、突然、余震でも発生したときのことを考えると、恐ろしくて手が入れられない。

いつも全部の卓の両サイドが、一直線になるように並べられている卓（曲がっていたり、列からはみ出していたら、甲板教員に白墨で〝使用止《ど》め〟と書かれ、これを解除してもらうには、卓の者全員、相応の〝代償〟を支払わなければならない）のいずれもが、右、左、斜めにと、よくもまああの重い卓がこんなに移動したもの、と感心するほど滅茶苦茶に乱れ、このときの地震の猛威に改めて戦慄を覚えたものだ。銃架棚の銃も倒れ、デッキに転がっている。

甲板教員の指示で、全員土足のまま作業して手箱を棚に納めること。つぎに椅子と卓を梁に上げ、甲板掃除をすることとなった。

普段はただ口やかましいだけと思っていた荻野甲板教員であったが、さすが歴戦の勇士、その水際だった指揮ぶりには、目を見張るものがあった。

「これは俺の、これはお前のと言わず、とにかく手箱に納める、後でゆっくり交換すればいい。ただしギンバイは駄目だぞ！　三日後に所持品検査をやるからな。火事場泥棒の罪は江戸の昔から重罪になることをよく覚えとけ。また、指示あるまでは土足で居住区に上がってもいい、というより裸足は絶対駄目だ。怪我するからな。手空《す》きはオスタップに水を汲んでおけ。こんなとき、真水はとくに貴重品だからな！」

甲板教員はつぎつぎに無駄のない指示を出す。みながいっせいに作業に取りかかった。掃除にかかる者、水を汲みに行く者、手箱の整理をする者と手分けして働いているとき、

「各班五名整列」の号令がかかった。急いで整列の位置にならんだ。集まった四十名は数丁のスコップを持って甲板教員の引率で海岸へ連れて行かれた。海岸にはすでにわら縄で区画した一帯があった。

ここで、甲板教員は説明をはじめた。

「いいか、深さ約一メートル、長さ三メートル、幅四十センチの溝を掘る。何に使用するかは、だいたい見当はついていると思うが、臨時の厠、つまり大小共用の便所を作るのだ。先ほどの地震で、当航空隊の厠はすべてが使用不能となった。したがって指定場所以外のところで皆が勝手に用便したら、一体全体、どういう

ことになるかわかるな、またたく間に三重海軍クーサイ隊ができてしまうぞ。だからして、この作業は食うこと寝ること以上に大事な作業だ。昔から〝出入口〟とは言っても、〝入出口〟とは言わないな。まず出すところを確保してから、入れることを考える。その出すところ確保の大切な作業なのだ。各員いっそうフン励努力せよだ！」

締め括《くく》りの言葉で、みんながどっと笑い声を挙げた。地震以来、初めて耳にする笑いの渦だ。私はさすが軍隊だなあと感心した。先ほどの地震の後遺症が尾を引いて、ともすればあの発生時の模様や居住区の惨状に気を奪われている矢先に、まず排泄物の処理対策を行なう。何でもないようなことではあるが、集団生活ではもっとも重要なことなのだ。もしこれを怠ったら、足の踏み場もない、とんでもない状態が出現してしまうだろう。

掘られた溝の上に二枚ずつの道板が渡され、甲板教員はその上に跨《また》がってしゃがみ込み、もう少し狭く、とかもっとひろげろと指図しながら、

「夜は気をつけろ、燈火はないからな！　落ちたら文字通りフンづまりだぞ」と言って、またみなを笑わせた。この文章は決して私の創作ではない。突然の災害のとき、まず一番大切なことは、呆然自失している心を落ち着かせること、そのためには、大人の場合は〝Y談〟、年端もいかない年少者に対しては何とか笑いを誘うユーモアで気持ちを和ませることだ、ということを、後年になって知った。百戦錬磨の手だれの甲板教員は、みなを指揮しながら、そのことに心がけていたのだ。

なお、海岸の臨時便所用に『大きなかめを埋めた』という説もあるが、作業員の一人とし

てこれに従事した私の記憶には、かめはどうしても思い出せない。物理的にも万人余が使用する大がめが、そうたやすく準備できたとも思えないのだが……。

周囲に丸太を打ち込み、藁むしろで囲いをして臨時厠の落成である。兵舎にもどったときは夕食の時間になっていたが、どんな夕食だったか思い出せない。（大洞氏の日記によると、飯は半分、あとは乾パンとリンゴであった）

「吊床おろせ」の号令で就寝の準備、着衣のまま床に入ったが、今日あった突然の大地震のことが頭を去来し、気が高ぶってなかなか寝つけなかった。しかし、いつしか寝込んだらしい。

急にあたりがドスン、バタンと音がして、目が覚めた。何だか吊床が揺れている。

東南海大地震

「地震だ！」と言う声がして、みないっせいに出口へ駆け出して行く。私も慌てて飛び出した。兵舎がミシ、ギシと不気味な音を立てて揺れている。余震だ。まもなく収まり、みなはガヤガヤ言いながら吊床にもどった……と、ふたたび余震！　三度ぐらいは揺れのたびに飛び出して避難したが、その後は、もうどうにでもなれと、吊床の中で揺れにまかせながら収まるのを待つこ

とにした。

この日はことのほか寒さの厳しい夜だった。なお、この地震のとき、練兵場や隊内のあちこちで噴水のように水が飛び出しているのを目撃した、という同期生は多い。

この航空隊は伊勢湾の入江を埋め立てて造成されたので、新潟地震で一躍、有名になった〝液状化現象〟により地下水が噴出したか、隊内に張りめぐらされている水道管の破裂によって発生した現象であろうことは充分に想像される。しかし、私の記憶の中には、水の噴出はまったく残っていない。

なお、大洞照夫氏（1―43、6―33）の日記の一部を抜粋で十二月七、八日のことを付記しよう。

12・7（木）大地震に襲われる。午後の四時限の時発生。電気、蒸気、水が止まる。夕食はメシが半分であとは乾パン、リンゴ。五：三〇ローソクの下、床が落ち込んで高くなったフックに、ひと苦労して吊床をつり、服を着たまま床に入る。寒い一夜であった。

12・8（金）水が出ないので顔を洗わず朝礼に。朝食は乾パン、肉、漬物。昼は雑炊と乾パン。夕食でやっと米の飯に。夜七：三〇電灯復旧。以後数日間は洗面せずに朝礼に出て、朝食前にオスタップの水にしめした手拭で顔をふく。

翌十二月八日から特別日課が組まれ、終日、地震による損壊箇所の修復作業をした。と言っても、私たちに大工や左官の真似ができるわけがないので、倒壊物の取り除きや整地の雑役が主な作業だった。

烹炊所も使用不能となり、屋外に築いたかまどに大きな鍋や釜を据え付けて煮炊きをしていた。また風呂も破損箇所が多く、当分の間、入浴できなかった。幾日か経て、破損をまぬがれた少数の浴槽で、順次、入浴ができることになったが、万余を数える全隊員が使用するので、入浴を許可された日は地震十日後で、その後も一週間に一回程度ではなかったか？

それも〝烏の行水〟以下で、裸体になって浴室に入ると、四列縦隊に整列、浴槽の片側から整列のまま、手拭を頭に載せて、両手首は湯から出したまま体を沈める。家鴨がよたよた歩く格好で、浴槽の向こう側まで行き着くとハイそれまで、どうだ、気持ちよかったろう。

時間は二分足らず、体を洗うなど、人間のやるようなぜいたくなど、とても許されなかった。しかし、入浴は場合によっては二週間ぐらいは我慢できたろう。だが、もっとも辛かったのは、洗濯だった。この年の冬は気のせいかことのほか寒く感じられた。

三重空の洗濯場は屋外にあり、露天にコンクリート製の水槽がいくつもあり、常時、真水がたたえられていた。これが地震で全壊して使用不能。そこで隊門近くを流れている雲津川へ、汚れた衣類を持って分隊全員で洗濯に行くのである。

鈴鹿颪の吹き荒ぶ十二月、肌が寒いというより痛いと感じる冬の河原で、事業服のズボンをまくり、裸足で流れの中に浸り、玉石の上で泥石けん（戦時中の代用石けんで、生乾きの羊かん色をしており、日が経って次第に乾くにつれ段々と干からび、ついにはマッチの小箱程度の褐色の塊りとなってしまう）で洗濯するのだが、水の牙が骨に嚙みつき突きささり、吹く風の冷たさ痛さは半世紀後の今日でも忘れることはできない。

この辛く厳しい洗濯をした場所、雲津川を、昭和五十七年八月二十二日、三十八年ぶりに訪れた。三重空へ向かうバスの中から、そこだけは当時とまったく変わることのない、入江となって大きなカーブを描いてゆるやかに流れる川面を見たとたん、

「あ、あそこだ、俺たちが寒風の中で洗濯した場所は！」

口々にみなは叫ぶとともに、一様に目に涙を浮かべたものだった。

童謡『通りゃんせ』に、「ここはどこの細道じゃ？」というのがあり、その一節に「行きはよいよい帰りは怖い」とあるが、私たちの洗濯もまったくそのとおり。行きは汚れた衣類が乾いているが、帰りは濡れた洗濯物は、たちまちバリンバリンと氷ってしまう。今まで水につけていたまっ赤な手で、それを抱えて帰隊する辛さといったらなかった。その結果、当然のことながら、凍傷に罹《かか》るものが続出した。

この凍傷も個人差があり、耳たぶや手足の小指内側あたりが痛痒くなる程度の軽い者から、手の甲や指が火傷の水疱が崩れたように爛《ただ》れてしまう者など、はたで見ているだけでも、背筋がゾクゾクっとするほど、気の毒な重症者もいた。幸い私は軽い方で、治療用として渡されたねずみ色の軟膏を擦り込んで患部をよく摩擦しているうちに治ってしまった。

だが、患部が崩れてブヨブヨになった者は、手拭を包帯代わりに切り裂き、それに軟膏を塗って手当をしていた。

しかし、軍隊というところは厳しい。この重症者（凍傷は負傷に入らないらしい）にも甲

板掃除、食卓番は容赦なく課せられる。彼らは歯を食いしばって水に手を突っ込まなければならない。せっかく治りかけていた傷もたちまち悪化してしまう。軽症者はそれとなく水仕事を代わってやるように努めるのだが、それにも限界がある。また、重症者とていつもみんなに迷惑をかけてはならじと、進んで何事もない顔をして水仕事をやる。

　こんなことをくり返しているうち、年も明け、やがて春の暖かさが訪れるころには、隊内の復旧作業もほぼ完了した。それとともに、さしもの凍傷もほとんど鳴りをひそめてしまったようだ。

「東南海地震」この東南海を、当初は〝ヒガシナンカイ〟と呼んでいた。昭和史事典にも〝ヒ〟の項で出ている。しかし、最近は〝トウナンカイ〟とテレビなどでは発音している。

毎日新聞社刊による『昭和史事典』には、つぎのとおり出ている。

「十九（一九四四）年十二月七日午後一時三十六分発生。震源地は遠州灘。マグニチュウド八・〇。静岡、愛知、三重、岐阜、奈良、滋賀各県、とくに名古屋から浜松にかけての重工業地帯の被害が大きかった。死者九九八人、家屋全壊二万六一三〇戸。また津波が発生、熊野灘沿岸で八～一〇メートルに達し、流失家屋三〇五九戸にのぼった」

当時は戦時中だったので、これらの被害状況はまったく報道されなかった。私も戦後になって、自分たちの体験した地震の規模の大きさと、予想をはるかに上まわる被害状況に、改めて驚きを感じたものである。

27　防空壕と防空銃隊

昭和二十年三月ごろだったと思う。いちだんと激しくなってきた戦局と本土防衛に備えて、戦備強化として三重空でも防空壕の構築が急がれた。各分隊に防空壕を作る場所が指定され、角材や松の厚板が支給された。

三重空の所在地は、伊勢湾に臨む香良洲浜を背後にひかえていたので、ほとんどの防空壕は海岸沿いの松林堤に作られることになった。土質が砂層なので、角材の枠組をよほど上手にしっかり作らないと崩壊する恐れがあり、指揮に当たった運用科の荻野教員は、ずいぶん苦労していたようだ。

私たちの分隊には入隊前に、大工や土木工事の仕事をしていた者が何人かいた。彼らは水を得た魚さながらに、急に張り切り、手際よく仕事を進めていく。それに引きかえ、私のようにその種の仕事にまったく不慣れな者は、掘り出された土砂を運ぶ雑役か、〝大工練習生〟の下働きで、材料を運んだり板をおさえて、ノコギリが使いやすいようにしたり、後片づけの掃除をしたり、〝追い回し〟の雑役しか手が出せなかった。

前述のとおり、ここは砂地なので、どうしても補強をしっかりするための材料を余分に必要とした。当然、割り当ての材料だけでは不足するので、それを調達してくるのも、雑役追い回しの未熟練労働練習生である私たちの役目でもあった。ただし、一口に〝調達〟と言っても、「材料が足りませんので、板と角材、それにカスガイと釘もお願いします」と、資材係の下士官のところへ行っても、

「お前ら、何様の御殿を作ろうとしているのだ。各分隊には平等かつ充分に資材を配給したはずだ。いい加減にしろ、駄目だ！　駄目だ！」と怒鳴られて追い返されるのが関の山だ。まごまごしていると、顎の二、三発も食いかねない。といって手ぶらでもどり、「駄目だと言われました」で、コトはすまないのが軍隊社会である。必要なものは、どんなことをしても間に合わせなければならない。そこで〝ギンバイ調達〟作戦の開始となる。高等戦術としてはつぎのようなものもあった。

二手《ふたて》に分かれ、一方の組はなるたけ目立つように資材置場のあたりをうろついて、ときに

は角材などに手をかけてみたり派手な動きをする（陽動組）。もう一方の組は、なるたけ見つからないように反対側から資材置場に近づき（隠密組）、係の者が陽動組の者に注意を向けている隙に、二人一組で必要物資を抱え、他分隊の作業場近くに放り出して姿をくらまし、しばらく様子を見定め、これで安心となったとき、意気揚々と戦利品を持って帰還するのである。

しかし、この真似をして捕まり、資材係下士官にバッター代わりの角材で殴られた連中がいたので、この高等戦術は一度しか実行した記憶がない。

あとは、お手のものの他分隊からのギンバイである。他の分隊の連中が、作業途中で他課業のため現場を離れたとき、残されている板や角材を〝引っ張って〟来るのである。これはまだよい方で、釘のついたままのをかついで来る奴までいた。見つかれば、それこそ半殺しの目にあうのだから、〝半決死の特攻調達〟である。

これは他分隊でも同様で、おたがいに取ったり取られたりしながらも、半月ぐらいで、各班一個、約三十人入れる防空壕が分隊で八ヵ所完成した。軍隊というところは、まったく不思議な社会で、こんなふうに、ついにはたいていの勘定がいつのまにか合うように出来ているのだ。3－1＝2ではなく、3－1＝3または3－1＝5という〝高等数学〟が成立するところだ。アインシュタインも湯川博士にも、とうてい解けないだろう。

「警戒警報発令！」の拡声器からの号令で課業中止、一目散に兵舎にもどり、ただちにネッチング（吊床格納庫）から吊床を下ろし、それぞれ自分のをかついで防空壕へ駆け出して行

く。自分たちの防空壕の周りに吊床をギッシリと立てかけて防弾用のマンドリッド(例の「日本海海戦」の画に東郷元帥が立ってる艦橋などに、白く長い筒状のものが、びっしりならべられている、あれである)とする。

壕の入口は、上の方にわずかに明かり採りの隙間を残して吊床を横積みとする。これは爆撃が激しくなったら、見張りの当番が入るときにふさぐことになっていた。

本土各地にたいする空襲が日増しに激しくなってきたが、それと併行して、退避のたびに入る防空壕は、私たちにとっては絶好の憩いの談話室になっていた。初めのころこそ、頭上を通過するB29(〝空の要塞〟といわれた爆撃機)から、いつ爆撃されるかわからないという不安と緊張で身を引き締めていたが、敵機はヒヨッ子予科練を一人前扱いせず、用なしと振り向きもしないで三重空を通過、左岸方向の四日市辺の軍需工場群めがけてすっ飛んで行くことがわかると、緊張も次第に薄らいできた。

夜間、防空壕に退避しているとき、B29が通過してしばらくしてから外に出て見ると、海の向こう左側方面の空が、赤々と猛火に照り返っているのが見えた。

戦後、焼土から復興して、賑わいをとりもどした住宅街から、月のない夜など、フト繁華街方向の空が、ネオンなどによって赤く染まっているのを見ることがある。しかし、戦時中に見た爆撃によって焼き上げられる照り返しの空は、あんな生やさしいものではなかった。

南部松雄著『赤さび色の空を見た』―子供の戦争体験―（昭和五十六年十月、光和堂刊）という本がある。これは著者が小学校六年生当時の学童疎開日記と、昭和二十年三月十四日の大阪空襲の記録である。このとき発生した火災により、夜空が焼けただれた地獄図の印象が、題名の〝赤さび色の空〟であったのだ。私の目にした四日市方向の空は、遠くから眺めたゆえか〝赤さび色〟とは映らなかったが、遠目にも夜空が赤々と照り返っていた。

文字通り、手をこまねいて眺める〝対岸の火事〟であった。当初こそあの赤く焼けた空の下でくりひろげられている焦熱地獄を阿鼻叫喚《あびきようかん》をあげながら逃げまどう人々を想像して、胸を痛めると同時に、『俺たちは、今ここで安全なのだ』という、安心感がこもごも繰り返されたものだ。

しかし、次第に慣れっこになるにつれ、向こうは向こう、こっちはこっちと『警戒警報』は、あらゆる課業を公然と放棄し、軍隊の束縛から一時的に解放される、〝憩の時を告げ

る〟嬉しい知らせとなってきた。ただし、夜せっかく眠っているとき起こされるのは別だが――防空壕の中は一種の解放感がただよっていた。それは幼いころ、友だちと暗い押し入れにひそんで遊んだ、それに似ていた。さっそくお定まりの食べ物の話である。

「俺の村ではな、田植えや稲刈りのときにはな、一日五回、飯を食ったぞい。それも銀シャリのパリっとした奴だぞ」

長野県安曇地方の農村出身者が、郷里を懐かしみながら話す。

「へえー、五回もか」育ち盛りで、三度の食事をせめて四度にしたい当時の私たちにとっては、〝飯五回〟とは思わず喉がゴクリとなる羨ましい数字である。

「うん、まず五時ごろに味噌汁で朝食をすませて田圃へ行くずら。十時ごろ〝お小昼《こびる》〟といって、焼き握り飯に味噌をなすりつけたのが届けられるんだ。ほいでよ、十二時に〝昼飯〟食った後、一時間ほど昼寝して、三時にまた食うのだ。このときはお焼きか蒸し芋だな。お焼きっても、いつもの水で練った小麦粉を焼いたんとは違ってよ、砂糖入りのを牛乳で湿めらせたのを焼いたのだ。あのコンガリと焦げ目がついて、鼻先にプーンと匂うやつでよ」

「あーあ、たまらねえ」

いつのまにか、口中一杯に溜まった唾をごくっと飲み込む。このときの私たちには、戦争も空襲も防空壕もなく、話の進行を頭の中で情景に描き、つぎつぎに登場してくる銀シャリ、握り飯、お焼きなどを、おのおの好みに取り入れ、空想の田園で、それをパクついている自分がいるのだった。

「それから晩飯か?」わかっていながら先をうながす。

「ウン、そろそろ足元もはっきりしないころだで、八時をいくらか回っていたろうな。泥だらけの足を洗って、ひと風呂浴びるだろ、どうせ田舎のこったで、お菜はろくな物ないけんど、たまには鶏をつぶすさ、野菜と煮つけてよ。飯だけはパリパリの銀シャリをこてんぱんに茶碗に盛りつけたやつ、五杯は軽いな、いや、六杯かな」

「この野郎、五杯にしとけ五杯に。いま日本は戦争してる非常時なんだぞ。飯六杯も食うなんて、非国民だ!」

だれかが暗やみの中で悔やしそうにまぜっ返す。

「俺たちはよお、町のソバ屋へよく行ったもんだぜ。『ラッシャイ』ってきれいな姐ちゃんの声。『おい姐さん天麩羅の熱いやつたのむよ』『へーイ天麩羅一丁』とくるね、いいねあの声。『へイお待ちどお』て蓋を開ける、湯気がホカホカぷーんと鼻の奥に飛び込んでくるよ、飛び込んでくるんだよ本当に。そしてまず汁を一口、すっと吸ってね、いいんだよ、またここのダシが。つぎにそばを一口ズズズ……」

「オイ、天麩羅はまだかよ」

「まてまてあわてるな。パリンパリンの天麩羅はしばらく汁につけとくと、さらに汁の味がよくなるのよ。すぐ天麩羅に食らいつくのは、素人の田舎者でモテねえぞ、貴様みたいに。その天麩羅がもう食べてくださいよーって、下側半分軟らかくなった頃合いを見はからって、天麩羅とつき合うね……アーアーいけねえ、こんな話してると小便したくなった」

「馬鹿、せっかくいいところだ、小便もらしてもいいから、つづけろよ」

「いつもいつも天麩羅ってわけにもいかねえだろ。銭、つづかんもんな。シケてるときはよ、カケさカケ。まず来たやつの汁をキューと全部のんじゃってよ。『姐さん、すまないが汁が足らないから少し頼むよ』なんて……そこは御馴染みさ、お前なんかやったって駄目。汁を足してもらったのに、テーブルの薬味の葱全部をこんもり載っけてな。南蛮を振りかけてズルズルザブザブさ。しばらくすると、髪の毛の付け根がピリピリしておでこは汗だらけ……」

話上手で、東京の軍需工場へ行ってた奴の話に、みな笑いころげたのだが、不思議と薄暗い壕内は、葱と汁の香り漂うソバ屋となり、薬味の葱がきいたのか、本当に頭がピリピリしてくるのである。

みなは負けじと、俺は握り寿司、いやボタ餅だ、支那ソバだ、あのチャルメラの音が寒い夜に聞こえてくるのは待ち遠しいよ、本当に……〝チャララーララ　ラララアー〟と音までやらかす。虚実とりまぜての、食い物の話の想像をますます増幅させてつぎからつぎへと腹中に納め、果ては、そこらの砂でも口に入れたいほど腹を空かせ、どうしようもない結果になってしまうのである。

三月末ごろになると、空襲がさらにひんぱんとなってきた。それにともない、各分隊で約三十名の防空銃隊が編成された。何を基準に選抜したのか、その一員に私も選ばれた。防空銃隊というのは、『警戒警報発令』とともに銃で武装して、三十名そろったところで、指揮の下士官（教員）に引率され、駆け足で練兵場のはずれ、実弾射撃場近くに構築されている陣地につくのである。

鉄条網越しに、すぐ娑婆（隊外）に接したところに、深さ一・五メートル、幅一メートルの壕が掘られ、トーチカに似た骨組のガッチリした、頑丈な防空壕に接続している。

この陣地で配置につくと、指揮の下士官から小銃弾五発ずつが渡される。前にも述べたとおり、われわれが所持していたのは、英軍からの鹵獲兵器〝モ式小銃〟であった。『当隊を空襲してきたら、この小銃で撃ち墜とせ』ということらしい。私をはじめ、ほとんどの銃隊員はアッ気にとられた。

これまでの常識からいえば、飛行中の飛行機は、戦闘機による接近射撃か、さもなくば高射砲か、高射機関銃、機関砲で撃ち墜とすことになっていた。とくに機関銃射撃の場合は、低空を高速で飛んでくる飛行機にたいして、何百発、何千発と撃っても命中率が悪く、ほとんど撃墜不可能だそうだ。

　それを小銃弾ではとても届かぬ高度であり、全速で飛んでいる重爆撃機Ｂ29にたいして、一人当たり五発の単発小銃で撃って、撃ち墜とせるものであるかどうか、だれが考えても馬鹿馬鹿しいことをやれという。一体、日本の上層部は真剣に戦争をやっているのだろうか？と当時は考えてはいけないことを、ひそかに考えてしまった。

　どうにも割り切れない気持ちではあったが、とにかく命令が出たら、銃を上へ向けて撃つだけ撃とうと思いながら、五発の小銃弾を、弾薬盒に納めた。私は、『一体、日本の上層部は真剣に戦争をやっているのであろうか』と書いたが、かつてのあの太平洋戦争にたいして、大真面目に〝勝つ戦争〟を考えていたようだ。

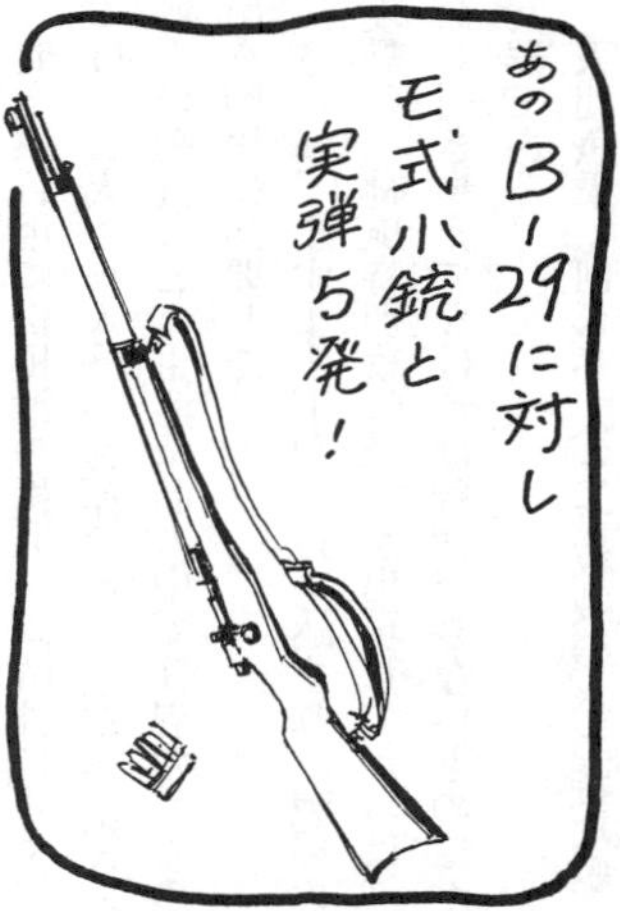

　そして、たしかに緒戦においては華々しい戦果を挙げ、開戦が正しい方向であったように、大部分の国民に思い込ますことに成功したかに見えた。しかし、開戦後一年に満たない昭和十七年六月のミッドウェー海戦を契機に、制空権を奪われてからは、指導者はなりふりかまわず、常軌を逸したとしか考えられないことを国民に要求してきたのだ。

航空燃料用に松根油の採取、潤滑油にヒマワリの種、焼夷弾を消すため竹棒の先に藁縄をつけた『火たたき』の製作、鉄材不足を補うために雨どい（当時はブリキか銅製）、箪子の取手の金具など、生活用品の中で鉄製のもののほとんどにいたるまで、鉄器類の強制献納供出を国民に強要した。

さらに、ますます不利に追い込まれた戦局の起死回生？の計が考え出された。体当たり攻撃の〝神風特別攻撃隊〟が出現してからは、日本の攻撃兵器は一死一殺を目標にした、生命と引き換えでなければ行使できないものばかりとなった。これは〝決死〟でなく〝必死〟兵器である。

人間魚雷（回天）、ベニヤ板製の水上特攻艇（震洋）、重爆撃機の腹に吊られ、敵艦上空で切り離されて体当たりする人間爆弾（桜花）、ついには、私自身がその要員となって訓練を受けた人間機雷（伏龍）（詳細については『海底の少年飛行兵』光人社発行に記述）など、ここにいたっては、平時ではとても考えおよばない、人命軽視の兵器使用の〝無茶な戦争〟に転換していったのである。そして、そのいずれにも、神がかり的な精神力を強調していた。曰く「森厳なる統帥、必勝不敗の信念等精神的要素の重視」（「一捷号作戦」要綱に明記）等々と。

私はこの項で日本の戦争指導者の誤りや、国民に要求された〝聖戦遂行〟のための犠牲にたいする不満を述べようというのではない。前述の〝無茶な兵器〟もそのまますんなり納得できた当時の私ではあるが、一人につき五発の小銃弾で敵機を撃墜せよという命令が、軍国少年として過熱していた当時の幼稚な私でさえ、あまりにも常軌を逸した考えであると感じられたのである。

しかし、当時の日本は実情は知らされなかったが、〝五発の銃弾〟で驚いてはいられないほど、切羽詰まった窮状に追い込まれていたのである。

この時期、すでに資源もなく、労働力、食糧、燃料あらゆるものがないないずくしの島国日本は、制空権を米国に握られ、海上補給路は潜水艦で遮断されていたのだから、あえて『原爆』の力を借りなくとも、命旦夕に迫っていたのである。

日中はまだしも、真夜中、「警戒警報発令、防空銃隊配置につけ」の号令がかかったときほど情けないことはなかった。ほかの者はこの号令を知ってか知らずか、身動きもせずに白河夜船を決め込んでいる。われわれ銃隊員は、暖かい吊床から抜け出し、紺色の半外套を着て巻脚絆、弾薬盒と帯剣、小銃で武装して燈火管制の暗闇の中を、月明かり、星明かりをたよりに隊列をととのえ、えっさ、えっさと駆け足で練兵場を横切り、所定の陣地へ急いだ。

陣地では〝空襲警報発令〟になるまでは、天蓋のあるトーチカ内の作りつけの椅子で仮眠してもよいことになっている。しかし、暖房などまったくない陣地では、手足の先からシンシンと冷え込む寒さのため、とても眠れるなどの状態ではない。立って足踏みし、靴の中で指を伸ばしたり縮めたり、手袋の中で握りこぶしを作ったりして、少しでも寒さを防ぐことを考えながら、時を過ごしたものである。

こんなとき、気のきいた教員が指揮官である場合（教員も順番で防空銃隊の指揮をとって

いた）は、

「寒いなあー、みなも寒いだろうが、俺も寒いよ。だがな、艦船勤務で北の海へ行ったとき、荒海で吹雪にでも遭《あ》ったときの艦橋当直や見張りは、もっと寒かったよ。うっかり素手で金属なんかに触れたら、ピタっと手が貼りついてしまったよ。まつ毛が上下氷りついて、まばたきもできんかったからな。

それにくらべると、支那の海の警戒は楽だったな、危険も多かったがな。遠くに怪しいジャンク（中国の帆船）が見えると、内火艇で追っかけ、停船を命じて乗り込んで臨検するのだ。見たところ、家族ぐるみで漁をしているようにしか思えんのだが、船艙の腐った魚が入れてある容器なんかが、一番ウサンクサイんだ。本当にこれは臭いぞ。どろどろした容器をひっかき回していると、中から油紙につつまれたピストルや小銃が見つかるのだ。

乗ってる者は一ヵ所に集め、見張りをつけておくのだが、俺たちが腐った魚容器に近づいたとたん、何かわけのわからん叫び声を上げ、どこに匿《かく》していたのか、突然モーゼルの連発拳銃で抵抗をはじめるんだ。女子供は近くの木材を持って、つぎつぎに海に飛び込む。見張りの兵隊は一発で頭を砕かれる。もうこうなったら船内は無茶苦茶だ。あらかた抵抗する連中を片付けて、石油をぶっかけて、内火艇に移ってからジャンクに火をつけて立ち去るのだ」

めったに戦場の体験談など話さない教員だが（不思議と、私の知る限り、予科練の教員は、ほとんど戦場の話をしたことがなかった）この日は、あまりの寒さに、つい想い出すこともあったのだろう、教員のこの話に、みなはいっとき寒さも忘れて聞き入っていた。

「班長、ジャンクの漁師の身体検査はしなかったんですか?」

「いや、一応はした。だが、女を真っ裸にするわけにもいかんし、俺は病人のロートル（老人）が床の中に横になったまま、手を合わすので、そのままにしたのが失敗だったようだ。このロートルの体の下にモーゼルを隠していたらしいんだ」

「油断がなりませんね」
「そうなんだ、戦場では何が起こるかわからんから……。ほんのちょっとの油断が、自分の命を落とすことになる」
なんとなく皆は、シュンとした気持ちになって、「寒い」なんて油断はできないな、と思ってはみたものの、やっぱり寒いことは寒かった。
幸いなことに、防空銃隊員になっている間、〝空襲警報〟が発令になって、実弾を装塡するようなことはなかった。やがて警報解除となって兵舎へ駆け足でもどるのだが、たいていが夜明け近くになっていた。兵舎へもどるには、どうしても烹炊所の傍らを通らなければならない。朝方の寒気を通じて、プーンとただよう味噌汁の香りが、空きっ腹にひとしおこたえたのが忘れられない。

舎内の吊りっぱなしの床に潜り込むのだが、冷え切った体が暖まる暇もなく、ものの三十分ぐらいで「総員起こし」の号令。他の者といっしょに起床して、一日の課業につかなければならず、食べることと寝ることがただ一つの楽しみである軍隊生活で、私たち防空銃隊員はその一つが奪われていたのだ。

だが、私は防空銃隊員になったおかげで、一度だけ三八《サンパチ》歩兵銃の実弾射撃を体験することができた。

前日、隊員は海岸へ引率され、縮射弾の射撃訓練をうけた。縮射弾射撃とは、実弾射撃にさきだち、照準の合わせ方、引鉄《ひきがね》を引くタイミングを覚えるため、実砲に使用する弾の火薬を抜き取り、雷管の爆発力だけで弾頭部の鉛玉を、二メートル先の小さな標的へ撃つ訓練である。

実弾射撃当日は、練兵場の隅にある射撃場へ行った。机上にはすでに使用銃および実弾が準備されている。射座は十くらいあったが、この日は一つおきの五座が使用され、ゴザが伏射用に敷かれてあった。五名ずつ使用銃を持って射座に伏射の姿勢をとったところで、教員から五発ずつの実弾を手渡された。「弾丸塡め《たまこめ》」の号令で装塡し、安全装置をかける。

前方三百メートルには安土《あづち》が築かれ、その下は監的壕となっていて、上に的がある。真向かいの標的には、黒く幾線かの同心円が描かれ、中央の黒点は十点である。

「距離三〇〇撃ち方はじめ！」で安全装置をとき、パン、パンと射撃音が起こる。後方で順番を待っていた私には、たいして大きな音には聞こえない。「なんだ、この程度なら黒点を五発撃ち抜いて五十点とってやるぞ」と意気込んだ。

いよいよ私の番がきて、伏射の姿勢をとった。
「距離三〇〇撃ち方はじめ」の号令で安全装置解除。黒点・照星・照門を合わせ、大きく深呼吸をしてから、食指第二関節を引鉄にかけ、前日に教えられたとおり、「闇夜に霜の降りるがごとく」ゆっくり息を吐きながら、銃把、食指に次第に力を入れはじめたとたん、ガーンと、突然、大きな銃声が耳に飛び込んできたと同時に、右肩にとてつもない衝撃がきてガーン、思わず隣りのやつの銃声につられて引鉄に力が入ったらしく、私も撃ってしまったらしい。

的の下からクラッカー（丸型黒印のついた標示竿）が差し出され、大きく左右に振られている。つまり、「お前の弾は的のどこもカスってないよ」という合図だ。

こうなると、頭の中はまっ白のパニック。「闇夜も霜も」あったものではない。「闇夜の烏」となって、気がついたら、五発全部撃ちつくし、まったくかすりもしなかった。畜生、隣りのやつの銃声さえ聞こえなかったら、五十点満点だったのに……。それにしても、耳元で聞いた銃声と発射時の衝撃の大きさには驚かされたものだ。

これが、前大戦でたった一度だけ私が実弾を撃った貴重な体験である。年甲斐もないと笑われるかも知れないが、今の私の趣味の一つにエアー・ソフトガン射撃がある。本式に射撃をするためには、銃砲等所持許可証や、スチール製の保管庫を必要とし、正規の射撃場で一発数十円の実弾を撃つことになる。このエアー・ソフトガンでは、これらいっさい不要で、小さなプラスチック弾が撃てる。

私は自宅の廊下に距離約八メートルの射場を作り、小さな標的を目標に、競技用の模型銃射撃を楽しんでいる。これも前大戦の名残りであろうか――雀百まで踊り忘れず。

28　予科練からドカレンへ

昭和十九年末ごろになると、三重空隊内の様相も何となく変わってきた。これは一夜にして変わったというのでなく、言ってみれば日中の明るさが、午後から陽の傾きとともに次第に薄れ、やがて黄昏《たそがれ》が訪れて、気がついたときにはあたりがすっかり暗くなっていた……おそい夏の日の夕暮れとでもいった変わりようであった。

だが、一つはっきり言えることは、例の昭和十九年十二月七日の東南海地震が、ひと区切りをつけた契機となったのであろう。地震により損壊建物などの修復作業のため、通常の課業は大幅に変更された。正規の予科練教育が停止状態となり、朝からほとんどの時間を費やして、建物の修復や片付け作業に従事する毎日であった。

隊内の様相が変わったといえば、昨年六月に入隊して半年しかたっていないのに、入隊当時、隊内に漲《みなぎ》っていた、あの生き生きとした張りつめた感じが薄らぎ、妙に落ち着きがなくなってきていた。どうもうまく表現できないのだが、あの海軍特有の、厳格の中にも、感じられるきびきびした明るさがなくなっているのだ。それは、海軍軍人のシンボルともいうべき、夏冬に関わりなく着用していた純白の事業服が、このころではすべてカーキ色に染め直されてしまったことも一因であろう。

朝昼の課業始めの整列に集まる練習生の群れには、白一色のすがすがしさが見られず、野暮ったいカーキ色に近い、あせた国防色と称するくすんだ緑色の集団になってしまった。

つぎに逼迫した戦局が、国内の物資不足に拍車をかけ、それは当然、隊内にも現われてきた。私たちがもっとも楽しみにしている食事の量が減り、副食も質量ともにはっきりと低下していた。たとえば、主食の量を増やすために、野菜やヒジキを多く入れた混ぜ御飯の出る回数が、めっきり多くなった。こんなときの副食は、タクアンの漬物に、菜っ葉の塩汁という塩梅だ。かつて私たちを狂喜させた〝レイス〟なるカレーライスなど、滅多にお目にかかれない。食い物の低下は当然、士気にも影響をきたす。

地震の後遺症がやっとおさまったと思ったら、今度は〝戦備強化〟と称して、座学や陸戦にとって代わった屋外作業が待ち受けていた。防空壕の補強はまだしも、講堂（教室）や廊下の天井の取りはずし（投下された焼夷弾が天井裏にひっかかって消火不能になるからとのこと）、さらにエスカレートして建物そのものを壊す兵舎の間引き作業まで、行なわれることになった。

当時すでに娑婆では、駅や軍需工場周辺の一般住宅を強制的に取り壊し、地方に疎開することを有無を言わせず強行していた。空襲による軍需工場などの類焼を少しでも食い止めようとの、苦肉の策であったが、同じようなことが三重空の隊内でも行なわれていたのだ。

われわれは『お国のために』講堂の天井をはがし、『天皇陛下の御ために』堅牢に建ててある兵舎を引き倒し、『忠君愛国』の精神をもってこれらの作業に汗を流す毎日であった。

敗戦後にドカレン、あるいはヨタレンという予科練出身者への蔑称が巷間に流れた一時期があった。まさにその『土科練』になりつつの状態であった。精神的にも、いつしか『七ツ釦《ボタン》は桜に錨』の大空での決戦をの気概が薄れていっていたのである。

こうなると、入隊前のこの種の作業経験者が急に幅をきかすようになり、中学校（旧制）中退で入隊し、座学や通信などの成績が多少よい者、ハッキリ試験の点数で評価できる者や、教科が得意な者の影が急速に薄れてきた。これは、当時の戦局の推移により、要求されるの

は頭脳の回転の速さや、技能の優秀さでなく、体力そのものであったからでもあろう。あのころの日本では、軍需産業関係は別として、頭脳や技術の使い道がなくなっていたのではなかろうか。

〝土木練習生〟がはびこると、分隊内にもなんとなく飯場的な雰囲気ができてきて、親方（ボス）的存在を誇示する者も出てきた。この連中は、どこから工面してくるのかケンパスで幅広のベルトを作り、ズボンの下腹部（腰ではない）に、これ見よがしに締めていた。他の分隊では、このボスとそれを取り巻く棒頭的な連中による同期生へのリンチなどが発生し、怪我人が出て問題となったとのことである。

われわれの分隊では〝ボス〟こそ出現しなかったが、ネッチングで煙草の回し喫《の》みをしていた者が、教員に現場を押さえられ、バッターで半殺しになるほど罰直を受ける者が出るようになった。

食事が量質とも低下したことは前述したが、その反動なのか、食べ物のことはますます頭に根強くこびりついて離れない。そのために、何か食べ物に関係のある作業をしたい、あるいは身近に持ちたいという願望で、休憩時間を利用して、竹を削って箸やさじ、フォークまでも作ることが流行しはじめた。

外出のことはすでに述べたが、外出してもまず海仁会に殺到し、サッカリン甘味で黒豆数粒と寒天の「みつ豆」「シコ鰯の塩ゆで」をむさぼるのを第一にすます。ついで薬屋巡りをして「わかもと」や乾物屋で売られている乾燥しその葉の粉と塩を混ぜた「ふりかけ」を買い漁《あさ》ったものである。「わかもと」など消化剤を食ってますます腹を減らす者。しその葉の「ふりかけ」を教員に見つかって大口を開けさせられ、一袋全部、口内に入れられたあげく、そのまま顎を取られて噴霧器さながらに紫の粉を吹き出す者など、笑えない喜劇がたびたび演じられたものである。

やがて、昭和二十年の正月を迎えた。軍隊の正月……それも戦局ますます不利となり、制空制海権を米軍に握られ、最高戦争指導会議では『本土決戦断行方針決定』(同年六月六日)がされようとしていたころなので、とくに派手な祝いごとはなかったと思う。

朝食に雑煮(大きい目の餅二切れ)と銀シャリにキントンなどが出たと思うが、詳しくは大洞氏の日記によることとする。

二十年一月一日(月)五時すぎ第二配備となり、元旦早々、ゲートル巻いてねる。上飛

（上等飛行兵）に進級。三ガ日は雑煮。十時頃はもう昼食の支度。献立は銀メシ、佃煮多数、煮付け、汁、ビン詰の桃、食後のミカン。一月二日には数の子も。一月四日にはふだんの麦メシに。

私の記憶の中では、三ガ日は外出なしの休日日課となっている。元旦に両親あてのハガキを書き、その中に、『元旦や　氷の汁に　石の餅』と書き添えたことを覚えている。

年があらたまっても、一、二月は前年にひきつづき屋外作業（戦備強化）に従事した。つい書き遅れたという表現もおかしいが、私たち二十二期生は、大洞氏の日記にもあるとおり、一月一日をもって海軍上等飛行兵に進級していた。

〝していた〟というのは、私たちの進級は、そのための試験があるわけでもなく、ごく簡単な進級式らしきものが練兵場で行なわれ、帰舎して、それぞれに横黄線二本の、上等兵の階級章が渡された程度だったからである。多分、元旦だったので、同時に遙拝式も行なわれたのであろう。汗ばむ季節六月に入隊し、いまは鈴鹿颪の吹き荒れる真冬、厳しい予科練生活も七ヵ月が過ぎたのだった。

寒さの中でも、屋外作業にはげむと、下着は汗と垢で汚れるのだが、寒いので無精を決め込んで、ほとんどの者が洗濯をサボった。そのうえ、地震後はめっきり入浴回数も減らされていた。そこでお定まりの虱のお出ましである。軍隊、学童疎開、学徒動員の経験のある者にとっては、今ではあの懐かしい？　ムズ痒さである。

事業服のズボンの腰あたりをつかんで、体を左右に捻《ねじ》りながら思い切って掻く。すると、今度は背中の方が痒くなる。いちいち他の者にたのんで痒いてもらうわけにもいかず、手の届かないところは、兵舎の柱の角に背中を押しつけて擦りつけたり、棒を突っ込んで、何とか一時しのぎをやった。休憩時間など、舎外の日溜まりに三、四人ずつたむろして、虱取りをやってる者がめっきり増えた。もちろん、私もその仲間である。

襦袢の縫目に沿ってビッシリと透明な虱の卵が殖えつけられている。その脇を、白に赤茶の斑を帯びた、米粒大の奴がモゾモゾ動いている。左右の親指の爪の間にはさんで潰すと、プチと薄赤い血（私のだ！）を爪に残してナキガラが落ちていく。

この虱騒動は、全隊に波及した。こうなると、本部の方でも黙視するわけにもいかず、指示により、分隊ごとに日を決めて、三種軍装と事業服、その他下着いっさいの徹底的な煮沸消毒が行なわれた。かくして三重空の虱騒動も鎮静化した。（虱退治の特効薬Ｄ・Ｄ・Ｔは、敗戦後、初めて米国からもたらされたのである）

このころになると、上級練習生（二十期、二十一期）の中から回天（水中）、震洋（水上）の特攻隊要員として転隊して行く者がつづいた。

三月十日、東京大空襲、三月十七日、硫黄島守備隊全滅、四月、沖縄本島に米軍上陸と、悲報は日に月に飛び込んでくる。

こうした戦局にもかかわらず、私たちは一日一日をただ惰性で動いているとしか言いようのない、だれ切った気持ちで所定の作業をこなしていた。

しかし、私の力ではどうにもならないと知りながら、心の底では、こんなことでは駄目だ、

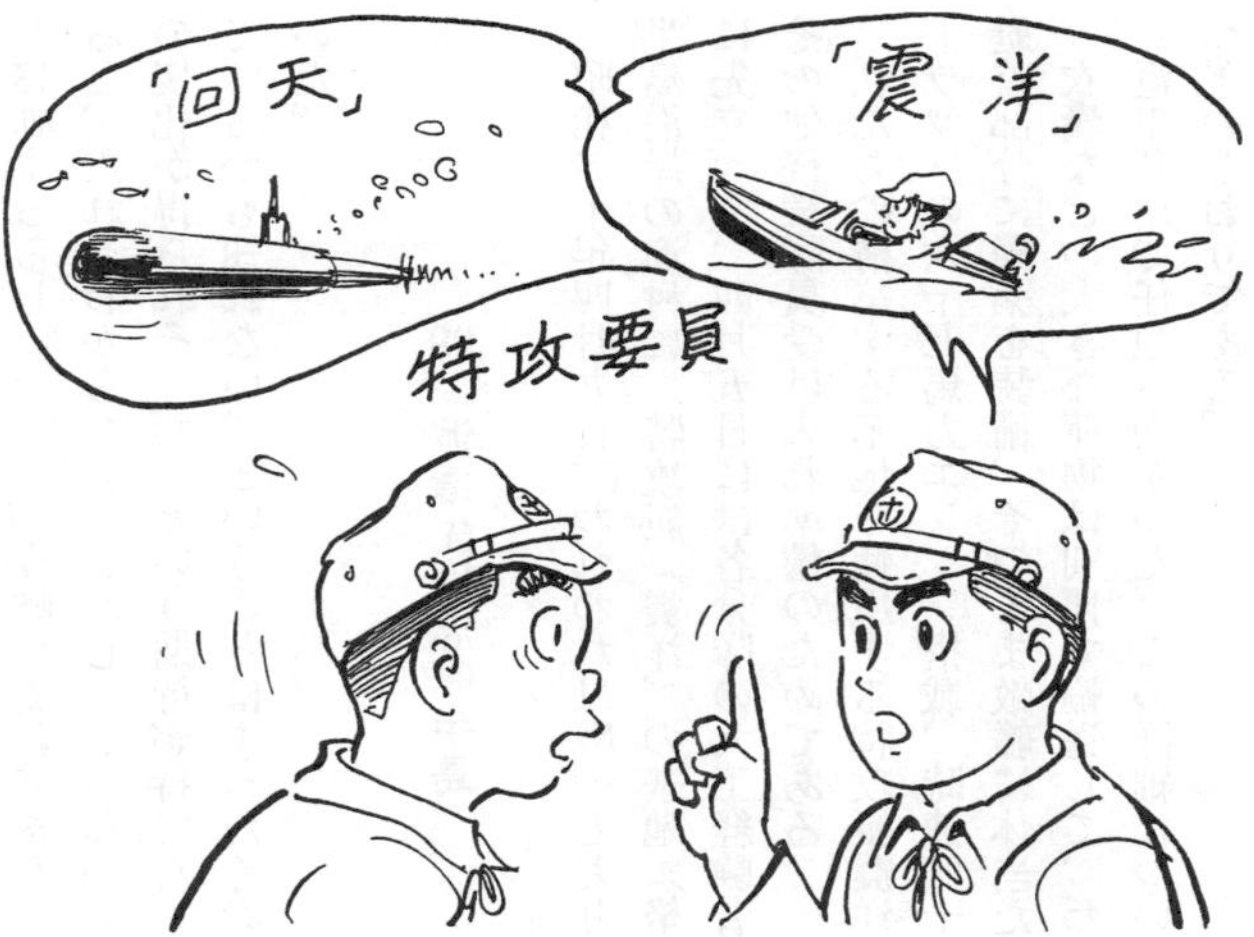

何とかしなければならない、という気持ちも持っていたので、特攻として転隊していく上級練習生が凄く羨ましかった。『お国のために身命を捧げ特攻隊員となって出撃する』という格好よさが羨ましかったのも事実だが、なんとかしてこの隊内の雰囲気から抜け出し、変化と活気ある生活を取りもどしたいという気持ちも強かった。したがって、この隊から抜け出して行くというだけで、先輩が羨ましかったのも事実だった。

すでに〝飛行機に乗る〟などという、入隊当時の晴れがましい夢は完全に捨て去っていた。だからといって、この戦局の厳しい最中、安穏と隊内で空きっ腹を抱えながら、だらだらと屋外作業で日がな一日を過ごすのが、私には耐えられなかった。

そのうち、どこからともなく、「俺たち

も移動するらしいぞ」という噂が流れてきた。だが、いつ、どこへ、何しにということになると、だれもわからない。しかし、この移動するらしい、という点にだけは、これで何らかの変化が得られそうだ、という期待が持てた。もしかすると現在より悪い状況が待ちかまえているかも知れない、ということはまったく考えず、ひたすらよい方への変化だけを考えていた。

29　派遣先は志摩半島

昭和二十年四月九日、われわれは噂のとおり移動することとなった。隊外作業として志摩半島沿岸の漁村に、特攻艇（震洋）の基地（格納壕）を構築するためである。私たちの出発に先立って、四月五日には各分隊の大工経験者を主体とした先発隊が出発している。烹炊所その他後続隊員受け入れ準備のためである。

私たちの構築する基地を使用する特攻艇震洋とは制式名称を〇四《マルヨン》艇と言い、トヨタ四トントラックの六十七馬力エンジン搭載、時速四十キロで航行するベニヤ板製のボートである。艇首部分に爆薬を装備、そのまま敵艦に体当たりする特攻艇である。

衣嚢などの大きな荷物は別便で輸送して、われわれは身の回り品と弁当、水筒携行で徒歩と電車利用で任地へ向かった。この詳細について、大洞氏の四月九日の日記を参照すると、つぎのとおりである。

○○三○　起床、毛布など荷作りをする。毛布、弁当（三食分）など持って外へ整列
○一三○　号令台前に整列、大隊を編成（雨が本降りとなる）
○二○○　出発（荷物が重い）
○三○○　高茶屋駅着
○四○○　発車（車内で朝食）
○五一○　鳥羽駅着
○五二○　任地へ向かって歩き出す。雨の上がった山道を、上ったり下ったり、かなりの強行軍であった

私は当初、渡鹿野島が任地だったので、鳥羽駅から的矢まで行軍、的矢の船着場からカッターで渡鹿野島へ渡った。このとき、ふつう十二名で漕ぐカッターをダブルの二十四名で漕ぎ、さらに座席をまたぐ格好で十名を乗せた。したがって計三十名以上を一度にカッターに積み込んだのである。

私たちの班員が泊まることになったのは、中程度の大きさの割烹旅館であり、別に民家宿営となった者たちもいた。

数日は、島の小さな波止場に待機している焼玉エンジンの漁船に分乗し、航程十分ぐらいで作業場の安乗村字阿瀬へ往復していたが、そのうちこれは時間と燃料が無駄だということで、まもなく安乗村の民家へ分散して宿営することとなった。作業区域は、安乗村方面の沿

岸が偵察分隊、操縦分隊は的矢村方面の沿岸ということとされた。

私は同班の六名と岸本さんという家へお世話になった。この家の家族構成は、五十歳ぐらいの主婦と年ごろの二人の娘さん、それに末息子の小学校高等科一年生(現在の中学一年生)の盛男君がいた。

この安乗村は、元来、半農半漁の村であったそうだ。漁の方は男手のあったころは、小さな漁船で鯖や鰯漁もしていたそうだが、昭和二十年当時は老人と婦女子、それに小学生ぐらいで、細々と肩寄せ合って、甘藷や小麦をつくっている程度で、ひっそりとさびれた感じがしていた。このような静隠な村に、私たちはドヤドヤと大勢、土足で踏み込んで来たのである。

もともと所帯数の少ない安乗村阿瀬の集落に、網元や村長など大きな家は当然のこと、私たちがお世話になった岸本さんの家のごとく、六畳、四畳半に三畳といった狭い家にも、軍命ということで一間を提供させられていたのである。

〝村の人たちには絶対迷惑をかけてはならない〟と厳命され、食事は仮設の烹炊所を設営し、宿営の練習生はそれぞれの宿舎から、毎回、当番が受領に行った。また、狭い家なので、玄関から入ると、家族の居住している四畳半を通らなければならないので、私たちは裏窓から出入りしていた。

私たち六名が一番広い六畳を占領しているだけでも迷惑だろうに、人の善い岸本家では、「イモをふかしたからどうぞ」とか、「漬物を召し上がってください」など、何かと気を遣って、自分たちの乏しい食物をよく分けてくれたりした。

　私たちも、作業の合間をみては薪割りをしたり、急坂にしつらえてある石段を上がって、山の中腹にある井戸へ水汲みに行ったりして手助けをした。しかし、岸本さんの家の人たちは、

「あそこの家では、兵隊さんに水汲みをさせていると笑われるから」と遠慮して辞退するのだが、

「なに、私たちも田舎でいつもやっていて、慣れていますから大丈夫です」と積極的に水汲みの手伝いだけはつづけて感謝された。

だが、私のように一度も天秤棒で物を運んだ経験のない者がやると、家に着いたときは、前後のバケツの水は三分の一ぐらいしかなかった。

　男手の少ないこの安乗でも、夏が近づくとにわかに活気づいてきた。四月末か五月初旬か、〝浜開き〟の日が来た。それは海女《あま》漁が解禁になる日である。

　ここでは天草を主に、ワカメ、アワビ、サザエなどの海の幸を素潜りで獲るのだ。前日の夕方に村の当番が、そのことを触れ

て歩く。

「明日は浜開きだぞーい」

当日、朝まだ明けやらぬうちから、岸本さん一家は起き出して、暗闇の中でガサゴソと準備を始めていた。小母さんと娘さん（一人は病身らしく加わっていなかったが）もおそろいで頭髪と顔を白布でつつみ、白襦袢に白腰巻の海女さん姿になり、顔半分をおおう水中目鏡と木桶を持って浜へ出かけて行った。

驚いたことに、家主の五十歳過ぎと思われる小母さんも、海女姿になると、いつもは曲がり気味の腰と背筋をピンシャンと伸ばし、何かと家族に指図している。さすがに年期が入っていると感心した。

この日、格納壕掘りの作業を開始して間もなくすると、近くの海の方から、「ピューピューピー」と鋭い口笛の音が聞こえてきた。潜水した海女さんたちが水面に浮上したとき、呼吸をととのえている独特な磯笛である。

初夏の陽光が降りそそぐ、汚れを知らない紺碧の海と、山を彩る緑濃い木に囲まれた静かな漁村で聞こえてくる磯笛の音色……とても戦時下と思えないのどかな雰囲気であった、と書きたいところだが、ときおり聞こえてくる不粋なダイナマイト音が、私たちを戦時下の現実に引き戻してしまうのである。

作業を終えてもどって来た私たちに、岸本さん一家はアワビの刺身と、根ワカメで作ったトロロをご馳走してくれた。朝鮮と中国育ちの私が初めて口にする珍味であった。

30　特攻艇〝震洋〟の格納壕構築

私たちが安乗村で行なった作業は、特攻艇〝震洋〟の格納壕掘りであったことは前に述べたとおりである。志摩半島のリアス式海岸は、艇の隠匿・格納・出撃には最適の地形をしていた。私たちはその一隅にある海沿いの崖際に、縦・横約四メートル、奥行き約十メートルの横穴式格納壕を掘るのである。まず指定場所の崖地の立ち木を伐り、ツルハシ、スコップなどで表土を掘り進む。

ときたま蝮《まむし》が這い出して来ることもあった。長野県出身者の多かった分隊員は、それを見つけると、大喜びで素手でつかまえ、慣れた手つきで頭部からシューと皮をむき、棒にからませ、焚火にかざしてこんがり焼き上げ、美味《うま》そうにかじっていた。すすめられて私も口にしたことはしたが、〝蛇を食っている〟という先入観もあり、何だかボソボソしてそれほど美味《うま》いとは思わなかった。

軟らかな上土を掘り進むと、やがて岩盤にぶつかる。比較的もろい岩なら、ツルハシでガンガン打ち崩して進めるのだが、ついに、ツルハシではどうにも歯の立たない頑強な奴に出くわす。そこで〝発破〟（ダイナマイト）を仕掛けて崩すことになる。

まず、直径二センチ、長さ一メートル程度の孔を開けなければならない。先端がマイナス・ドライバー形の長いのみを、鍛冶屋の向こう槌ぐらいの大ハンマーで打つのであるが、これはただのみの尻をたたくだけでは、一センチも進まない。しゃがみ込んで両手でのみを持っている者は、ハンマーがのみに当たると同時につちを十五度ほど回す。一種のコツが必要で、ハンマーを振るう者とのみを握っている者の呼吸が合わないと、なかなかうまく進まない。当初はずいぶん苦労したが、次第にコツを覚えて上手に孔を開けることができるようになった。今なら電動ドリルでガガキューンと、またたくまにこんな孔は開けてしまうのだが、何をするにも人力にしか頼れない当時のこと、この一メートルの孔を掘るのにどれほどの時間を費やしたことか？

この発破用の孔が掘り進むにつれ、中に溜まった岩の細粉を耳かきの親玉のような器具で掻き出すのだ。私たちは交替でハンマーをふるい、岩盤の大きさにもよるが、一度に三ヵ所ぐらい掘った記憶がある。

苦心の孔掘りが終わると、ダイナマイトを仕掛ける。まず白い電線に似た導火線に雷管を接続する。雷管の構造は教えられなかったが、アルミ製の鉛筆サックぐらいで、片方は空の筒になっている。導火線の先端をその筒の中に入れ、ペンチで締めつけて固着する。雷管の取り扱いは、火気に近づけることと、急激な衝撃をあたえることは厳重に注意されていた。

つぎにべっこう色の、羊かんに似た色と軟らかさの十五センチぐらいのダイナマイト本体に、この雷管付の導火線を埋め込む。これで一応の段取りがととのったわけだ。先に掘り上げた孔の大きさにダイナマイトの太さをととのえ、導火線ともどもそろりそろりと棒で押し込んでいく。緊張する一瞬だ。

棒でダイナマイトを押し込む速度と、導火線を送り込む速度を一致させなければならない。押し込む力が弱ければ進まず、といっても、強すぎれば雷管と導火線が抜けてしまう。さらに下手すれば、雷管に衝撃をあたえてしまって暴発を起こしかねない。グニャグニャのダイナマイトを何とか騙し騙し、孔の最奥まで押し込み、孔から出ている導火線を、約二十センチの長さで切断する。

つぎに粘土で、孔を隙間なくびっしりと閉じてしまう。切断する導火線の長さは、掘り進んだ格納壕の深さにしたがって長くしていく。これは導火線に点火してから壕の外へ退避する時間を勘案して、長さが決められる。

いずれの孔も発破を仕掛け終わったところで、壕の入口に赤旗を立てると、総員退避の号令がかかる。作業員はそれぞれ使用していた道具（ツルハシ、スコップ、ハンマー、モッコなど）を持って速やかに壕外に出て、入口の左右に分かれ、姿勢を低くして待機する。

人員点呼が行なわれ、異状がなければいよいよ点火となる。初めのうちは、発破の数だけの作業員が火のついた蚊取線香を持って中に入り、いっせいに点火して飛び出して来た。（慣れるにしたがって、三、四発の点火を一人でやってのける猛者も出てきたが）そのときの点火係の真剣な顔つきと、飛び出してくる猛烈な速さは、いまでも忘れることができない。まるで狂犬にでも追いかけられているほどの勢いだが、本人にしてみれば、一刻も速く外に出たい必死の思いなのだ、外で待機している者もみな緊張している。

「いま仕掛けたのは三発だ。うまく三回、爆発音が聞こえればいいが……」

十秒、二十秒……やがて三十秒になろうとするころ、バン！　ズバッ！　バーン！　たてつづけに爆発音がすると同時に、入口から白黄色の煙と粉塵が岩片とともに勢いよく吹き出してくる。班長は周囲の者たちに、いまの爆発音の回数を確認している。

「ハイ、三回です」といずれの返答も同じならよいが、同時に二発聞こえて、多少のズレはあるにせよ、つづいたときは一発に聞こえる場合もあり、そのためにも複数の確認者が必要なのだ。

しかし、めったにないことだが、三発仕掛けたのに、爆発音は二発しか聞こえないという最悪の事態が起こることもあるのだ。

一発、二発……いくら待っても、残りの一発が聞こえない。退避している者はこわ張った顔をたがいに見合わせて、左右に首を振っている。

　班長はじっと時計を見つめている。やがて爆風もおさまり、十分ぐらい経過したころ、バケツに水を入れたのを片手に、真剣な顔つきで班長は一人で壕の中に入って行った。火の消えた導火線が孔の外にぶら下がっているときは、思いっきり引き抜いてしまえばよいが、そうでないときは、爆発しなかった孔を探し、そこへ水を注入するのだ。

　これは生死を賭けた作業である。工事現場や炭鉱などで、不発ダイナマイトの処理を誤って、よく死傷者を出すそうである。（佐々木班長はこんなとき、絶対、練習生には行かせなかった）

　先に爆発音を三種類に分けて述べたが、これには理由がある。打ち上げ花火のような派手な音は、いかにも勇壮で見事だが、発破としての効果はそれほどでもない。いかに広く深く亀裂を入れるかという点では、その役割を果たしていないのだ。逆にズシンと腹の底に響く、鈍い音のときは、〝よく効いている〟のである。壕の入口から出ていた煙と粉塵がおさまり、壕内の奥が見えるようになると、

「ヨーシ、かかれ！」の班長の号令で、私たちは作業に取りかかる。

　奥の方はまだ粉塵が残っているが、排気設備などのない当時のこと、手拭で口をおおって作業は突貫工事で進められていく。天井に打ち込んだ矢板（松材の厚板）に、グサッと突き刺さっている岩片が、発破の威力の凄まじさを示している。

崩れ落ちた岩や土砂をモッコでかつぎ出し、亀裂の入った岩盤に、ツルハシを打ち込んで

崩していく。このようにして作業は進められるのだが、そのほかには、二・五メートル掘り進むごとに、支柱にする坑木を組み立て、天井からの落盤を防ぐため矢板を打ち込む。左右の側壁の崩落を防ぐ脇板のはめ込みなど、まだまだ作業の細目はあるのだが、多岐にわたるので省略する。

31 〝支那人〟の予科練

幼いころから私はよく父に連れられて、川や沼などに釣りに出かけた釣り好きであることは、『引率外出』のところで書いたとおりである。安乗の宿泊先の岸本家の盛男君も、漁村の子供らしく、釣りが好きだった。夕食後、「門奈さん釣りに行こうよ」と盛男君に誘われて、二人はよく連れ立って出かけたものだ。盛男君は器用に櫓を操って勝手知ったポイントに小舟を持っていく。仕掛けなどはごく簡単なもので、柿渋を塗ったタコ糸の先に、錘とあのころでは貴重品の本テグスを十センチばかりつなぎ、先端に鈎《はり》をつけるだけである。餌にするゴカイは、浜辺の砂をちょいと引っかけば幾らでも採れた。竿を使用しない関西流の手釣りである。一時間もやっていると、鯔《ぼら》や鱚《きす》がバケツ一杯になるほど釣れる。鱚といえば、このあたりのは頭のあたりを握ると、尾で肘を打つ、いわゆる〝肘叩き〟と言われる三十センチほどの丸々と肥えたやつだ。

釣りに飽きると、舟を近くの岩に舫《もや》ってのんびり舟べりに腰かけて、波のゆれるごとにキラキラ輝く夜光虫を眺めながら話した。この点、隊外作業は、巡検も消燈もない（もっとも燈火管制はしかれていたが）のんびりしたものである。

「門奈さん、クニはどこ？」

「うん、生まれたのは朝鮮の京城（現、ソウル）というところ、そこからずっと北の方のやっぱり朝鮮の清津というところに、小学校二年までいて、その後は支那の北京に中学三年までいたよ」

「そうすると、クニは朝鮮？」

「そういうことになるのかな……本籍は東京なんだけど」

「東京で生まれないに、本籍地が東京ってのはわからんがや」

「うん、俺もそう思うのだけど、そういうことになってるんだよ」

また例の奴かと思ったが、盛男君は質問の矛先を変えてきた。

「朝鮮にいたときは、全部、朝鮮語で話をしたのけ？」

「いや、日本語だよ。朝鮮の人が日本語を

使ってくれたもんね」

「じゃ、支那では？」

「下手くそだったけど、支那人とは支那語で話したよ」

「学校は？」

「朝鮮にも支那にも、日本人の学校があってね、そこで日本人の先生に習ったんだよ」

頭のよい詮索好きな盛男君だが、植民地などということはまだわからないらしく、外地に住んでいた私の〝日本人〟としての立場が不思議でならなかったようだ。

予科練に入隊したときから「郷里《くに》はどこだ？」の質問には、つねにとまどい、相手に充分に納得ゆく返答ができなくて困った。入隊直後には、身元調査書をはじめ、いろいろな書類を書かされたが、それにはたいてい本籍地、現住所（入隊前の）を書く欄があった。私は長年書き慣れているとおり『本籍地・東京都品川区大崎町六二八番地』『現住所・中華民国北京市南池子箭厰胡同甲一号』と、何のためらいもなく書いていた。京城・清津・天津・北京と、〝現住所〟は三転四転しているが、〝本籍地〟はいつも『東京都品川区……』と一定していた。うかつにも、当時私は、だれもが本籍地と現住所はかならず異なるものとばかり思いこんでいた。

朝鮮、支那に来ている日本人に、本籍地と現住所が同じだという者は一人もいないはずなのに、生まれたときから外地でずっと育ってきたので、私の思い込みも、無理からぬものがあったと思う。

ところが、同班の長野県や岐阜県から来ている者は、ほとんどが本籍地『長野県北安曇郡……』現住所『右に同じ』なのである。これは私にとって驚きであり、新しい発見でもあった。『右に同じ』練習生にとっては、私ごとき〝異籍者〟は奇異に感じたらしかった。

「ぬしは、本籍地とちがうところに住んでいたんかや?」と質問され、カクカクシカジカにより……とその因《よ》って異なる所以《ゆえん》を、〝右に同じ練習生〟が納得するように説明するのに、大変苦労した思いがある。

盛男君との釣りは、私がこの地を離れるまでつづいた。獲物は持ち帰って、いつも小母さんにたのんで煮てもらった。

さらにこんなこともあった。

その日は作業の明け番だった。敵上陸が間もないということで、私たちの作業は三交替制の二十四時間ぶっ通しで行なわれていたのだ。お昼近いころ、一人で浜辺に出かけて入江で海を眺めていた。志摩半島のリアス式海岸がグッと入り込んだ安乗村の浜辺は、まことに静かである。浜に点在する小岩の一つに腰を下ろして、〝ここは海である〟ということを、わずかに主張するかのように、静かに寄せては返す波を、気だるい初夏の陽光のもとでぼんやり眺めていた。

周囲を小高い山に囲まれたこの入江にたゆとう波は、あたかも大きなたらいが揺れて、動いた水のように、さわーっと波打際に小泡の曲線を残し、砂を薄黒く濡らしては、すーっと引いていく。

ツプツプ消えていく泡の独り言が終わらぬうちに、またつぎの小波が寄せて、水と砂地の間の小石に混じって、貝殻の小片が行きつ戻りつ、ときに小蟹がツーと横駆けしている。のんびりと穏やかな静謐のなかで、自然に誘われてか、ついウトウトと眠気がさして来たが、ふと背後に人の気配を感じた。

「兵隊さん、休みかや？」

「はあ、昨夜、徹夜作業だったので、今日は休みです」

この地特有の強い訛《なまり》の主は、赤ちゃんを背負った六十過ぎと思われるお婆さんであった。眠りかかって頭を傾けている赤ちゃんを、ゆっくりと左右に揺らしながら、お婆さんは、私の傍らの岩に腰を下ろした。

「毎日えらいごったに。おらんどごの伜《せがれ》も兵隊さとられて、戦争《いぐさ》さ行ってけど、今ごろどこでどうしてるこっだか……」

安乗地方の方言でこんな意味のことをつぶやきながら、お婆さんは懐から色あせた紺色の小袋を取り出した。中から一枚の椿の葉と、干したよもぎを取り出すと、器用な手つきでそれを巻いて、代用煙草を作り吸いはじめた。

「やっがね？」

「いや、私は吸いませんから」と答えた私の顔をまじまじと見ていたお婆さんは聞いた。

「歳はなんぼぞい？」

「十六歳です」

「そがいに若けえのに兵隊にとんられて……故郷《くに》はどこぞい?」

「支那から来ました」

とっさに返答に詰まったが、出発して来た〝支那〟と答えるほかなかった。あるいは出生地の〝朝鮮〟と答えるべきだったかも知れないが、当時、私たちの抱いていた感情からは、『朝鮮の京城で生まれました。したがって郷里は朝鮮です』と素直に返答しにくかった。

「支那って、あの日本と戦争《いぐさ》してる、あの支那けえ?」

「ええ、まあ、あそこに住んでいました」

これは厄介なことになったぞと思って、深入りする前に話題を変えようと努めてみた。

「お婆さん、お元気そうですが、いくつですか?」

「いくつがって、そりゃ六十五にもなるがなし……おらどこの倅もその支那で戦争してるだが、あんだ、いつこっちへ来だか?」

「去年、入隊しました。じゃ、その赤ちゃんは息子さんの子供さんですね。かわいいなあ」

「孫っちゅうもんは、おらの子供よっかも可愛いもんさ、……ほいでお父《どう》うやお母《があ》は、支那にいるんけ?」

「向こうにいます。お婆さんも、昔は浜が開いたときは海に潜っていたのでしょう?」

「つい二、三年前まではな。今でも若げもんよっが、ずっと長ぐ潜れっけどもよ……あんだ、日本語うまいな」

お婆さんが一体、何を言い出したのか、一瞬、わからなかったが、しまった！　お婆さんは私を支那人だと思い込んでいるのに気がついた。道理で〝兵隊さん〟が〝あんだ〟に変わっていた。事態は思っている以上に深刻な状況になっていたのだ。〝こげんなこど〟にならぬよう、私はさきほどから何とか話題を変えようと努めていたのだったが。

しかし、〝クニはシナ〟と答えたときから、この支那人の予科練に対する好奇心を、お婆さんから取り除くことは無理だったらしい。せいぜい、この安乗村の字阿瀬から伊勢参りに宇治、山田あたりに出かけたぐらいの旅の体験しかないお婆さんにとっては、海を越えた、ずっとずっと向こうの〝外国〟のシナから来た十六歳の子への興味はつきぬらしい。私のはかない努力は水泡に帰していた。

「いや、私は本当の日本人なのです。つまりですね、父も母もはっきりと本当の日本人なのです。それで仕事の都合で朝鮮にいたとき、その、日本人の父と母の子供として私が生まれ、また仕事の都合で支那へ行って、ずーっと日本の小学校と中学校へ行っていたときに……」

「そうがいねえ、戦争《いくさ》がひどくなっど、支那人も日本の兵隊になるんぞいね、えらいごった」

私が慌てて語ったしどろもどろの説明は、ますますお婆さんの頭を混乱さすばかりである。何もかもわかっているのだから、そんなに無理な言いわけして、日本人の真似をしなくてもいいよ、といった憐れみのうすら笑いを顔に浮かべながら、

「早く郷里《くに》の支那さ帰りたがろね、家《うち》どこの伜も丈夫で、生ぎて帰ってくねとなあー」と言

いながら腰を上げ、すっかり眠り込んだ赤ちゃんを揺すり上げると、もう一度、
「えらいごった」とつぶやいて、その場を離れていった。

さあーと寄せた波は、ふたたび小泡を残して引いて行く。消えかかった泡の後に泌み込んだ水が、砂の色を変えている。私は陽光の日溜りの中で、ぼんやり穏やかな志摩の海を眺めていた。

戦後、四十年ぶりに私は想い出の地、安乗村字阿瀬の岸本さんの家を訪れた。実母のごとく泣いて私たちを送ってくれた小母さんは、つい三、四年前に亡くなっていた。盛男君はすっかり一家の主になり、乗用車で私を迎え、魚探その他を備えた最新式のディーゼルエンジン搭載の快速艇を操って、私を釣りに誘ってくれた。小型船舶一級のライセンスも持っているとのことである。

その日の夜、酒を酌み交わしながら（と言っても、盛男君は、まったくの下

戸なので、私一人で飲んでいたのだが）、聞いたところによると、同宿の練習生の間でも、私のいないとき、こんな噂話があったとのことである。

「門奈は本当は支那人だぞ、あいつは北京から来ているだろ。それにあの顔だよ、あの顔。眉毛も太くて、まるで達磨そっくりだものな……」

一部の練習生からでさえ、私は〝支那人の予科練〟と思われていたのである。

（注）本文では『支那』あるいは『朝鮮』という文字を使用しているが、昭和二十年当時の一般的使用法に準じて使用した。

32　ダイナマイトと真珠

安乗における格納壕作業中、今ではとても想像もつかない体験を私は二度ばかりしている。「ダイナマイトを食って」、「真珠をザクザクと土足で踏んづけ」て歩いたのだ。

作業で使用するダイナマイトは、ニトログリセリンを基材にした、べっ甲色の羊かん状である。直径三センチ、長さ約十五センチで、一本ずつ丁寧に油紙で包装され、木箱にきっちりと詰め込まれている。

初めてこの木箱からダイナマイトを取り出して包装を解いたとき、「これは羊かんだ！」と思わず唾を呑み込んだものだ。しっとりとした艶肌、何となく甘ったるそうなべっ甲色、私の脳裡には、あの歯にからみつき、口中に広がる甘い懐かしい想い出がよみがえり、自然と唾が湧き出してくる。だれの想いも同じとみえ、おたがい顔を見合わせている。坪内逍遙訳のシェークスピアの『ハムレット』ではないが、〝為すべきか為さざるべきか、それが問題だ〟つまり、なめてみようかどうしようか？　である。たまたま近くに班長のいないのを幸いに、思いっ切りのよい奴が、指になすりつけてなめてみる。とたんにニコニコ顔で大きくうなずいた。

「うん、甘いぞ……」暗黙の了解のもと、ヨシ、俺も俺もと手を出し、私もひとなめしてみた。ピリッと舌を刺激はするが、たしかに甘い。食糧事情は三重空時代より悪く、相変わらず腹を空かしている私たちだ。まして甘味品は、たまに口にする甘藷ぐらいのものだ。よし、食っちゃえ、見つかって顎を取られようが、バッターを食らおうが、後は野となれ山となれと、たしか五人ぐらいで一本のダイナマイトを輪切りにして食ってしまった。

　作業場の一隅には、木屑など焼却するため、常時焚火をしていた。そこに近寄るといきなり体が爆発するのではないか⁉と懸念して、私をふくめた五人のマイトガイは、何となく焚火の傍には近寄らなかった。どうしてもその傍を通らなければならないときは、熱気を吸い込まないため、馬鹿み

たいに呼吸を止めて足速に通過した。

　ところが、後が悪かった。幸いにしてこのことは班長にはバレなかったが、その夜から五人とも猛烈な下痢に襲われた。いや、作業止めの一時間ぐらい前から、妙な便意をもよおし、三度ぐらい野糞に駆け出したものだ。さらに一と晩に何度、便所に通ったことだろう。

「ダイナマイトを食って下痢しましたから、作業を休ませてください」とも言えず、翌日は昼間は眠って、夜中零時から作業に従事した。

　あの戦時中、志摩半島の漁村で、下痢腹でヨロヨロしながら作業していた十六歳の自分の姿を想い出す。『猪《しし》食った報い』ならぬ『ダイナマイト食った報い』を私は思い知らされたのである。

　ところで、つい最近、戦時中の小学校児

童の疎開日記を読む機会があった。その中で、われわれ同様、腹をすかせ甘味に飢えた疎開児童たちが絵具の白色に甘味のあることを知り、『誰の絵具からもホワイトがからになった』『茶色の絵具はチョコレートの味がするかも知れないと試みたが、白以外からは甘味は得られなかった』というのを読み、思わず胸が一杯になった。小学生は絵具で甘味を採る、

兵隊はダイナマイトを食う、これが戦争なのだ。

私たちがダイナマイトを食ったのは、用具置場の脇であった。日常使用する作業用具の置場としていた小屋は、八畳程度の大きさで雑な掘立小屋であった。その傍らに、もう少し大きなしっかりした建物があった。ここは、ダイナマイト、雷管、導火線、新品の作業用具など貴重な用具、資材が格納されていた。

私は用具係ではなかったので、滅多に入ったことがなかったが、一度だけ何かの都合で足をふみ入れたことがあって驚いた。当然、中は板敷きだと思っていた

のだが、床一面真っ白なのである。小豆大の白い石を一面にしきつめた……のではなく、なんとこれが全部、正真正銘の真珠、シンジュ、当時の敵性語でいうところのパールなのだ！部屋の何ヵ所かには机があり、その上には金属製のさまざまな器具や、小さな水平秤などが放置してあり、この建物は、どうやら以前は真珠の品質検査所として使用していたらしい。（今にして思えば、品質検査所ではなく、真珠貝の種付け所であったかも知れない。とすると、これは真珠ではなく、真珠の核となる種であったかも知れない。しかし、当時の私は真珠と信じていた）

この検査所が海軍に徴発されて、作業用具庫となり、品質の良否は不明だが、持ち主が移動するのに困り、あるいは腹立ちまぎれだったかも知れないが、放棄されたのが床一面に散乱していたらしい。それをわれわれは土足でふみつけて用具資材を出し入れしていたのだ。

思いもかけないこの光景を目にしたとき、小学生のころに、母が真珠の指輪を青ビロード張りの小箱から取り出し、大切そうに布で磨いてから薬指にはめ、うっとり眺めてふたたび大切そうに箱に納めてから、箪子の引き出しに仕舞っていたのを思い出した。ここに放棄されていたのは市販品として商品価値のない、くず真珠であったかも知れないが、もし平和な時代であれば、何千何万個もある真珠だ、相当な値で取り引きされたであろう……しかし、この驚きというか、感慨というのかは長続きしなかった。

一度は手のひらにそれをすくい上げた私だったが、すぐに放棄した。「真珠は銃弾ではない、武器の部品にもならない」「真珠は腹の足しにはならない」私以外にも、この作業地でこの現場を見た者は何人かいたはずだが、噂のかけらにもならなかった。もしこれが真珠ではなく、たとえ多少いたんでいても大豆などであったら、おそらくまたたくまに消え去っていたであろう。〝豚に真珠〟ならぬ〝戦争に真珠〟であった。

最近、このことを想起して、私なりにうがった考え方をしてみた。この小屋の持ち主は、棚などの保管場所へ真珠を格納していたのかも知れない。海軍がここを徴発したとき、これを発見した者が、パールハーバーと真珠を短絡し、『こん畜生!』とわざと土足で踏みにじるよう床にばらまき、戦意昂揚の一端としたのではないか? でなければ、すぐ近くの海中にまとめて放棄した方が、処理は簡単なはずだ。戦争というものは、かくも人間の理性をもふみにじるものらしい、当然のことながら……。

33　翼なき予科練の焦り

安乗村での格納壕作業は、遅々とではあるが、着実に進められていた。だが私は、快々《おうおう》として楽しめぬ気持ちの毎日であった。『国のため』『天皇陛下の御ため』という大義名分をかざして、海軍飛行予科練習生に応募し、合格して入隊しただれしもが目指したのは、搭乗員として飛行機で大空の戦いに参加するためであり、さらに言えば、映画『決戦の大空へ』や雑誌に出てくる、あのスマートな七ツ釦《ボタン》の上衣と翼と桜の縫取りのある、襟章をつけた予科練の姿に憧れて志願したのも事実である。

それがどうだろう、今は緑色（当時は国防色と称した）の第三種軍装に、地下足袋、巻脚絆という見るもあわれな姿で、来る日も来る日も格納壕の穴掘り作業である。三重空で地震後の作業をしたときもそうであったが、ここへ来て本格的な労働作業となると、この種の経験者が水を得た魚ならぬ、土を得たモグラのごとく、ますます頭角を現わしてきた。

ツルハシやスコップを握っても、ハンマーやカケヤを振るっても、体力と経験にものを言わせてバリバリやってのけるのだ……私は次第に取り残されていく焦りを感じていた。

不足がちな食事に耐えつつ、落盤とダイナマイトの暴発などの不慮の事故に怯《おび》えながら、飛行機に搭乗する夢と期待は完全に消滅し、日々構築作業の明け暮れである。これがお国のためなのか、これが天皇陛下の御ためなのか？　毎日毎晩、定期便のように頭上を飛んで行くB29に対して、迎撃する友軍機はおろか、対空砲火の音すら滅多に聞くことのない今日このごろである。

私たちに現在の戦局全般の様子がわかるわけではないが、〝戦備強化〟という名目のこの隊外作業自体が、来るべき敵の上陸に備えてのことなので、戦争の帰趨はすでに歴然としたものだった。それこそ『神風』でも吹きまくって、天変地異でも起こらない限り、戦局を挽回することなど不可能であろう。

いったい、いつ、どこから神風が吹いて来るのか？　いや、待てよ、かりに神風が吹き荒れたとしても、それが収まった後はどうなるのか？　当てにならない神風を期待しながら土木作業をやっていれば、戦争に勝てるのだろうか？　かりに勝てないにしても、俺は軍人なのだ。敵の弾に当たって戦死するならまだしも、作業中の事故で死んだりしたら、目も当てられない。心の中の不満は、日一日と募るばかりであった。

こんな私の内面の焦燥が、作業中につい動作や顔つきに滲み出るのか、ふと気がつくと、佐々木班長が憂い顔で、じっと私の方を見つめていることが幾度かあった。そのたびに私は急いで空元気《から》を出して、作業に精出すふりをしたのだった。

しかし、この作業にも二ヵ月を過ぎたころから、いささか居直り気味になってきた。体力ではとても『土木練習生』に太刀打ちできないが、ここで通用する技術は……と考えた。穴掘り作業では、二・五メートル掘り進めるごとに、坑木を建て、梁にする丸太をカスガイで止め、厚さ約四センチ、幅二十五センチ、長さ約三メートルの松材の矢板を打ち込み、落盤を防ぐのである。

この矢板の先端を、打ち込みやすいように鉋《かんな》の刃形に削るのであるが、これは娑婆で大工の経験のある練習生の専業であった。私はこの練習生の手助けをしながら、見よう見まねで技術を習得し、まさかり一丁で矢板削りを見事にやってのける『熟練者』となり、大工練習生をして「矢板削りだけは門奈にかなわん」と言わしめるほどの腕になった。

また、こんなこともあった。穴掘りが進むにしたがって、輸送の関係で資材（坑木用丸太、矢板用松板）などの不足をきたした。これらの資材は、私たちの作業所の阿瀬からだいぶ離れた半島の一端にある集積所から、漁船で海上輸送するのだが、その手配がつかなくなり、班長の指示で二隻のカッターで取りに行くことになった。

集積所で手頃な丸太八本を水際まで担ぎ出したのはよいが、直径三十センチ、長さ約五メートルの丸太をカッターに積み込むことはできない。かりにどうにか積み込んだとしても、座って漕ぐことができない。そこで四本ずつロープで曳航することにして、海上に浮かした丸太を縛り、ロープの一端を船尾の底を潜らせて反対舷へもってきて、橈座に引っ掛けて縛りつけることになった。

海中に潜ってこの作業を行なうのだか、みなが何となくためらっていたので、私は褌一丁になって、一人でこの作業をやってのけた。長時間ツルハシを振ったり、もっこをかつぐのは不得意だが、一時的に全力を傾注して、他の者の嫌がる作業をやるのは、非力の私でも何とかできるはずである。

さらにこれは、「門奈はいつもモタモタしているが、やるときはやる奴だ」と〝土木熟練者〟たちに思わせるデモンストレーションにもなったようだ。それにしても、よく裸になりたがる男だ。

格納作業が四月、五月と進むにつれ、次第に病気や作業中の事故が増えてきた。そしていつのまにか目に見えない惰気とでもいうのか、弛《ゆる》んだ空気が作業隊全体を覆いはじめた。俺たちは、土木をするために予科練を志願したのではない。ツルハシやスコップの使用法を習得するため、バッターや顎に耐えてきたのではない、といった反撥心があるうちはまだよかった。もうこうなると、外見は海軍の兵隊だが、『ドカレン』になりきって、それなりの動

作をするようになっていた。
　ここへ派遣された当時は、まだ「予科練が穴掘り作業をしている」という、活気と張り切り方があったが、今は「軍服を着た土木作業員が穴を掘っている」といった方が似つかわしい様相に変わってきていた。
　しかし、これは人は環境に慣れる、仕事に慣れるとでもいうのか、私たちが土木作業にも次第に習熟してきた結果でもあったらしい。当初のように、ただやみくもに力を出したり、もっこをかついで駆け足をしたり、という無分別な張り切り方をしなくなったためでもあった。
　たとえば、ツルハシを一回振るにしても、どこの部分にどの程度の力を入れて叩き込めば、確実に岩盤や石塊は崩れるかという技術の習得。もっこをかつぐにしても、少量の土石を入れて駆け足で運搬するよりも、もっこに小山ほど積み込み、背の低い体力のない者を前にして、体の大きい体力のある者が後になり、担い棒の支点をずっと後にずらし、後の者がもっこの綱を手に掛け、前後者の足の踏み出しを左右逆にして歩けば、上下動を最小限に食い止めることができる、というコツを会得してきたのだ。

　さらに、「ヨイショ、ヨイショ」と掛け声をかけて調子をとって歩けば、能率的で疲労も少なくすむなどを体験で知ったのである。この掛け声にしても、朝鮮人労働者の真似をして「チンヤ、チンヤ」と言い出す始末だ。発破の孔開けなら俺たちにまかせろと、二人一組で、トンカチ、トンカチと二、三十分で掘り抜いてしまう者、ツルハシやのみの先端を本職の鍛冶屋顔負けに修理する者。暗い壕内に欠かせないカーバイドランプを、竹の二た節を利用して器用に作り上げる者などが現われてきた。

　その反面、三重空にいたときにはとても考えられないことが発生するようになった。納屋に隠れて賭博に興じていた者（発覚して、特務上がりの分隊士に、ツルハシの柄をバッターにして半殺しになるほど叩きのめされた）。どこから仕入れてくるのか、煙草を吸う者はざら。中には家に出す手紙の切手の裏に送金依頼し、かつてこのあたりで漁師相手に商売していた淫売婦を買ったりする者まで現われる始末だ。

　作業地の練習生が全員、このざまであったわけではない。しかし、やはり環境の変化によって、ほとんどの者が、多かれ少なかれ入隊当時の『海軍軍人』としての気概をなくして、知らず知らずの中にこんな風潮に染まりかけていたらしい。

五月の末ごろ、だれ言うとなく、「今度、このあたりで漁撈隊を編成するそうだ」「農工隊もできるらしいぞ」と噂が流れてきた。いずれも食い物に関係のあることで、もしかしてその要員にでもなれれば、今よりは少しは食い物のヨロクにありつけるかもしれない、という期待も込められた噂であったかもしれない。と同時に、この志摩半島に来る前、私たちが三重空で抱いていた環境の変化に対する憧れ……この穴掘り土木作業から抜け出したい、という願望も込められた噂でもあるのだ。

34　伏龍特攻隊員に選抜

私は自分の人生の一転機とも言える、この特攻隊選抜のこと、伏龍隊での生活のことを、できるだけ正確に記録しておきたいと考えた。当時の記録や資料らしき物はほとんどなしで、かすかな記憶をたよりに、これを書かなければならない始末であった。そこで、埼玉県在住で私より遅れて第七十一嵐部隊（伏龍隊）へ転属してきた吉川義三郎君（4－42）へ、伏龍に関する数項目の確認について問い合わせの手紙を出した。

彼の記憶を正確に、かつ鮮明によみがえらせる一助にもと思って、関連のある私の記憶していることをいくつか書き添えた。ところが、彼は率直に『当時の記憶はほとんど皆無といっていいくらい失念している。むしろ、門奈の記憶に教えられるところが大きい』と、謙遜を混じえて返事をくれた。そして、

『これ（伏龍特攻隊の記録）は大切なことだから、何とかまとめてほしい。ついては、二十二期の会報に〝門奈が伏龍のことを調べているから、知っている者は協力してやってほしい〟という記事を書く』と、会報・第四〇号にこのことを発表してくれた。

その記事がきっかけとなって、入隊当時から世話になっていた四十八分隊分隊士川端義雄氏（前出）から、光岡明著『機雷』に、伏龍のことが書いてあるから、とご連絡をいただいた。また、いっしょに伏龍隊へ転属となった、降籏勝一氏（4―48）へも吉川氏へ出したと同じ問い合わせの手紙を出した。当時、公務員の彼は、人事異動のときでもあり、公私にわたり多忙な身でありながら、六千余字の長文の返信を送ってくれた。

また、私と伏龍へ行を共にした山本豊太郎君は、抜群の記憶力の持ち主で、私の疑問について、微細にわたって説明の書信をくれ、さらに、私の記憶の欠落の相当部分を埋めてくれた。

吉川、降籏君らの同期生の心暖かな御協力、三重空の直属上官で、何くれとなくご指導いただいた川端分隊士の戦中に変わらぬご厚情に感謝しつつ、私は約十年の歳月をかけて、可能なかぎり資料収集と調査を行なった。

この折、長年にわたって震洋（〇四艇）の調査をづつけておられた上田恵之助氏（「震洋」特攻先任艇隊長）から、同氏が震洋調査中に判明した「伏龍」関係の貴重な資料の提供を受けて、私の伏龍研究は急速に進み、一九九二年『海底の少年飛行兵』（光人社NF文庫『海軍伏龍特攻隊』）――海軍最後の特攻伏龍隊の記録――を上梓することができた。（本

書はおかげさまで海外でも評価を得た）

　私たち二十二期生は、入隊して一年目である昭和二十年六月一日に飛行兵長に進級していた。進級まもない六月の半ば過ぎの朝のことだ。（注・昭和二十年六月十二日）ちょうど朝食を採ろうとしていたとき、班長の宿舎から伝令がやって来た。

　私と同宿の五味の二人に、至急班長のところへ来るようにとのことである。私と五味は、思わず顔を見合わせた。傍で朝食の準備をしていた者も、例の噂のヤツだな？という顔つきで羨ましそうに私たちを見ていた。私の頭をかすめたのも同じ思いであった。漁撈隊か？　農耕隊か？

　班長は私たちが到着するのを待ちきれないようすで、宿舎の上がりかまちに腰を下ろして待っていた。

「門奈、五味まいりました」

「よし、楽にしろ」と言ったきり、班長は黙って私たちの顔をこもごも眺めている。なんとなく緊張した面持ちであった。ややしばらくして大きく息を吐くと、静かな口調で私に問いかけた。

「門奈、お前はたしか長男だったな？」

「はい」

「御両親はお元気か？」

「ここへ来てからは、一度も便りを受けておりませんが、元気だと思います」

「そうか、弟がいたな？　いくつになる？」

「一人おります。小学校の四年ですから……十一歳になります」

「お前がいなくても、家が困るようなことはないな？」

「はい、大丈夫です」

ここまできて、私は「おや？」と思った。漁撈隊や農耕隊の作業をするのに、なぜいろいろ家庭の事情を聞く必要があるのだろうか？　まして、「お前がいなくても困るようなことはないな？」とは、第一、私は予科練に入隊したときからずっと家にはいないのだ。にもかかわらず、「お前がいなくても……」ということは、お前が永久にいなくなっても、つまり死んでも……ということか⁉

山梨県の甲府に近い日下部（現・山梨市）出身の五味は、兄二人、姉、弟それぞれ一人ずつの三男だが、彼にも同じ意味の質問をした班長は、「詳しいことはやがてわかる。このますぐ船着場へ行け。他の分隊の者も……」と言いかけると、くるりと背中を向けて奥の部屋へ去って行った。

いつもとどこかようすが違う班長の態度。そして背を向ける寸前に、班長の目はなぜか光って見えた。

私たちは言われたとおりその足で、船着場へ急いだが、道すがら私は、ふと昨日のことを思い出した。それは、たまたま佐々木班長が私を呼びかけて、そのまま口をつぐんでしまったときのことである。

昨日の午後のことだ。明け番だったので、私は浜の入江で投げ釣りをしていた。投げ釣りといっても、今のように、グラスロッドの竿にリールなどと気のきいたものではない。タコ糸を渋で染めた先端に錘《おもり》をつけ、そこから十五センチ上の道糸に、貴重品の本テグスを十センチほどつけたもので、盛男君のを借用したものである。足元の砂を引っかけば、餌のゴカイは簡単に手に入る。

二～三十メートル先へ放り込んで、そのまま糸を張っていると、すぐブルブルッと小気味のよいあたりがあり、三十センチほどの鱚《きす》が面白いように釣れる。ちょうど午後の上げ潮がきいていて、魚の食いはすこぶるよい。釣りに夢中になっていたが、急にあたりが騒がしくなった。

「おい、カッターだ、カッター」

「早く、早くしろ」

作業場の方から、顔をひきつらせた十二、三人の練習生が口々に叫びながら、船着場の方へ走って行く。その後を分隊の先任教員になっていた佐々木班長が、私の傍らを走り過ぎようとして、

「ああ、門奈！」と言って立ち止まった。

「はい！」と返事して、班長のつぎの言葉を待ったが、班長は怒ったような顔つきで私をまじまじと見つめてなにか言いたげだったが、

「いや、いいんだ」とだけ言い残すと、先行している練習生を追って船着場の方へ行ってしまった。

はて、なんだろう？　明け番で、のんびり釣りをしているのをとがめだてでもするようなあの班長の口ぶりは？　いくら戦時中といっても戦闘中でもなく、非番のひとときを、楽しんではいけない訳でもなかろうに……班長のあの口ぶりに気分をそがれ、ちょうど潮どまりで食いもしぶりだしたので、見切りをつけて私は宿舎へ帰った。

戦後、知ったことだが、あのときの騒ぎは六月十一日午後四時三十分、同分隊で他の場所で穴掘り作業をしていた者四名が、ダイナマイトの爆発事故に遭《あ》い、重傷者を渡鹿野島の医務室へ移送するのに付き添って行こうとした班長が、私と出会ったのであった。

そうか、昨日の班長は、『さっきのこと』を私に話そうとしたのかもしれない。それにし

ても、昨日といい、今日といい、なかば自分自身にでも腹を立てているかに感じられる班長のようすは、どうも理解に苦しむ。

五味といっしょに船着場に着いたとき、他班、他分隊の者をふくめて約五、六十名が岸壁に集合していた。各自、勝手な雑談を交わしている。「漁撈隊だ」「いや、農耕隊だ」「水泳競技の選考らしい」まったく各自それぞれ勝手なことを話し合っているが、だれ一人として『特攻隊』を口にした者はいなかった。

集合・点呼が終わり、四隻のカッターに分乗して渡鹿野島の本部に行くこととなった。

この日の記憶をたどって、何とかもう少し詳しく思い出そうとするのだが、ほかのことは、事実誤認があっても、何とか記憶の糸はたどれるのだが、なぜかこの日のことになると記憶は切れ切れになったり、糸がもつれたかのごとく支離滅裂となってしまってまとまらない。

あの日、何をして渡鹿野島の本部であんなに時間を食ったのだろう？　安乗を出発したのは〇七〇〇（午前七時）ごろだったと思う。そしてもどって来たのが、夕食前の一六〇〇（午後四時）前後であったはずだ。

私のこの記憶の混乱の原因は、この日、私に降りかかってきた運命の転機が、あまりにも思いがけなく、またあまりにも突然だったので、一種の精神錯乱（興奮？）状態に陥っていたかららしい。

本部には、安乗からばかりでなく、あちこちに散在している島や半島で作業していた他分隊の者、二十一期生もいたが、相当数の者がいたようだ。このあたりから古ぼけた写真さながらに、記憶はさらに薄れてゆく。

本部の大広間（かつて島一番の割烹旅館で〝渡鹿野館〟と言った）に集合した私たちに、姿を見せた士官（坂井大尉）と下士官（上田上曹）から話があった。まず上田上曹から、「本日、ここに集められた者は特攻要員である。ただ今から身体検査、身上調査を行なう」との話があった。

この〝特攻要員〟という言葉を聞いたとたん、私は突然、頭上に落雷を受け、それが閃光となって、身体を貫いて足先から突き抜けて行くほどの衝撃を受けた——〝青天の霹靂《へきれき》〟とは、まさにこのことであろう。ついにやった！　俺は特攻要員になれるのだ、特攻、特攻、もういい、何もかもいい、特攻で死ねるのなら何もいらない！　自分では気づかなかったが、武者振いに似た感動、感激、興奮、戦慄の震えが身体中をつつんでいたのではなかったか？

私はこれまでの数十年の生涯で、あのとき身体に受けたと同じ感動を二度と知らない。

今、戦争を知らない（体験しない）世代の人には、当時の私の気持ちは理解に苦しむであろう。当然のことである。「特攻」とは十死零生で、つまり自殺要員に選ばれたことを、狂喜している人間の心理など、理解できるはずがない。しかし、それこそ嘘偽りなく「特攻」というだけで、当時の私は、感悦・感激・感喜・感奮と筆舌に尽くせぬ万感の心情にあったのだ。

その志願書がどんな形式のものであったかの記憶はない。ただ、坂井大尉より、「これはあくまで強制ではない。お前たち自分自身の意志にしたがって書くように！」と言われた記憶はある。

今ならば『前後の見境いもなく』という、もっともらしい表現も使えるのであるが、前述のとおり、〝特攻〟という言葉だけで途方もなく舞い上がっていた私であったので、自分に意志があろうが無かろうが、否も応もなく〝熱願〟して署名し拇印を捺して提出したはずである。いっしょに伏龍隊へ行った山本豊太郎氏（新潟県在住）は、このときのことを手紙で、つぎのとおり述べている。

「集合人員は約三十人くらいではなかったろうか、朝潮大隊本部より上田上曹が来て、『命令で来てもらったのだが、特攻隊志願の件である』と話し、身体検査をこれから行なうという発表の記憶があり、坂井大尉より願書を書くように言われ、各自、本籍・家族・生活（中流円満）と久し振りに家族・父母・とくに弟、妹の名を書いたときのなつかしさが現在も忘れられません。

身体検査は一通りのことをしたのであ

ったが、衛生兵が作業の応援に作業場にいるときは話にならない態度で、やる気など全然見られるものでなかったが、医務室で白衣を着て検査したときはまるで人が変わったように厳とした態度で、終わってから『それぞれの部署に帰れば大したものだな』と言ったのでした。また、水泳が出来るかと確認された。終わったのはたしか四時ごろ」（昭和五十八年十一月十日受信）

なるほど、これで読めた……昨日、浜辺で出会った班長が、何か言いた気に口ごもったこと、そして今朝は家庭の事情まで聞かれたこと、話しているうちに耐えられないといったようすで、いきなり背を向けて部屋へ去ったことは、今にして思えば、一つ一つ思い当たることばかりだ。

正直な気持ち、私は嬉しかった。いや、それ以上表現の仕様のない気持ちであったことは先にも述べたとおりである。穴掘りに向かない私に、軍人として立派な死に場所をあたえてくれた班長に、心から感謝した。今ではとても考えおよばない――私自身ですら――ことだが、これが当時の偽りない心境であった。これで何とか、作業中の事故死からまぬがれることができる。それにこの戦局の行方では、遅かれ早かれ始まる本土決戦ともなれば、九分九厘いや、百パーセント生き残れる公算はない。それまで、ただじわじわと迫って来る死を待つしかない私たちであったのだ。

しかし、『特攻隊員』になることにより、自分の方から死と引きかえに積極的な攻撃を仕かける機会ができたのだ。それに、あれほど熱望していた環境の変化を得られるのだ。また、

これも大きな魅力だったが、これまで流れてきた噂によると、特攻要員になれば、訓練中から食事その他の給与が断然よくなるとか？

だが、選抜された私たちが、どんな兵器を使用する特攻になるのかは、一言の説明もなかった。帰途のカッターの中の雑談でも、もっぱらこの兵器についての話題に集中した。『青蛙』（通称〝震洋〟。制式名称は『○四《マルヨン》艇』）の搭乗員になるらしい、というのが有力であった。

「いや、あれはもう駄目だってさ。しかし、編成で突っ込んで行くと、その中心に主砲を一発撃ち込まれて、大水柱の消えた後には何も残っていないんだってさ」

「そうそう、敵艦から丸太や何か障害物を投げ込まれ、それに衝突して自爆するものもあるらしいぜ」

いずれも又聞き程度の話らしいが、何となく信憑性と説得力もある。結局、私たちは何もわからずじまいであった。

帰着後、私はまだ作業場へいた班長のところへ報告に行った。班長は私たち二人について来いと目顔で合図して、入江の曲がり鼻の人気のないところへ来てから言った。

「すでに覚悟はできていると思う。本部でも言われて来たと思うが、これは厳秘事項だから、その点、充分心得ていてもらいたい。別命あるまでは平常どおり作業を行なうこと。ただし、大切な任務をひかえている体だから、病気や怪我など絶対しないように。ダイナマイトなど食うなよ！」

班長は言い終わると白い歯を見せてニヤリと笑った。あっ、何だ、班長は知っていたのだ。そして、そのことを今さらのように持ち出して、部下を死の訓練におもむかせるやりきれない自分の気持ちをまぎらわそうとしたのだ、と私は思った。

その日の夕食後、五味を誘い出して私たちは泳ぎに行った。褌一丁となり、先になり後になりしながら、入江の鼻の先にある岩を目がけて泳いだ。二人の動かす手足の周辺を、青白く光る夜光虫が、金雲母のように輝いていたのが、印象的だった。

岩に腰を下ろした二人は、しばらく黙って、かすかな波音をたてて寄せてくる波の動きを眺めていた。何か語りたいことがいろいろありながら、それがなかなか言葉になって出てこない。それに、いよいよこの海とも、仲よく釣りをした盛男君、なにくれとなく気をつかってくれた佐々木班長、そして何より共に苦労を分かち合った同期生、一年数ヵ月の絆で結ばれた、あいつとそしてあついともお別れか……。

　まったく予期しない、突然、降りかかった思いがけない運命に、私も五味も共に気持ちの整理がついていなかったのだ。泳ぎに行こうと出て来たのも、何とかして今日の出来事を聞き出そうとする同宿の者から、逃げ出そうとした気持ちもなくはなかったが、『特攻』に選抜された、という高ぶった気持ちと、火照《ほて》り切った頭を冷やすためでも、あったかも知れない。

「とうとうやったな！　五味、これからもよろしくたのむ」

「いや、俺の方こそ」

　私より年長で体も大柄だが、温和な感じで、何くれとなく私をかばってくれていた五味健次には、兄のいない私には、兄貴的な頼もしさがあった。何か二人でいろいろな話をしたと思うのだが、今の私には、当時の会話はもうよみがえってこない。

　ただ、次第に気持ちの落ち着きを取りもどして、浮わついた興奮を鎮めてくれるにふさわしい、初夏の風が爽やかに流れてくる、本当に静かな、六月の夜空にまたたく星の美しい夜であった。

35　さようなら！　安乗村

「門奈さん、五味さん、ちょっと……」

われわれが作業から帰って来るのを待っていたかのように、岸本家の小母さんが部屋の外から声をかけてきた。私たちが特攻へ選抜されてから二十日以上経たある日のことである。

「はい」襖を開けると、すぐ外に、当家の小母さんが畏《かしこま》って正座していた。私たち二人もつられるかのように正座した。

「わがっていだのす。知っでいまいだ。でも、うちではあ、何もしであげられなぐで……」

この地方特有の訛りの強い言葉で言うとともに、小母さんは突っ伏して声を上げて泣き出した。

「あなたたちお二人は、若い命をお国のために真っ先に捧げることになっていたのを知りながら、私のところでは何一つしてあげることができなくて、前々から本当に申し訳ないと思っていました」

おえつ混りでこんな意味のことを言ってから、

「今夜は、本当に何もできませんが、心ばかりのおもてなしをしたいと思います。どうぞここに泊まっている六人の方たちでお別れの食事をしてください」と言ってくれた。

私たちが特攻要員になったことは、同宿の他の四人にさえ、一言も洩らしていなかった。しかし、彼らは薄々ではあるが、何か感づいてはいたらしい。しかし、岸本さんの家の人には、あの仲のよい盛男君にさえ話していなかった。それなのにどこから聞いてきたのか、あの口ぶりでは、かなり前から承知していたらしい。

戦後、何かで読んだのだが、戦時中はこういうことがよくあったそうだ。日中戦争で、海軍は南方進出の戦略拠点として、中国南部の海南島占領をひそかに企画していた。実際には昭和十四年二月二十日に上陸作戦を開始して目的を達成したのだが、数十日前のこの作戦計画決定の翌日には、もう株屋の耳にこの情報は漏れていたそうである。

同宿の四人は驚いて、「こいつら、水臭いぞ！」と五味と私を責め立てたが、命令を盾にとって、俺たちは軍事機密を守っただけだ、と言い張り、逆に、どこかから流れてきた噂をだれかが岸本さんに話したのだろう？　と逆に聞き返してもみた。しかし、だれもそんなことは言わなかったらしい。

ただ私たちは班長から二日ほど前、「いつでも出発できるように、身の回りだけは整理しておくように」と言い渡されていた。

「ははあ、近いな」と思い、さり気なく準備はすませていた。

別室へ招かれた同宿のわれわれ六名は、燈火管制のため遮蔽した幕におおわれた電燈の下の丸いお膳を前にした。ハレの日を祝ってか、大皿には二匹の鯖の姿煮が盛られていた。アワビの刺身、魚の焼物、そして野菜の煮物などの料理がたくさん並べてあった。そのうえ、「こんなときですから、これでゆるしてください」と焼酎が一升差し出された。

戦時中、働き手を戦争でとられた女所帯で、乏しい家計の中、どうやって工面したのか、岸本さん一家の精一杯の好意の数々である。このお膳を前にして、私は感謝の気持ちが胸一杯こみ上げてきた。いつになく畏まった態度で、それぞれが席に着いた。

「小母さんたち、本当に有難うございます。今までも何かとお世話ばかりかけて来ましたのに、このような御馳走までしていただいて申し訳ありません。この御恩は決して忘れません。私と五味のことは、すでに小母さんたちが御承知のとおり、皆より先に出かけることとなりました。

残念ながら、現在、私たち自身、いつどこへ出かけるのか、そして何しに行くのかもわかりません。しかし、近々お別れしなければならないことは事実です。どうか小母さんたちもお達者で……お元気で……どうか、どうか、どうか……」

出発者を代表して私は、ここまで挨拶したが、涙が込み上げてきて、つづけることができない。五味が後を引きとって、

「私たちも精一杯、頑張りますから、小母さんたちもどうぞいつまでもお達者でお過ごしください。では、さっそく有難く御馳走になります」

湯呑み茶碗に注いだ焼酎で乾杯した。私は箸を手にしたものの、万感胸に迫り、なかなか手が出せなかった。そして、黙って大皿に盛られた二匹の鯖を見つめていた。この二匹の鯖の姿煮に、この岸本さん一家の有りったけの真心がこもっているように思えてならなかった。このとき出された手料理の詳しいことはほとんど忘れたが、暗い燈火管制の下の、青い唐草模様の大皿に盛られた二匹の鯖だけは、五十年後の現在も鮮明に脳裏に焼きついている。

その翌朝、「いったん原隊（三重空）に帰隊して、指示あるまで待機せよ」の命令が伝達された。

晴天に恵まれ、私たち特攻隊要員は、村人と全隊員に見送られて出発することになった。昭和二十年七月七日（土）早朝である。宿舎を出るとき改めて小母さんに別れの挨拶をした。軍帽に三種軍装の私たちの姿を見たとたん、小母さんは泣き崩れてしまった。滂沱《ぼうだ》と流れる涙を拭きもせず、何か叫ぶように言いながら、私たち二人の肩に手をかけたまま小母さんは泣きつづけている。二人の娘さんも両手で顔をおおったまま、しきりに頭を下げている。

「では行きます！」

永遠の別れの千万言の想いをこの言葉に込めて、今日は正式に玄関から出発させてもらった。私と五味は一昨日の班長の指示で、出発の日が近いことは知っていたが、今日出発ということまでは知らなかった。私たちの知らなかったこの出発の日取りを、岸本家の人たちは、どうやって知ったのであろう？　突然の送別の宴をその前日に催してくれた見事さ！　当然、今日の日を知ってのことであろう。

〽貴様と俺とは　同期の桜

　同じ三重空の　庭に咲く

船上と船着場で、だれが音頭を取ったか知らないが、いつのまにか『同期の桜』が歌われだした。

手を振り、帽を振り、大声で歌いながら、出発者皆の頬を涙が流れている……。

ああ俺は、北京出発のときは『海ゆかば』で送り出された。そして今、本当に『水漬くかばね』になりに行くのだ……同期の桜に送られて。

そうなのだ。俺は先に散る桜、残る貴様も散る桜、共に会おうぜ、地獄の底で。

俺たちが会えるのは、あの晴れがましい桜の靖国神社ではないだろう。間違いなく地獄の底だ、戦鬼となって身を砕くのだから。

ポン、ポン、ポンと弾《はじ》けながら、青白いドーナツ形の煙を吐いていた焼玉エンジンの音が、ドドドドドと急に速くなったと思うと、船は静かに船着場を離れた。

「帽振れーッ！」の号令で、送る同期生はいっせいに帽を振る。私たちも挙手の礼から、正帽を手にして帽を振って応えた。何か口々に叫んで村人たちもいっしょに手を振っている。

船が離れるにつれ、流れる涙はますます激しくなり、曇る目で一生懸命に岸本さん一家を探した。送別の心暖まる宴と、わが子、わが弟を送り出すほど別れを惜しんでくれた岸本さん一家を……だが、見当たらない。

あ、見送りの人を掻き分けて、一人の少年が何か叫び、手を振りながら、小走りに船を追って来る……盛男君ではないか！　船着場の最先端で、佐々木班長が両手を挙げて手信号を送っている。

『ゲ　ンキデ　ガ　ンバレ　サヨウナラ』

「うおっ！」私はこらえ切れず、大声で泣き出した。そして叫んだ。

「班長ーっ、佐々木班長ーっ！　盛男君ーっ、さようならー、元気でねーっ！　あ、り、が、とうーっ！」

国に命を捧げるのではない。愛する家族を、そして美しい志摩に生きる人々を救うために捧げるのだ、この五尺の身体を。

『特攻』への道を踏み出した、半世紀前の、一年三ヵ月に凝縮された青春の一齣であった。

あとがき

「ヨカレン」とワープロで打ち、変換すると「余暇連」と出て来るそうである。

半世紀前、全国青少年憧れの的であった「予科練」については、今は一定年齢以上の年輩の方がその名を覚えており、少数の還暦過ぎの人がその体験者であるに過ぎない。そして、そのほとんどが、文字通り「余暇連」となっている。

これまで数多くの「予科練」関係の本が出版され、すでに細微にわたって語り尽くされた観がある。そしてふたたびここに「予科練」の本が……ということになると、読者の方々には、食傷気味の感すらあたえるのではないか、といささかならぬ危惧の念を、私は拭い切れなかった。既刊のものと類似書となっては、出版の意味はない。一体、私にそれを越えるものを書く力があるのであろうか？

しかし「同じ予科練体験者でも、それぞれの人の『予科練』があるのではないですか？」との光人社編集部の指摘に、「あ、そうか！」と私は目から鱗が落ちる思いがした。

そうだ、私には、「私の予科練」があった。そしてその体験は、私の人格形成に大きな影響をあたえたばかりでなく、今なお、生活、行動、言葉の端々に現われているはずだ。したがって、私は本書執筆に当たって、つぎの点に留意して筆を進めた。

一、これは「私の予科練」である。

二、「予科練史」や「予科練物語」を書くのではない。

三、当時、私が体験したことと、善悪をないまぜたそれへの対処の仕方のありのままの姿を書くこと。

四、十六歳の一人の〝軍国少年〟が、約一年余の間に直面したその時々の体験に対し、当時感じた偽りのない感想を加えること。

五、記憶に基づいて書くので、当然、不正確な記述はあるはずだが、記憶違いや事実誤認の中で、決定的なものについてのみ、訂正すること。

以上を念頭に置いて本書は書かれたものである。したがって、「俺の体験したこととは違う」「そんなことはなかったぞ」と、読者の方々の記憶と、私の記憶の段差が各所に生ずることは当然である。また、「そんなことまで書いて、せっかくの海軍予科練の勇ましい、美しいイメージに疵《きず》がつくではないか！」と御叱責をいただくことも、当然あり得ると思う、が、事実は曲げられない。

しかし、善しにつけ悪しきにつけ、これは半世紀前に十六歳の一少年が、ひたむきに「予科練習生」として生きてきた、一年余の凝縮された青春の一齣である。読者の中に一人でも、

「なるほど、これはこれまでの『予科練物』とは一味違うぞ」と感じてくださる方がおられれば、筆者望外の喜びとするところである。

なお、本文中、「朝鮮・朝鮮人」「支那・支那人」「満州」等の字句が使用されているが、これはあくまでも、当時の用法にしたがったにすぎないことを御了承いただきたい。

また、私の不注意で差別用語、不快語が使用されているかも知れないが、この点についても御寛容願いたい。

末筆となったが、本書を執筆するに当たって常に激励を賜わった、同期生新井行雄氏、入隊以来の日記の重要部分を、快くコピーして参考に供してくださった大洞照夫氏、同分隊で、今なお親友として折にふれ、共に予科練時代の「想い出」を語り合っている佐藤博氏らに深甚の感謝の意を表するものである。

一九九五年八月

著　者

単行本　平成七年九月「貴様と俺とは同期の桜」改題　光人社刊

NF文庫

少年飛行兵物語

二〇一六年九月 十六 日 印刷
二〇一六年九月二十二日 発行

著 者 門奈鷹一郎
発行者 高城直一
発行所 株式会社潮書房光人社
〒102-0073 東京都千代田区九段北一-九-十一
振替／〇〇一七〇-六-五四六九三
電話／〇三-三二六五-一八六四㈹
印刷所 慶昌堂印刷株式会社
製本所 東 京 美 術 紙 工

ISBN978-4-7698-2967-6 C0195
http://www.kojinsha.co.jp

ＮＦ文庫

刊行のことば

第二次世界大戦の戦火が熄《や》んで五〇年――その間、小社は夥しい数の戦争の記録を渉猟し、発掘し、常に公正なる立場を貫いて書誌とし、大方の絶讃を博して今日に及ぶが、その源は、散華された世代への熱き思い入れであり、同時に、その記録を誌して平和の礎とし、後世に伝えんとするにある。

小社の出版物は、戦記、伝記、文学、エッセイ、写真集、その他、すでに一、〇〇〇点を越え、加えて戦後五〇年になんなんとするを契機として、「光人社ＮＦ（ノンフィクション）文庫」を創刊して、読者諸賢の熱烈要望におこたえする次第である。人生のバイブルとして、心弱きときの活性の糧《かて》として、散華の世代からの感動の肉声に、あなたもぜひ、耳を傾けて下さい。